マーリ・アルメイダの七つの月

シェハン・カルナティラカ

山北めぐみ＝訳

上

THE SEVEN MOONS OF MAALI ALMEIDA

Shehan Karunatilaka

河出書房新社

マーリ・アルメイダの七つの月　上　目次

登場人物・組織紹介

マーリンダ・アルメイダ・カバラナ（マーリ）　戦場カメラマン
ディラン・ダルメンドラン（DD）　マーリの恋人。タミル人
ジャクリーン・ヴァイラヴァナタン（ジャキ）　マーリの親友。DDの従姉妹
スタンリー・ダルメンドラン　DDの父。青年問題省大臣
ラクシュミー・アルメイダ（ラッキー）　マーリの母。バーガー人とタミル人の血を引く
アルバート・カバラナ（バーティ）　マーリの父。シンハラ人
ラーニー・スリダラン博士　死者を誘導する「ヘルパー」
セーナ・パティラナ　生前JVPの革命家だった若者の霊
カシム　警視。マーリの行方を追う
ランチャゴダ　警視補。カシムの部下
バラル・アジット　死体処理人
コットゥ・ニハル　死体処理人
ドライバーマッリ　死体運搬車の運転手
シリル・ウィジェラトネ　司法大臣
エルザ・マータンギ　慈善団体CNTRを運営するタミル人
エマニュエル・クガラージャ（クガ）　CNTR理事長
ゴパラスワミ大佐（マハティヤ）　LTTE幹部
クロウマン　盲目のまじない師

LTTE　〈タミル・イーラム解放の虎〉。タミル人国家の樹立をめざす武装組織
JVP　〈人民解放戦線〉。資本主義国家の打倒をめざす組織
UNP　〈統一国民党〉。スリランカの政権を握る与党
STF　〈特別機動部隊〉。政府の武力行使実働部隊
CNTR（センター）　内戦の犠牲者のための慈善団体

マーリ・アルメイダの七つの月　上

チューラ、エランガ、ルカに。

崇拝する価値のある神はふたつだけ
偶然と電気だ。

第一の月

父よ、彼らを許したまえ。
私はけっして許さないから。

リチャード・デ・ゾイサ「グッドフライデー、一九七五年」

答え

おまえは誰もがしたがる質問の答えとともに目覚める。答えは「イエス」、答えは「ここと似たようなもんだが、もっとひどい」。おまえにつかめる洞察はせいぜいそれくらい。だから、もう一度寝直したほうがいい。

おまえは心停止状態で生まれ、保育器の中で生かされた。羊水から出たての胎児の身で、ブッダが木の下で開いた悟りを得たってわけだ。生まれ変わりなんてしないほうがいい。面倒は二度とごめんだってね。直感に従って、入れられたその箱の中でくたばっちまえばよかったんだ。なのに、そうはしなかった。

以来、おまえは周りから押しつけられるゲームというゲームから降りつづけた。チェスは二週間、カブスカウトはひと月、ラグビーに至っては三分間で。おまえはチームとゲームとそういうものをありがたがる能無しどもへの憎しみを胸に学校を出た。アートスクールも保険の営業も修士課程も長続きしなかった。どのゲームにも本気になれなかった。裸を見せた相手は全員捨てた。追い求めた大義はすべて手放した。誰にも言えないこともさんざんやった。

もしもおまえが名刺を持っていたら、そこにはこう書いてあるだろう。

マーリ・アルメイダ
カメラマン。ギャンブラー。ヤリチン。

墓碑があれば、こうだ。

マーリンダ・アルバート・カバラナ
一九五五―一九九〇

あいにくおまえにはそのどちらもない。このテーブルにチップはもう残っていない。だが、今のおまえは他のやつらが知らないことを知っている。それは次の質問の答えだ。死後の世界はあるのか？　それって、どんなところなのか？

じき目は覚める

はじまりははるか昔、ざっと千世紀前だが、長ったらしい過去はまるっと飛ばして先週の火曜から始めるとしよう。その日、おまえは二日酔いの空っぽの頭で目覚める。と言っても、おまえの場合、そうじゃない日のほうが珍しい。目を覚ますと、そこは混み合う待合室だ。おまえはぐるっと辺りを見回して、これは夢だなと思う。そうと決まれば、終わるのを待てばいい。一切は過ぎ去る。夢ならばなおのこと。

身に着けているのはサファリジャケットに色褪せたジーンズで、どうやってここに来たかは思い出せない。靴は片方しか履いておらず、首にはチェーンが三本とカメラが一台ぶら下がっている。カメラは愛用のニコン３ＳＴだが、レンズは粉々に割れ、外装にはひびが入っている。ファインダーをのぞいても、見えるのは泥だけ。そろそろ起きる時間だ、マーリ・ボーイ。おまえは自分をつねってみる。ちゃんと痛い。それは刺すような痛みというより、誰かにコケにされたときの鈍い疼きに近い。

　自分のアタマを信用できないのがどんな感じかならわかっている。たとえば、一九七三年の〈スモーキング・ロック・サーカス〉。ＬＳＤでトリップしたおまえはヴィハーラ・マハー・デーウィ公園のプルメリアの木を三時間抱き続けた。たとえば、九十時間耐久ポーカー・マラソン。あのときは百七十万勝ったあとで、百五十万スッたっけ。それから、一九八四年、ムライティヴで遭った初めての空襲。おまえは怯えた親と泣き叫ぶ子どもだらけの防空壕に押し込まれたんだ。目覚めたら病院にいたこともあったよな？　十九のおまえはおふくろ《アンマ》の顔も、そいつを自分がどれだけ憎んでるかってことも覚えていなかった。

　今、おまえは列に並び、グラスファイバー製のカウンターの向こう側に座る白いサリーを着た女に向かって叫んでいる。カウンターの向こうの女にキレたことのないやつっているか？　当然、おまえは経験ありだ。たいていのスリランカ人はむかっ腹を沈黙で抑え込むものだが、おまえは文句があるなら、声を限りに訴えるクチだ。

「あんたのせいとは言わない。おれのせいでもない。けど、間違いってのは起こるもんだろ？　とくにお役所ではさ。で、どうすりゃいい？」

「ここは役所ではありません」

「んなこと知るかよ、おばさん。とにかく、おれはここにはいられないの。公開しなくちゃならない写真があるし、将来を約束した相手もいる」

「わたしはあなたのおばさんではありません」

おまえは周囲を見回す。背後には果てしない行列。それはいくつもの柱を縫って、壁沿いにくねくねと延びている。辺りにはもやがかかっているが、誰ひとり煙草の煙も二酸化炭素も吐き出しているようには見えない。まるで車のない駐車場、もしくは売り物のない市場。天井は高く、それを支えるコンクリートの柱がだだっ広い構内に不規則な間隔で据えられている。突き当たりには、大きなエレベーターのドアとおぼしきものが並び、人影が塊になって乗り降りしている。

間近で見ても、人々の輪郭はタルカムパウダーでもはたいたようにぼやけている。ぎらつく目は褐色の肌の人間には珍しい色。病院のガウンを着た者もいれば、服に乾いた血がこびりついた者、手足を失った者もいる。誰もが白いサリーの女に向かって叫んでいる。そして、女はそのひとりひとりと同時に会話しているようだ。あるいは全員が同じ質問をしているのか。もしもおまえが賭博師なら（というか、実際そうなのだが）、五対八でこれが幻覚だというほうに賭けるだろう。ジャキがくれたヤバい錠剤のせいに決まっている。

女が大ぶりな名簿のようなものを開く。おまえを上から下まで眺め回すその目には関心も蔑《さげす》みも宿っていない。「まずは詳細を確認しないと。お名前は？」

「マーリンダ・アルバート・カバラナ」

「一音節でお願い」

「マーリ」

「音節の意味、わかります？」

「マール」

「どうも。宗教は？」

「無宗教」

「なんとまあ。死因は？」

「覚えてない」

「死後経過時間は？」

「さあ」

「やれやれ」

人の群れがさらに押し寄せ、白いサリーの女に不満げに質問を浴びせる。どの顔も青ざめ、ひしゃげた頭にめり込んだ目は怒りと痛みと混乱で険しくしかめられている。瞳の色は痣《あざ》やかさぶたのそれ。褐色と青と緑が混じり合い、そのどれもがおまえを見ていない。おまえは難民キャンプに滞在したことがある。真昼の露店市を訪ねたことも、ぎゅう詰めのカジノで眠り込んだこともある。ひしめく人間の波はいつだって絵にならない。その波が今、おまえを呑み込み、押し流し、カウンターから遠ざける。

スリランカ人は列に並べない。ただし、列を「どこからでも入れる不規則な曲線」と定義するなら話はべつだ。どうやらここは自分の死に疑問を持つ者が集まる場所らしい。ずらりと並んだカウンターでは、いきりたった客たちが格子窓越しに罵声を浴びせている。死後の世界とは税務署で、誰もが還付金を求めているのだ。

おまえは幼な子を腰に抱えた母親に押しのけられる。子どもがおまえをにらみつける。お気に入りのおもちゃを叩き壊されたとでも言わんばかりに。母親の髪には血がこびりつき、その血は彼女の服を汚し、顔を赤黒く染めている。「うちのマドゥラはどこ？　あの子はどうなったの？　あの子はわたしたちといっしょに後部座席に乗っていたの。運転手より先に向かってくるバスに気づいたんだから」

「何回お伝えすればいいんです、マダム？　息子さんはまだ生きています。どうかご安心を《ドント・ウォーリー、ビー・ハッピー》」

そう答えたのは、べつのカウンターの男。白いスモックを着て、髪はアフロで、旧約聖書に出てくるモーゼに似ている。声は大海のごとく低くとどろき、目は溶き卵みたいな淡黄色。男は一昨年最もおまえをムカつかせた曲のタイトルをもう一度唱えてから、手元の記録簿を開く。

おまえはまたカメラを構える。なぜって、それが他にやることがないときにおまえがやることだから。この混沌の駐車場をとらえようとするが、見えるのはレンズのひびだけだ。

誰がスタッフで誰がそうでないかは簡単に見分けがつく。記録簿を手に、笑みをたたえて突っ立っているのが前者なら、後者は目に見えて混乱している。行きつ戻りつしては、ふと立ち止まり、虚空を見つめる。しきりに首を振り、泣き叫ぶ者もいる。スタッフは何事も直視しない。とりわけ、自分が今助言を与えている相手のことは。

そろそろ目を覚まして忘れてしまう頃合いだ。夢を覚えていることはめったにないから、これがなんであれ、記憶に残る確率はフラッシュやフルハウスより低い。ここにいたことは初めて歩いた日の記憶みたいに脳裡から消え失せるだろう。おまえはジャキのヤバい錠剤を飲んだ。で、これはトリップが見せる夢。それ以外、何がありえる？

と、そのとき、おまえは隅っこの看板に寄りかかる人影に気づく。黒いゴミ袋とおぼしきものに身を包み、見た感じ、スタッフでも客でもなさそうだ。群衆を値踏みするように見渡していて、緑色の瞳がヘッドライトに照らされた猫の目みたいに光っている。その目がおまえをとらえ、やけにしつこく見つめ続ける。そいつはこくんとうなずくが、なおも視線を逸らさない。

頭上の看板には、こう書かれている。

墓地に行くべからず

その隣には、矢印入りのこんな貼り紙。

↓検査会場は42階（「42」とはダグラス・アダムスのSF小説『銀河ヒッチハイク・ガイド』の鍵となる数字。英語で「42階」を意味する「レベル42」は八〇年代英国を代表するフュージョンバンドの名前でもある）

おまえはカウンターの女に向き直り、もう一度試してみる。「何かの間違いだ。おれは肉を食わない。煙草だって日に五本しか吸わないんだ」女の顔にはどこか見覚えがある。それと同じで、たぶん彼女もおまえの嘘に聞き覚えがあるんだろう。一瞬、押し合いが止んだように思える。一瞬、ここに自分しかいない気がする。

「やれやれ、どれも聞いたことのある言い訳ばかり。死にたくて死ぬ人などいませんよ。たとえ自殺者であってもね。あなた、わたしが好きで死んだと思う？　撃たれたとき、娘たちは八歳と十歳だったのよ。どうしたらいいかって？　文句を言ってもしかたない。辛抱強く自分の番を待つことです。許せることは許しなさい。ここは人手不足だから、ボランティアなら歓迎しますよ」

　女は顔を上げ、列に向かって声を張り上げる。

「みなさんには七つの月が与えられます」

「月って何？」と尋ねた少女の首は折れている。少女が手をつなぐ少年の頭蓋骨はひび割れている。

「七つの月とは七つの夜。日没が七回。つまり一週間。じゅうぶんすぎる時間でしょう」

「一カ月ってことじゃなくて？」

「月はいつだって空の上にある。たとえ目には見えなくてもね。自分の呼吸が止まったからって、月も地球の周りを回るのをやめるとでも思った？」

　完全に意味不明だ。そこで、おまえはべつの角度から攻めてみる。「ここにいる連中を見ろよ。みんな北で殺《や》られたのにちがいない。〈虎〉も政府軍も一般市民を平気で殺す。インドの平和維持軍は戦争をおっ始めるつもりだ」

　ざっと見回したところ、誰もおまえの話など聞いちゃいない。どの目もおまえを無視したまま、青緑色に光っている。さっきの黒い人影を探しても、すでに姿を消したあとだ。「北だけじゃない。ここだって同じだ。政府は人民解放戦線《JVP》とバチバチやって、死体の山は積み上がるばかり。あんたらがここのところ忙しいのも無理はない。それは理解するよ」

「ここのところ？」白いサリーの女が眉をひそめ、かぶりを振る。「一秒に一体、死体は増える。ひどいときは、一秒に二体。あなた、〈耳の検査〉は受けた？」

「耳ならばっちり聞こえるよ。おれは写真を撮る。他の誰も見ていない犯罪の証人になる。社会に必要とされているんだ」

「あの女性には食べさせなければならない子どもたちがいる。あの男性は病院をいくつも経営している。で、あなたは写真？　まあ、なんてご立派なこと」

「休暇のスナップ写真とは違うんだ。政権を引きずり下ろせる写真だぞ。戦争を止めることだってできるかもしれない」

　女が顔をしかめてみせる。彼女の首には、エジプト十字架のチェーン。かつてそれと同じものをとある男がつけていた。おまえはそいつを、そいつがおまえを愛するほどには愛してやれなかったんだ。女は十字架をもてあそび、鼻に皺《しわ》を寄せる。

と、そのとき、おまえはようやく彼女が誰かを思い出す。歯磨き粉の広告みたいなその笑顔は一九八九年のかなりの期間、新聞各紙をでかでかと飾り続けた。過激派のタミル人によって穏健派のタミル人であるという罪で惨殺された大学講師。

「あんたのこと知ってるぞ。ラーニー・スリダラン博士だ。拡声器を持ってないからわからなかった。〈タミルの虎〉についてのあんたの論文、最高だったよ。けど、あんた、おれの写真を無断で使ったよな」

　スリランカ人を何よりスリランカ人たらしめるものは、父親の姓でも、ひざまずいて祈りを捧げる場所でも、内心の怖れを隠すべく顔に貼りつけた笑みでもない。それは他のスリランカ人に精通していること、中でも有名人や名士の類にやたら詳しいということだ。この国には、苗字と出身校を教えれば、あらゆるスリランカ人の最も近い親戚を特定できるおばちゃんたちが存在する。おまえの活動範囲は、重なり合ういくつかの円の中。そして、その円環の多くは閉ざされたままだ。おまえが持って生まれたのは、人の名前も顔も手札の並びもけっして忘れないという呪われた才能。

「あんたが殺られたときは悲しかったよ。嘘じゃない。あれ、いつだったっけ？　八七年？　おれはマハティヤ派の〈虎〉と会ったことがある。そいつがあんたの襲撃を計画したのは自分だって言ってたよ」

ラーニー博士が記録簿から顔を上げる。疲れた笑みを浮かべ、それから、肩をすくめる。その瞳は乳白色で、重度の白内障みたいに濁っている。

「あなたは〈耳の検査〉を受ける必要があります。指紋と同じで、耳にはひとりひとり異なる模様があるのです。くぼみは過去に受けた心の傷を表し、耳たぶは犯した罪を明かし、軟骨には罪悪感が潜んでいる。どれもあなたが〈光〉に入るのを妨げるものです」

「〈光〉って？」

「ひと言で言うと、あなたが必ず行くべき場所。詳しく説明するなら、詳しく説明する時間はありません」

博士はおまえにオーラの葉を一枚手渡す。その乾かしたヤシの葉は三千年前、ヒンドゥー教の七人の賢者《リシ》がこの世に生まれ出るすべての人の運勢を書き記すのに用いたと言われるものだ。きめの粗い葉は角張った文字を刻むと容易に裂けてしまうため、南アジアの筆記者たちはなまめかしい曲線を描く文字を考案して、葉が破れるのを防いだのだった。

「あなた、一九八三年の写真を撮影した人？」

「そのとおり。で、こりゃなんだ？」

オーラの葉には、同じ単語が三つの言語で書かれている。丸っこいのはシンハラ語、角張ったのがタミル語、走り書きみたいなのが英語で、裂け目はひとつも見当たらない。

死：
耳：
罪：
月：

「四十二階で〈耳の検査〉を受けて、死亡回数の確認、罪のコード化、月の登録を済ませてください。全部終わったら、ヘルパーにスタンプを押してもらって」博士が記録簿をパタンと閉じる。これにて会話も終了だ。おまえは列の先頭を包帯男と交替させられるが、そいつの咳はいっこうに止む気配がない。

　おまえは振り返り、背後の人々と向き合う。預言者よろしく両手を掲げる。いつだって目立ちたがりだったんだ、おまえってやつは。で、いつだって声がでかかった。そうじゃないときもあるにはあったが。

「おまえら悪鬼どもは存在しない！　いびきをかくおれの脳が産んだ幻だ。おれはジャキのヤバい薬を飲んだ。これは幻覚だ。死後の世界なんてあるもんか。おれが目を閉じれば、おまえらみんな屁みたいに消えちまうんだ！」

　人々がおまえに向ける関心は、レーガン大統領がクーデター中のモルディブに向ける関心ほどのもの。自動車事故の犠牲者も、拉致され殺害された者も、病院のガウン姿の老人も、惜しまれながらこの世を去ったラーニー・スリダラン博士だって、おまえの熱弁に気づきはしない。

牡蠣から真珠が見つかる確率は一万二千分の一。雷に打たれる確率は七十万分の一。肉体の死後も魂が生き続ける確率はゼロ分の一、いや、ゼロ、無、ナッシングだ。つまり、おまえは今夢の中。それは確実。だいじょうぶ、じき目は覚める。

だが、そのとき、こんな恐ろしい考えが頭をよぎる。この野蛮な島、神なき惑星、滅びゆく太陽、いびきをかく宇宙より恐ろしいこと。今までずっと、おまえは眠っていたのだとしたら？　そして、この瞬間から先、おまえ、カメラマンにしてギャンブラーにしてヤリチンのマーリンダ・アルメイダは二度と再び目を閉じることを許されないのだとしたら？

おまえは廊下をよろよろと進む死者の群れについていく。折れた両脚で歩く男、痣だらけの顔を隠すご婦人。婚礼衣装を着込んだ者が目につくのは、葬儀屋はそうやって死体を飾るものだからだ。だが、それ以外の者はたいていぼろと困惑をまとっている。うつむけば、両の手のひらが見えるが、それはおまえのものではない。おまえは自分の瞳の色を、今どんな顔をしているかを、確かめたいと思う。エレベーターに鏡があることを期待するが、そこにはまともな壁すらない。霊魂はひとりまたひとり、空っぽのシャフトに入っては、水中の泡みたいに弾け飛ぶ。

こんなのは馬鹿げている。四十二階なんてセイロン銀行にだってありはしない。

「他の階には何があるんだ？」おまえは耳のあるやつに手当たり次第に訊いてみる。検査済みだろうが、まだだろうがかまいやしない。

「部屋に廊下、窓、扉。ごく普通ですよ」とは、とりわけ有能なヘルパーの答えだ。

「財務会計部とかな」傷だらけの老人が杖にもたれながら言う。「いい商売さ。市民から金をふんだくるだけの」

「どこも同じよ」死んだ赤ん坊を抱いた死んだ女が嘆く。「どこの世界も。何度生まれ変わっても。まるで変わらない。同じことの繰り返し」

おまえはめったに夢を見ないし、ましてや悪夢などほとんど見ない。シャフトのきわに浮かんでいると、誰かがおまえの体を押す。おまえはホラー映画に出てくるうら若き乙女みたいな悲鳴を上げ、空に向かってすっ飛んでいく。ふと振り返ると、そこにプカプカ浮いているのは、あの黒い人影だ。黒いゴミ袋のマントが獰猛な風にはためいている。そいつはシャフトを上昇するおまえを見送り、お辞儀をしてみせる。

おまえは質問を変え、〈光〉とは何か尋ねてみる。だが、誰もが肩をすくめるだけで、まともに答えてはくれない。怯えた子どもがおまえを「ポンニャー」と呼ぶ。それはインポテンツの同性愛者を対象とする侮辱語だが、おまえが認めてもいいのは片方の罪だけだ。スタッフに〈光〉のことを尋ねても、その都度違う答えが返ってくる。ある者は天国、ある者は転生、またある者は忘却だと言う。ラーニー博士のように、適当な答えで煙に巻く者もいる。どの選択肢もあまりそそられるものではない。まあ、忘却なら悪くないかもしれないが。

四十二階の看板に書かれているのはたった一語。

閉鎖中

霊魂たちはだだっ広い廊下をぷかぷかと漂うように進んでいく。ぶつかるまでそこに壁があることに気づかない。受付はあるが、誰もいない。ずらりと並ぶ赤い扉は看板どおり閉ざされている。廊下の真ん中に、あの黒い人影が立っている。あてもなくさまよってはぶつかり合う他の霊魂には目もくれず、おまえを見据えて手招きをする。飛び去るおまえを追うその目は今、黄色い光を放っている。

宇宙があくびをする間に、おまえはラーニー博士のカウンターへ舞い戻る。外は風とささやきに満ちた夜。ここに存在するのは、カウンターと混乱だけ。

ラーニー博士がおまえに気づいて、かぶりを振る。「明らかにヘルパー不足ね。それに、クレーマーが多すぎる。これでもみんな最善を尽くしているんですよ」

と、ここで、おまえを見る。「そうじゃない人もいますけどね」

おまえは博士が考えをまとめるのを待つが、とっくに結論は出ていたようだ。博士はデスクの下からメガフォンを引っ張り出す。これぞおまえの記憶に残るラーニー博士、テレビカメラに囲まれてキャンパスで声を張り上げる学者先生だ。

「いいですか、間違えないでください。〈耳の検査〉がまだの人は、ここには来ないように。四十二階はあすには開きます。あす出直してください。みなさんに与えられるのは七つの月、それを忘れないで。最後の月が昇る前に〈光〉に着いていなければなりません」

悪態をつくべく口を開きかけたそのとき、おまえはまたしてもそれに気づく。黒いゴミ袋をまとったあいつが両手で手招きしているのだ。ろうそくの光みたいにゆらめく瞳。手に持っているあれは、おまえがなくしたサンダルの片方じゃないか？　ラーニー博士がおまえの視線をたどり、その顔から笑みが消える。

「あいつをここからつまみ出して。マール、あなた、どこへ行くつもり？」

白い服を着た男が二人、カウンターを飛び越して、黒い人影を猛然と追いかける。モーゼ似のアフロ男は両手を挙げて、聞いたこともない言葉でわめき散らす。その隣の白いローブを着た筋骨隆々の男（アメコミ『マスターズ・オブ・ユニバース』のヒーロー、ヒーマンそっくりだ）がおまえめがけてダッシュしてくる。

おまえは人波に紛れ、血の息を吐く負傷者たちの間を縫いながら、おまえのサンダルを持った人影を追う。

まるで吸い寄せられるように、おまえはそいつ、そのゴミ袋を被った死神のほうに漂っていく。こんなふうに、おまえは近づくべきじゃなかったさまざまなものに吸い寄せられてきたんだ。カジノ、戦闘地域、美しい男たち。ラーニー博士の金切り声が聞こえるが、おまえはそれを無視する。親父《ダダ》が家を出た直後におふくろ《アンマ》に対してそうしたように。

人影がにやりと笑う。剝き出した歯は瞳と同じ黄色だ。

「サー、ここから出ようよ。あいつら官僚どもは洗脳に必死だ。圧政下のこの国じゃ、どこもかしこもみな同じさ」

そいつはおまえと向き合って立つ。顔は頭巾に隠れているが、まだ若いことがわかる。少なくとも、生きていた頃のおまえよりは。片方の瞳は黄色で、もう片方は緑色。どんなおかしなクスリをキメたら、こんな幻覚が見えるっていうんだ？　喉の痛みをだましだまししゃべるようにして声が続ける。

「知ってるよ、あなたの名前はマーリさんだよね。ここにいても時間の無駄だよ。それと〈光〉には近づかないことだ」

おまえは黒頭巾を追いかけてさっきのシャフトに飛び込む。今度は下りだ。ラーニー博士の怒りのファルセット、モーゼとヒーマンのバリトンの罵声が遠いこだまと化す。

「民衆を愚かなままにしておこうとするのは、死後の世界でも同じさ」黒頭巾が言う。「これまでの人生を忘れさせて〈光〉とやらに押し込める。いかにもブルジョアらしい抑圧の作法だよ。不公正も偉大な計画の一部だと吹き込むことで、抵抗する気力を奪うんだ」

一番下の階まで降りて建物の外に出たとたん、風が四方から吹きつける。木々はうなりを上げ、ゴミの山はげっぷを洩らし、行き交うバスが黒煙を吐き出す。通りを這ういくつもの影から顔を背け、コロンボの夜が明けようとしている。

「そのサンダル、どこで見つけた？」

「あなたの死体を見た場所で。返してほしい？」

「べつに」

「あなたの命を、ってことだよ。サンダルじゃなくてさ」

「わかってる」

これまでは考える余裕がなかったいくつもの問いが次から次へと浮かんでくる。自分の死体を見たいか？　命を取り戻したいか？　あるいは、おまえが真に向き合うべき問題。そもそも、どういういきさつでここにたどり着いたのか？

おまえは何も覚えていない。痛みも、驚きも、最期の息も、どこでそれを吸い込んだのかも。二度と傷つきたくないし、息を吹き返したいとも思わないが、それでもおまえはこの黒頭巾についていくことを選ぶ。

ベッドの下の箱

おまえはエルヴィスが初ヒットを飛ばす前に生まれ、フレディが最後のヒット曲を出す前に死んだ。その間に撮った写真は何千枚にも及ぶ。八三年の虐殺では、タミル人が家ごと焼かれて殺されるのを傍観する大臣の姿をとらえた。行方不明のジャーナリストや消えた活動家、紐で縛られ、猿ぐつわをはめられて、拘束中に死んだ彼らのポートレイトを撮影した。政府軍の少佐と〈虎〉の大佐とイギリスの武器商人が同じテーブルを囲んで一杯のキングココナッツを分け合う現場を、画質は粗いが顔の見分けはつく写真に収めた。

憧れの俳優ヴィジャヤの暗殺犯やウパリ航空の墜落事故現場もフィルムに焼き付けた。それらの写真は白い靴箱の中に隠してある。エルヴィスとフレディ（つまり、キングとクイーンだ）の古いレコードといっしょに、おまえのおふくろさん《アンマ》の料理人が運転手と眠るベッドの下に。できることなら、すべての写真を千枚ずつ焼き増しして、コロンボじゅうに貼って回りたい。たぶんおまえにはまだそれができるはず。

死んだ無神論者（一九八六年没）とのおしゃべり

死体なら一生分をゆうに超える数を目にしてきたおまえだ。魂がどこに消えるのかは先刻承知のつもりだった。それは吹き消した炎が行くのと同じ場所、口にした言葉が行くのと同じ場所だ。キリノッチの瓦礫に埋もれた母と娘、マーラベのタイヤの上で焼かれた十人の学生、自分のはらわたで木に括りつけられた農園主。誰もどこにも行っていない。彼らは生き、そして死んだ。ろうそくの芯がなくなるのと同じで、誰もがただ消えてなくなるだけなのだ。

風がおまえを運び、世界がリキシャの速さでガタゴト通り過ぎる。すれ違う顔や影の中には、怯えているやつもいれば、それほどでもないやつもいる。たいていは足があるが、地面には触れていない。コロンボには人が多すぎるとのたまうやつらにかける言葉はひとつ、幽霊の数を見てから言いな。

「あいつを追っているのか？」

声をかけてきたのは、鉤のような鼻とビー玉みたいな目をした老人だ。どうやらおまえと同じ風に乗って旅しているようだ。その頭は肩の間、すなわち本来頭が好む場所にはなく、腹の前でラグビーボールよろしく両手に抱えられている。

「わしならそんなことはせんな、お若いの。ここに足止めされたいのなら話はべつだが」

おまえはその老人と二人、木々のてっぺんやビルの横っ面を撫でながら飛んでいく。聞けば、その老人は〈はざま〉に来てからもう千の月を越えたそうだ。

「その〈はざま〉ってのはなんなんだ？」おまえは尋ねる。

老人は生前、私立の男子校ケリー・カレッジの教員をしていて、毎日コタヘナからボレッラまで自転車通勤していたのだと言う。彼の着衣はずたずたに裂け、血にまみれている。

「車にでもはねられたのか？」おまえは訊く。

「失礼なことを言うな」

　老人によれば、幽霊はみな前世で着ていた服を身にまとっている。裸でいるよりましなんだとか。

「あのカウンターにあったチラシには、誰もが己の罪やトラウマや罪悪感を身にまとっていると書いてあったがな。わしが千の月で学んだことをひとつ教えてやろう。牛のクソ《インチキ》の臭いがしたら、その話には耳を貸さんことだ」

　老人はおまえを政治集会で見たことがあると言うが、おまえは政治集会なんかには行っていないと答え、老人はおまえを嘘つきと呼ぶ。老人が言うには、おまえは彼の首なしの死体を撮影したが、キャプションに彼の名前を記さなかった。また、新聞各紙はそれを政治的殺人と報じたが、実際はそうではなかった。「たいていの政治的殺人は政治とはなんの関係もないもんだ」

　例の黒頭巾が屋根の上に立ち、おまえたち二人がしゃべくるさまを眺めている。やつが風を跳び越えるところを見たわけじゃないが、いつだってやつはおまえの数歩先にいるようだ。

「あいつについていくとしたら、おまえさんはとんだ間抜けだぞ」

　おまえは気の利いた返しを思いつけぬまま、老人のシャツを染める血をじっと見つめる。

「約束させるだけさせて、自分は約束を守らない、あいつはそういうやつさ」

　これまでにキスした男はみなそんなことを言ってたっけ。そう思うだけで、口には出さない。

「あいつはわしに代わってわしを殺した男を捕まえると約束した。その男はわしの金で家を買ったんだ。それはまたべつの話だが」

　ここからは、下にいる人間たちが蟻のように見える。まあ、あいつらは蟻と違って不器用だし機転も利かないが。おまえは風にしがみつく。死んだコロンボの外気が足にまとわりつく。

老人の首が曲げた肘の上からにやりと笑いかける。

「おまえさんは神を信じていたかね？」

「まあ、それなりにな」

「天国だとかは？」

「信じたり、信じなかったり」

「おまえさんの言うことは信用できんな」

おまえは肩をすくめる。

「どうせ死後の世界はエアランカ（スリランカ航空の当時の名称）のコマーシャルみたいなもんだと思ってたんだろう？　金色《こんじき》の砂浜に着飾った象、カメラに向かってにっこり笑う紅茶農園の労働者たち」

おまえは嘘つきだという老人の読みは正しい。なぜなら、

（a）おまえは神など信じていなかった。

（b）おまえは老人を覚えている。

この先生は地元議会の選挙に出たものの、やくざ者の弟の差し金で射殺されたあげくに議席を横取りされた。おまえが写真を撮ったとき、顔の大部分は吹き飛ばされていたが、それでもおまえはこの老人が誰だかちゃんと覚えていたんだ。

「おまえさんが信じてた死後の世界は、乳とクジャクヤシの蜜が流れる場所、処女たちが口でイカせてくれるところか？　それとも、訊くのもはばかられる謎と神秘に満ちた世界かね？」

「モテない男が処女とヤリたがるのはなぜだかわかるか？」おまえはＤＤの馬鹿げた持論のひとつを繰り返し、さっさとオチを明かしてしまう。「相手が処女なら、どれだけ下手でもバレないから

さ」

風が渦を巻き、欄干やバス停をいくつも越えて、おまえたち二人を運んでいく。世界の輪郭は曖昧で、無色であるはずの場所に色が付き、どこを向いても霊魂がいる。少し先を黒頭巾のあいつが飛んでいる。やつは今、ベイラ湖の水面をかすめ、カラスのような身のこなしで寺院の門の要石の上に降り立つ。そこに描かれているのは、時の円環をまたいで孔雀を追いかける牛を追いかける象。ゴミ袋が翼みたいにはためいて、コンクリートの彫刻を打つ。やつは腕組みをして立ち、おまえをひたと見据える。何やら手ぶりで訴えているが、おまえには理解できない。

おまえの旅の連れは、やつを見つめるおまえを見つめる。今度は頭を鎖骨の上にのせて。黒頭巾はおまえに背を向け、ベイラ湖の畔めざして降下する。琥珀色の朝焼けが水面を鏡に変える。うつむいた木の枝やオフィスビルが波紋に映った己の姿を検《あらた》める。

老人がため息を洩らす。「それとも、おまえさんは拷問部屋みたいなあの世を想像していたかね？　無辜《むこ》の市民が政府軍の爆弾と〈虎〉の地雷のはざまで逃げ惑うあの世を？　苗字を理由に捕らえられ、棒で打たれるあの世を？　地獄はわしらをぐるっと取り巻き、こうしてわしらがしゃべっている間もセッションを繰り広げているのさ」

老人は頭を肩の上に置くと、潜望鏡みたいにくるりと回す。「むろん、わしは何も信じちゃいなかった。死後の世界などあるもんか、サービスエリアじゃあるまいしってな。だいたい、どうしてそんなものが必要なんだ？　なぜ無ではいけない？　天国や転生なんぞより、忘却のほうがずっと理に適っている。代わり映えしないクソみたいな人生を何度も何度もやり直すよりな」老人は頭をおまえのほうに傾ける。「まさかこんなひどい目に遭うとは思ってもみなかった」

「あの黒頭巾のガキは何者なんだ？」

「ＪＶＰの共産主義かぶれさ。死んでもなお革命、革命と騒いでる。ミイラになったミイラ取り。関わらないのが身のためだ。おまえさんはさっさと〈光〉を見つけて、出られるうちにここを出るべきだ。わしだってそうすりゃよかったんだ」

死んだ無神論者がベイラ湖を眺めやる。まだ見ぬ来世とやり残したことに思いをめぐらすかのように。

「あんたは千の月の間、何をしてたんだ？」

「寺院という寺院を訪ねて、祈りを捧げるやつらを眺めてきた」

「なんでまた？」

「馬鹿面を見て楽しむためさ」

「そいつは悪くなさそうだな」

「七つの月は思ったより短いぞ」老人が言う。「おまえさんがあいつを追うのをやめたら、あいつもおまえさんを追うのをやめるだろう。ここに居座ったところで、すぐにやることはなくなっちまう」

おまえは首のない老人にカメラを向け、湖と昇る太陽を背にシャッターを切る。老人の声が善意みたいにはかなく消えていく。辺りを見回しても、老人も黒頭巾ももういない。見えるのは、ぬかるんだ湖の畔に横たわる死体三つだけ。

ベイラ湖

一九九〇年十二月四日火曜日午前四時を数分回った頃、腰布《サロン》をまとった男二人がベイラ湖に死体を三つ投げ捨てる。こうした行為に及ぶのは、どちらにとっても初めてではない。酔った状態で行うのも、この時間を選ぶのも。

この日、ベイラ湖は巨神が湖面をまたいで宿便をひり出し、流すのを忘れたかのような臭いを放っている。二人組の男は盗んだヤシ酒《アラック》ですでに出来上がっているが、それは長年の死体処理稼業のせいで神経がいかれたせいでも、良心がとがめるせいでもない。しらふでこの悪臭を嗅ぐのは、公衆便所を肺いっぱいに吸い込むようなものだからだ。

ひとつ目の死体はゴミ袋に包まれている。身に着けたサファリジャケットの大ぶりなポケット五つにはレンガがぱんぱんに仕込んである。片方の足にサンダル、首には三本のチェーンにカメラと、なかなかしゃれた小物使いだ。二人組はココナッツの繊維をより合わせたロープを使って、傷だらけの胴体にレンガを何個も括りつける。船乗りでもなければカブスカウト出身でもないが、ロープの結び方は心得ていた。

彼らが死体を放り投げる、その身のこなしは砲丸投げの選手のように優雅だが、飛距離はせいぜい小学生の走り幅跳びほど。死体はすぐに水しぶきを上げて湖に落ちる。ひと瓶目のアラックは嫌悪感を取り除き、二瓶目は運動能力を奪う。死体が生暖かいベイラ湖の水面を打つや、結び目はほどけ、レンガは黒い水の中へ沈んでいく。

残りの死体も同じ調子で捨てられる。ひとつは沈み、ひとつは浮かぶ。水中寺院に並ぶ石仏たちが浮き上がった死体を退屈そうに見下ろす。朝風呂中のオオトカゲたちは死体の脇をするすると通り過ぎる。水鳥たちは目玉にありつくのは誰かをめぐって口論を始める。

　かつてベイラ湖は今の三倍の大きさを誇り、あらゆる種類の悪徳を隠蔽するのに利用された。今から何世紀も前、ポルトガルの商人ロポ・デ・ブリトはヴィジャヤバーフ王の襲撃を阻止すべく、キャラニ川から水を引いてこの湖を作った。以来、ここに沈められた者は数知れない。かつてベイラ湖はコロンボの南、パナドゥラを通って、ボルゴダ湖へと注ぎ込んでいた。その後、オランダがベイラ湖を奪取し、この湖から複数の運河を絞り出した。それを掠め取り、利用したのがイギリスだ。今もベイラ湖の腹の中では、貿易商、船乗り、売春婦、ヤクザ者、それに罪なき者たちの死体が朽ちつつある。湖は十年ごとにげっぷを吐き出して、そのすえた臭いの息でスレイブ・アイランドを覆いつくすのだ。

「アホか、おまえ」バラル・アジットがげっぷする。「テープで留めなかったのかよ？」

「縛っただけだ。そっちが急げっつったんじゃねえか。テープを貼る時間なんてどこにあったよ？」

「ロープにしたっておまえのおふくろさん《アンマ》のあそこよりユルユルだったぜ」

コットゥ・ニハルが答える。

「なんだと？」

「ひとっ走りしてナヴァム・マワサまで行けば、金物屋でガムテープを買えただろ。五分もありゃ済んだ話だ」

「こんな時間に開いてるかよ」

「そこは自分で開けるのよ」

「無理だって。じき修行僧が起きだす時間だ。朝っぱらから坊さんたちをぶん殴るわけにはいかねえよ」

バラル・アジットは着ていたTシャツを脱ぐと、サロンを脚の間にはさんで尻の割れ目までたくし上げる。そこで、げっぷをもう一回。カレー味の牛の胃袋がバラル・アジットの胃を逆流し、喉元までせり上がる。彼は年代物のアラックでマリネされたババスを味わい直す。

「そんなら、コットゥ兄さん《アイヤー》よ（アイヤーとは、シンハラ語で兄を意味する言葉。年上の男性への親しみを込めた呼びかけにも用いられる）、二人してひと泳ぎするか」

死体のほうも今やシャツを着ておらず、割れたココナッツみたいに陥没したあばら骨をさらしている。おまえはそのひしゃげた骨を、顎ひげに覆われた肉塊（言い換えれば、かつての顔の一部）を見ないようにする。

だが、見ずにはいられない。おまえはこの二匹のけだものを知っている。こいつらはカジノに雇われて、いかさまをした客をぶちのめし、負けた客から金をふんだくることでお給金を貰っている。だが、ゴミの始末まで請け負っているとは知らなかった。「ゴミ収集車《クヌ・カーラヤ》」とは、死亡証明書を書いてもらえない死体を始末する連中を指す隠語だ。汚い役人に金を握らせるよりは、こいつらを雇うほうが安上がりなのだ。

一九八七年にスリランカがインドと和平協定を結んで以来、ゴミ処理人は高い需要を保ってきた。政府軍、東部の分離主義者、南部の無政府主義者、北部の平和維持軍がこぞって死体を量産するせいだ。

コットゥ・ニハルとバラル・アジットが今のあだ名で呼ばれるようになったのは、ウェリカダ刑務所でのこと。どちらも料理の腕に由来する。コットゥ・ニハルは厨房で薄焼きパン《ロティ》を刻んでコットゥ（細かく刻んだロティを野菜や肉・魚と炒めた辛口の料理）を作る係を担当していた。こっそり持ち込んだ調理器具が彼を塀の中の武器商人に仕立て上げた。真っ二つに割ったコットゥの皿の切っ先を目障りなやつの喉元に突きつけることで、所内で着々と地位を上げた。バラル・アジットはと言えば、煙草と引き換えに、猫《バララ》を煮込んで作ったカレーを食わせることで知られていた。

　おまえは死体をサーフボードに見立てて、その上に立ってみる。生きていた頃はサーフィンをしたことがあったっけ？　いかにもそれっぽいガタイをしてたよな。すこぶる見栄えのいい男だったんだ、おまえってやつは。それがまあ、なんともったいない。親父《ダダ》がおふくろ《アンマ》を捨てたときにも泣かなかったおまえがすすり泣く。だが、じき泣きやむ。

あの首なしの無神論者に反論する気はない。三十五年もの間、おまえは何も信じないことに情熱を傾けてきた。それがこの悲惨な状況を招いた理由の最もうまい説明とはいかないまでも、もっともらしい唯一の説明と言えるだろう。おまえは寺院やモスクや教会に群がる羊たちより自分のほうが賢いと思っていた。だが、賢い賭けをしたのはどうやらあの羊たちのほうだったらしい。

　短く無益な一生の間に、おまえは証拠を精査して結論を導き出した。どうせこの世は二つの長い眠りの合間に揺らめく一瞬の光。神だとか地獄だとか前世だとか、おとぎ話は忘れてしまえ。確率と公正さとすでに配られた手札を信じて、できるだけうまく、できるだけ長く、手持ちのカードでプレイするだけだ。それから、おまえは死とは甘い忘却だと信じ込むようになったが、どっちにしたっておまえは間違っていたんだ。

　おまえが信じた唯一の神はナーラダという名の下層の悪鬼《ヤカ》。ナーラダに任された職務は人類のために厄介事を考え出すこと。失敗すれば、頭が吹っ飛ぶ契約だった。結局、ナーラダは基本給として永遠の命を、ボーナスとして全知の才を授かった。もっとも、彼はそんなものが欲しかったわけじゃなく、ただ自分の頭蓋骨を守りたかっただけなんじゃないか、とおまえはにらんでいる。

悪霊の類を怖がることはない。私利私欲で動く権力者、それこそが恐れおののくべき真の化け物だ。

でなきゃ、この世界の狂気をどう説明できる？　もしも天に父なる神がいるのなら、そいつはおまえの親父みたいなやつにちがいない。家に寄りつかず、ぐうたらで、たぶん根性も曲がってる。無神論者は良心に従って選択するしかない。神などいないことを受け入れて、この世に天国を創り出すべく尽力するか、さもなきゃ、誰も見ていないのをいいことに、やりたい放題暴れちまうか。後者のほうがずっとたやすい。

かくしておまえは今ここにいて、一九八三年にタミル人の家を燃やした男たちが自分の死体を沈めようとするのを眺めている。甘い忘却や夢なき眠りはこれにて終了。ここからおまえはずっと目を覚ましていなけりゃならない。見えるが触れられず、目撃しても記録することは許されない。あのカウンターで死んだガキに呼ばれたように、インポのホモ、ポンニャーでいるしかない。

黒頭巾が物陰から現れる。ふわりと風に乗り、仏像たちと並んであぐらをかく。しゃべるとき、やつは唇を動かさない。暗がりに座ったまま、おまえの頭に言葉を送り込んでくるのだ。その声はまるで蛇が咳払いをするかのよう。「ご愁傷様、マーリさん。さぞかしショックだろうね。自分の死体の上で瞑想しなくちゃ」

「それやると、なんかいいことあんの？」

「べつに」

自分の写真を見て、実際の自分が思っていたよりずっと太っていて醜いことに気づいたことのないやつっているか？　思い出と同じで、鏡は嘘をつく。けど、その手の嘘はおまえには必要なかった。なぜって、おまえはとびきり見目麗しい男だったから。引き締まった体に小ざっぱりした身なり、髪はふさふさ、お肌もツヤツヤ。それが今や息も顔色も失った屍《しかばね》だ。頭上では、猫殺しがデカい肉切り包丁を振りかざしている。

「きみっておれのヘルパーなの？」尋ねるが返事はなく、姿も見えない。おまえはやつがもう一度忍び寄ってくるのを待つ。

「違うよ、サー。ヘルパーなんて忘れちゃいな。あいつらみんなインチキだからさ。あの白い服を着た腑抜けどもは官僚にして看守。あいつらが〈はざま〉を収容所に変えてしまった。酷い話さ」

　かつて世界銀行とオランダ政府はこの一帯の運河の再建費用をスリランカ政府に援助した。その金の大半は仕立てのいいスーツの内ポケットに収まった。実現可能性調査は却下され、報告書は建設されない高速道路や高層ビルの計画書の隣にしまい込まれた。この国では、あらゆるものが最安値で入札した業者によって建てられる。だが、最も儲けが見込めるのは、はなから何も作らないことなのだ。

　コットゥがおまえの死体を傾け、頭蓋骨に開いた穴から湖水をしみ込ませようとする。水は脳を清めはするが、死体はやっぱり浮いたままだ。コットゥは悪態をつき、唾を吐く。いっぽう、バラルは死体めざして水をかく。頭の上に肉切り包丁をのせた姿はまるでカエルのウェイターだ。肉切り包丁はデカくて茶色くてなまくらだ。千匹からの猫の血が染み付いているせいにちがいない。

　おまえはこの手の輩《やから》には気をつけてきた。通りでもジャングルでも慎重に避けてきた。どういう手合いかはわかっているし、似たような連中がごまんといることもわかっている。二人とも、誰かに見られているとは夢にも思わず、おまえが髪に唾を吐いても気づきもしない。こいつらごろつきには親玉がいて、そのごろつきの親玉は特別機動部隊の指示を受けた警官に雇われており、その特別機動部隊に金を出すのが内閣だ。で、その内閣を構成するのが、JR（スリランカの初代大統領J・R・ジャヤワルダナの通称。一九〇六―一九九六年）が建てた議事堂に御座《おわ》します閣僚たちというわけだ。

　JVPのマルクス主義者が国の喉頸《のどくび》を押さえたのが一九八八年のこと。翌年には政府による弾圧が激化した。政治的に偏りがある者がいれば、まずはごろつきがそいつを捕まえ、尋問役に引き渡す。面談の結果いかんでは、処刑人の登場だ。こいつらはたいてい軍人上がりのサディストで、たいてい二つ穴の開いた黒いフードを被っている。クー・クラックス・クランと色違いのあれだ。

　どんなクソ野郎も上流まで遡れば、議員殿にたどり着く。ジャフナ大学のラーニー・スリダラン博士は〈虎〉のテロ組織と政府の暗殺部隊の生態系を詳《つまび》らかにしたことで名を馳せた。実際に手を汚すやつらは権力者とじかにつながってはいないから、権力者は好きな相手に罪を着せられるのだ。善良なる博士はおまえの写真を無断で自分の本に使った。その後、彼女は自転車で講義に向かうところを銃で撃たれた。おまえの写真を盗んだせいではなく、おそらくは〈虎〉を公然と非難したせいで。

　余談はここまでにして、目の前の深刻な事態に戻るとしよう。おまえの死体は、顔の見えないもうひとつの死体もろとも、脊髄でぶった切られたところだ。血やはらわたを見るのは慣れっこのおまえだが、さすがにこれには吐きそうになる。

　おまえはもうひとつの死体が首を切られ、四肢を取り除かれるさまを眺める。切り刻むのはバラルで、コットゥは寺院の水道を拝借し、ホースで水を撒いている。血が黒々としたベイラ湖へ消えていく。バラルが真っ二つになったおまえの死体に近づいたとき、黒頭巾がおまえを連れ去る。やつが頭巾を脱ぎ、おまえは初めて彼の顔を見る。まだ若く、いくつもの傷痕やべろりと剝けたかさぶたを見ないことにすれば、案外悪くない顔だちだ。

「だいじょうぶ、ご主人様《ハームー》?」黒頭巾が訊く。

「あんまりだいじょうぶじゃねえな」おまえが答える。

黒頭巾は顔をしかめ、かぶりを振る。

「ぼくのこと覚えてないんだね、サー」

おまえは彼の首の痣と肩の火傷を見下ろす。

「サーって呼ぶの、やめてくれない?」

黒頭巾はおまえに、デヒワラとウェラワッタを結ぶ鉄道の線路を、ウェンナプワの共産主義集会での戦いを、ニゴンボの暗い砂浜を思い出させる。だが、彼のチョコレート色の肌を、痩せた体を、薄い唇を、おまえは思い出せないし、名前もわからない。

いつのまにか二人組は口論を始めている。日が昇るのに血を洗い流せず、バラした死体が沈まないことに焦っているのだ。おまえはかつておまえのものだった頭がレジ袋に入れられ、湖に投げ込まれるのを見る。かつておまえのものだった手足が箱に詰められるのを見る。死んだ無神論者と違って、自分の頭がまだ肩の上にのっているのはなぜなんだろう、とおまえは思う。

「ぼくはセーナ・パティラナ。JVPガンパハ支部のリーダーだった。ぼくの死体は幾月も前にこの汚い湖に捨てられた。ぼくたち、前に会ったことあるんだけどな」

おまえは死体の残りが袋詰めされているほうへそろりと近づく。手足や頭が冷凍用に小分けする要領でビニール袋に詰められていく。

「んなわけな……」

「ウェンナプワの集会で、あなたはぼくにキスしようとした。どうせ忘れちゃっただろうなと思ってはいたけどね、サー」

ばらばらにされた体がベイラ湖の縁にぷかぷか浮かんでいる。おまえはゴミ処理人の悪態を聞きながらそれを眺め、なけなしの希望を託して、記憶がよみがえるのを待つ。

略語リスト

かつておまえは、この国でよく使われる略称に戸惑う若きアメリカ人記者アンドリュー・マクゴーワンのために、カンニングペーパーを作ってやった。おまえはそれを何年にもわたって何人もの訪問者のために何度も使い回したんだ。

親愛なるアンディ、

よそ者には、このスリランカの悲劇は複雑かつ修復不可能に見えることだろう。だが、そんなに難しく考えることはない。主なプレイヤーは以下のとおりだ。

LTTE—〈タミル・イーラム解放の虎〉

＊独立したタミル人国家の樹立をめざす。

＊目的達成のためなら、タミル人の一般市民や穏健派を虐殺することも厭《いと》わない。

ＪＶＰ―〈人民解放戦線〉
＊資本主義国家の打倒をめざす。
＊労働者階級の解放をうたいながら、労働者階級を平気で殺す。

ＵＮＰ―統一国民党
＊叔父さんと甥っ子の党《Uncle Nephew Party》として知られる。
＊七〇年代末からこのかた政権の座に居座って、右の二団体との闘争に巻き込まれる。

ＳＴＦ―特別機動部隊《スペシャルタスクフォース》
＊ＬＴＴＥもしくはＪＶＰのメンバーや支持者と疑われる者がいれば、政府に代わってその拉致および拷問を行う。

この国は民族ごとに分断されている。民族はさらに派閥に分かれ、派閥は反目し合っている。反体制派はいずれも多文化主義を提唱するものの、結局は権力の座と引き換えに、シンハラ人仏教徒による支配体制を強化するばかりだ。

よそ者はおまえひとりじゃないぞ、アンディ。この国には、おまえと同じくらい混乱したやつらが大勢いる。

IPKF―インド平和維持軍

＊お隣の国から平和を守るために送り込まれた。

＊任務遂行のためなら、喜んで村を焼く。

UN―国際連合

＊コロンボに複数の事務所を構える。

＊仕事仲間としては最悪の部類。

RAW―調査分析局

＊インドの諜報機関。その目的はいかがわしい取引の仲介。

＊関わらないに限る。

CIA―中央情報局

＊ディエゴガルシア島の岸辺に陣取って超高性能の双眼鏡をのぞいている。

＊これって本当の話か、アンディ？　嘘だと言ってくれよ。

そんなに複雑な話ではない。とりあえず、善人を探すのは諦めろ。そんなやつ、どこにもいないから。どいつもこいつも高慢ちきで強欲で、金か拳が動かないことには問題を解決できない。

状況は想像を超える勢いで悪化し、どんどんひどくなるばかりだ。無事を祈るよ、アンディ。こんな戦争のために命を落とすなんて馬鹿げている。まあ、命を落とす価値のある戦争なんてないけどな。

マーリン

死んだ革命家（一九八九年没）とのおしゃべり

おまえはかなり早い段階で自分は男の子が好きなんだと気づいた。ダダがおまえに、ホモ野郎は全員縛り上げてケツの穴にナイフをぶち込んでやるべきだ、と言ったときには、自分のスリッパを黙って見つめるだけだった。以来、親父《ダダ》の顔をまともに見たことはない。

同性愛者が通りでキスできて、ともに住宅ローンを組め、互いの腕の中で死ねる時代がいつかは来るかもしれない。だが、おまえが生きている間は無理だ。おまえが生きている間に経験するのは以下のこと。暗がりで出会った誰かと一夜限りの関係を結ぶ。秘め事は傷心のいとまもなく終わりを迎える。たまには過激なこともするだろう。ガールフレンドを作って同棲し、家主の息子と予備の寝室で寝るとかな。

「あなたはＪＶＰの集会に来た。旗の前でポーズを取るよう、ぼくに頼んだ。それから、ぼくにキスしようとしたんだ。最初に同志たちが消えたのが、その一週間後。一カ月後には、ぼくも消された」

疼きと痛みとともに、細部が脳裡によみがえる。八〇年代のスリランカでは、「消す」という動詞はおもに受動態で使われた。行為の主体は政府のこともあれば、ＪＶＰの無政府主義者、〈虎〉の分離主義者、インドの平和維持軍のこともあった。彼らは住んでいる州や見た目をもとに「消す」相手を選ぶのだ。

「あいつらについていこう」セーナがおまえを白いバンの屋根へ導く。やつの頭巾とマントがわりの黒いゴミ袋はきっちりテープで留められている。いっぽう、やつの実際の死体をくるむゴミ袋はと言えば、一部はベイラ湖に漂い、一部はこのバンに積まれている。セーナの両足首には傷痕がある。それが何によるものかは定かではないが、大方の想像はつく。自分の足元に目を移せば、片方だけの靴が見える。それはマドラスから輸入され、ジャフナで売られていた革のサンダル《チャパル》だ。

白のデリカバンが動きだす。後部座席にはコットゥとバラル。すでにホースの水で身を浄《きよ》め、バニヤン（ゆったりしたガウン）に着替えている。バンの後部では、箱の中の肉が臭いはじめている。かつてはおまえともう二人の人間のものだったステーキ肉、チョップ肉、切り落とし肉。全部はフリーザーに入り切らなかったようだ。

運転手は若い兵士で、ハンドルに覆いかぶさるようにして、ぶつぶつと独り言をつぶやいている。

「誰かが話しかけてくる。あの二人じゃないし、自分でもない。いったい誰なんだ？」

下士官の制服を着ているが、その顔つきは熱に浮かされた学生活動家のようだ。片方の脚は義足で、それを助手席に載せ、片手をハンドルクラッチの上で泳がせている。セーナは運転手に何やら耳打ちしてから、おまえのほうを見てにっこり笑う。「ぼくに協力してくれたら、生者にささやく方法を教えてあげるよ」そう言って頭巾を被り直し、胸を張る。

「おれがどうやって死んだのかを教えてくれるのかと思ったが」そう言ったものの、自分が本当にそれを知りたいのかはわからない。運転手が不安げに目を泳がせる。おまえには聞こえない何かが聞こえているかのようだ。彼が慌ててクラッチをつかむと、バンが大きく二度跳ねる。

「サー、あなたは〈アーツセンタークラブ〉だかどこだか、金持ちのインポのホモ《ポンニャー》が行く店で拾われた。バンに乗せられ、パイプで殴られ、死人のクソにまみれた部屋で鎖につながれたんだ」

セーナが片手を挙げる。かつて爪があった場所に血の色のかさぶたが見える。「目を覚ますと、そこにはマスクをした男がいて、あなたに質問したかもしれない。『おまえはJVPか？』とか『おまえは〈虎〉か？』とかね。それとも、『おまえは他国のNGOか？』とか『おまえはインドのスパイか？』だったかな？　それから、なぜ写真を撮っていたのか、誰に売るつもりだったのか問いただすんだ」

運転手が後部座席に向かって声を張り上げる。

「あのう、この追加の死体ってどこから来たので？」

「運転手《ドライバー》くん《マッリ》（マッリとはシンハラ語で弟を意味する言葉。年下の男性への親しみを込めた呼びかけにも用いられる）、おまえはおとなしく運転だけしてりゃいいの」

「バラルさん、わたしはこういう胸の悪くなるような仕事はしたくないんですよ」

バラルは両手に残った血の跡を眺める。

「ご意見ありがとさん。報告書に書いとくわ。さ、運転に集中しな」

コットゥがバラルの肩を叩き、カイゼルひげを撫でながら低い声で話しだす。「なあ、バラルくん《マッリ》よ、おれはボスに文句言ってやるつもりだ」

「どのボスよ？」

「大ボスさ」

「大ボスってあの大ボス？」

「ああ、そうとも。おれは怖くない。さすがに筋が違うだろ、こんな仕事の頼み方ってさあ」

セーナは今おまえの前に浮かび上がって、おまえに向かって叫んでいる。おまえは壊れたカメラを構え、流れていく木々を背にやつの姿をとらえる。

「もしかしたらあなたはそいつらの顔に唾を吐き、そいつらの子孫を呪ってやりたいと思ったかもしれないね。でも、実際にしたことと言えば、泣いて震えて懇願するだけ。もしかしたら、そいつらはあなたの爪に釘を打ちつけたかもしれない。もしかしたら、あなたはそいつらにそいつらが聞きたがっていることをしゃべったかもしれない。もしかしたら、そいつらはあなたに銃口をくわえさせたかもしれない」

目にこみ上げる涙をセーナは拭おうとしない。

「それって、おまえがやられたことなのか？」

「ぼくたちみんながやられたことさ。昨年だけで二万人。そのほとんどが濡れ衣を着せられたお馬鹿さんたちだ。ＪＶＰ全部を合わせても、そんなに大勢はいないからね」

「おれだってＪＶＰじゃねえしな」

「大臣のシリル・ウィジェラトネは言ったんだ。『ひとり殺されたら、十二人殺してやる』って。ジョークなんかじゃないよ。あの間抜け野郎、計算を間違えたのさ」

「二万人が消されたって？　計算間違えてんのはおまえのほうだろ」

「ぼくはこの目で死体を見た」

「おれだって見たさ。せいぜい五千ってとこだろ」

「ＪＶＰは三百人も殺していない。なのに、政府はぼくたちを潰すために二万人以上も殺したんだ。ひょっとしたら、その倍かも。これは事実だよ、サー」

「政府は二万人以上も殺した」と、ドライバーマッリ。耳ではないどこかでこの会話が聞こえているのだ。「なぜ殺し続ける？　ＪＶＰは潰された。ＬＴＴＥも今は鳴りを潜めている」

「いいから黙って運転しろって」バラルが言う。

「もしも死後の世界があるなら、ぼくたちはきっとこの報いを受けるだろう」

「アホか。死後の世界なんてあるもんか」と、コットゥ。「あるのは、クソみたいなこの世だけさ」

「それで、どこへ向かえば？」ドライバーマッリが尋ねる。

「あの交差点で左折だ」バラルが答える。「それと、無駄口はもうやめにしろ」

「悪くないかもしれないな。銃口をくわえるのも」言いながらドライバーマッリはハンドルを切る。

・・

「で、どんなルールがあるんだ、同志パティラナ？」おまえは白いバンの屋根の上からセーナに尋ねる。

「ルールなんてないよ、サー。〈下〉、つまり下界と同じさ。したいようにすればいい」

「おれが訊いてんのは移動のこと。風《ハームー》の吹くままどこへでも飛んでいけるのか？」

「そういうわけにはいかないんだ、ご主人様。でも、あなたの死体が通ったところなら、どこへでも行ける」

「そんだけ？」

「誰かがあなたの名前を口にしたら、その場所へも飛んでいける。ただし、パリとかモルディブとかは無理だよ。あなたの死体がそこに運ばれていないかぎりね」

「なんでまたモルディブ？」

「幽霊たちはあそこが楽園だと勘違いしてるんだ。あの辺りの浅瀬じゃ、アカエイより霊魂の数のほうが多いくらいだ」

「けど、風には乗れるんだよな？」

「死者にとっては、公共交通機関みたいなものだよ、サー。いい？　見てて」

　そう言うと、セーナはバンの屋根をすり抜けて消える。セーナがおまえを呼ぶ声がして、おまえはきょろきょろと辺りを見回す。夜はすでに明け、行き交うバスはオフィスに向かう奴隷たちと、奴隷になるべく訓練中の学童たちで満員だ。そして、どの車両にも、おまえの同類が屋根に手をかけ、ブラブラぶら下がっている。車の列を眺めやれば、屋根という屋根に食屍鬼《グール》が乗っているのが見える。

「マーリさん。こっち、こっち。飛び込んできて」

　おまえは自分で自分をつねってみる。何も感じない。つまり、これは夢ってことだ。あるいは、もはや肉体がないのか。さもなきゃ、これはもはや肉体がないという夢なのか。夢であれば、疾駆するバンの金属製の屋根にダイブしたところで支障はないはずだ。というわけで、おまえはダイブする。プールに飛び込むのと似た感覚だが、この水は錆の味がして、湿ってはいない。

「どうして底を突き抜けずにバンに乗っていられるんだ？」

「話を聞いてないんだね、サー。ぼくたちは自分の死体に紐づけられてる。自分の死体が通った場所を吹く風にならこの乗っていけるんだ」

「そんだけかよ？」

「カンダーナで死んで、そこから車で運ばれてカドゥガナワに埋葬されたとしたら、キャンディ・ロード沿いのどこにでも行けるよ」

「ああ、けどクルネーガラの厨房でブスリとやられてその庭に埋められた場合、選択肢は限られるよな？」

　セーナはおまえを肉のありか、悪臭の出所へ押しやる。それから、バラルとコットゥの間に立って待つ。おまえがこのやせっぽっちのガキに手を出そうとしたというのは、ありえない話ではない。なにしろおまえはこの十年間、動くものなら相手を選ばず、動きたがらないものともそれなりに場数を踏んできた。これはルームメイトのＤＤが一杯のマティーニを分け合いながら言ったこと。ジョークに見せかけた挑発だ。

　バンはビショップス・カレッジ近くで道路のこぶにぶち当たる。すると、すかさずセーナが空気ではない何かを吸い込んで、バラルとコットゥに吹きかける。バンがガクンと跳ねた弾みに、二人の頭がゴツンとかち合う。セーナが声を上げて笑い、おまえもつられて笑う。死者だって、ちょっとしたドタバタを楽しみもするのだ。

「クソッ！　なんなんだよ？」コットゥが叫んで頭に手をやる。

「すみません、ボス」ドライバーマッリが抑揚のない声で答える。「ちょっとこぶにぶつかって」

「おまえの頭にこぶをこしらえてやろうか」

「ここいらは道が悪くてダメだ。今の政府はそろそろ潮時なんだ」

「おまえの政治論なんて誰も聞いてないっつの、ドライバーマッリ」コットゥが頭のこぶをさすりながら言う。

どうやってやったのか尋ねると、肉体を持たない霊魂にのみ使える技があるのだ、とセーナは答える。ただし、その技を使うには決断する必要がある、とも。

「決断って、何を？」おまえは尋ねる。

「仲間に加わるかどうかだよ」

「仲間って？」

「あなたやぼくみたいな存在」

「そいつらもゴミ袋を被ってんのか？」

「すべての殺されし者に正義をもたらし、墓なき者に復讐を遂げさせるのさ」

「どうやって？」

「あのゲス野郎どもを叩きのめしてやるんだよ。あいつらのボス、ボスのそのボス、ぼくたちを殺したクズどもを。皆殺しにするのさ、ご主人様《ハームー》。ぼくを信じてないの、サー？　それがあなたのそもそもの間違いなんだ」

「おいおい、若造《ブター》。おれが犯した間違いの数はおまえのあっちの経験回数より多いぜ」

「ぼくの死体は他の十七人の死体といっしょにフリーザーに入れられていたんだ。結局はあの湖に捨てられちゃったけどね」そう言って、セーナはゴミ袋を体に巻きつける。

バンが急停止して、ごろつき二人が悪態をつく。どうやらドライバーマッリが居眠りをしてブレーキを踏んでしまったようだ。彼の顔の傷痕と耳を覆う影におまえが気づいたのは、そのときだ。目に宿る絶望はコロンボじゅうを車で駆けずり回って人肉を運搬する者にしてはべつだん珍しいものではない。セーナが若者の耳に何やらささやくと、バンがまた動きはじめる。

「あなたがなくしたものをいっしょに見つけてあげるよ」セーナは言う。

ドライバーマッリにその声が聞こえたしるしがあるとすれば、ピクリと動いた片方の眉だけだ。

「不正を働きし者には罰を。不当に扱われし者には慰めを」

「おまえの声ってこいつに聞こえてんの？」

「うん、そう」

「おれらって生きてるやつに話しかけられるってこと？」

「やり方さえ教わればね」

バンはミリハーナの環状交差点で脇道に逸れ、郊外を抜けて工場地帯へ入っていく。

「なあ、セーナ、この車ってどこに向かってるんだ？」

「後ろに積まれているあと二人の死体について知りたくはない？」

バンの後部に目を向けると、袋詰めにされた肉の周りをハエが何匹も飛んでいる。ハエが人間に生まれ変わることってあるのだろうか、とおまえは思う。

「何者なんだ？」

「じきわかるよ」

「今知りたいんだよ。おれたちどこに向かってるんだ、同志セーナ？」

「さあね、ボス。もしかしたら、ぼくたち、お墓がもらえるのかも」

「埋めるようなもん残ってんのか？」

「肉は肉にすぎないよ、ご主人様《ハームー》。あなたの美しい部分はまだここにある」

面と向かって言われたことはそう多くなかったが、たしかにおまえは美しかった。おまえは自分の美しい肉体が包丁で切り分けられるさまを思い浮かべる。人間なんて肉になってしまえば、みなひどく醜い。そして、ひどく醜いのは、この美しい島も同じだ。それにしても、おまえはアンマに、ジャキに、ＤＤに、なんてひどいことをしてしまったんだろう。

なすび

ＤＤに言わせれば、それはこの世で最も醜いもの。おまえに言わせれば、この世界には醜いものが山ほどあって、こいつはそのトップテンにも入りはしない。ベッドの下の箱には封筒が五通、そのそれぞれに醜いものが閉じ込められていた。どの封筒も中身は白黒の写真で、表にはフェルトペンでトランプのマークが描かれていた。おまえが住んでいた部屋にはほとんど家具はなかった。人生のすべてを捨てて、残ったのは撮った写真とあの箱だけだった。

ＤＤはこれまでの人生で見たなすびは三つだけだと言っていた。おまえのと、父親のと、自分自身のと。

「さすがお坊ちゃまは違うね」おまえは言った。「全部が全部なすびに似ているわけじゃないぞ。たいていはニワトリの首みたいで、マッシュルームみたいなのもある。中には、赤ん坊の拳みたいなのも」

「さぞかしたくさん見たんだろうね？」ＤＤが尋ねた。それはかつておまえがキリノッチで移動に使った、少年兵を満載した装甲車より重い質問だ。

「そんなに多くはない」おまえは答えた。「どれも美しかったけどな」

「誰彼かまわずキスするんだろ」とＤＤ。「動くものにも、動かないものにも」

「なすびって言えばさ、あれって一番動いてほしくないときに限って、動いちまうものなんだよな」

それから、おまえはＤＤ相手にペニスについての講釈を垂れた。アジア人は一物が最も短小であるにもかかわらず、最もお盛んだということ。ビンビンなのもフニャフニャなのも、濡れているのも乾いているのも、つるんとしてるのもしわしわなのも、どれも健康なムスコだということ。人体の中で唯一形を変えられる部位だということ。嘘をつくたび、何インチも伸びる鼻を想像してみるといい。さもなきゃ、足の小指が親指に変わるところを。

「で、何人？」ＤＤはおまえの両膝の上に顎をのせて尋ねた。おまえは腹筋の最中で、ＤＤはそのコーチ役を務めていたんだ。「二十？　五十？」

数えようとしたことはあるが、三桁を超えたところでやめてしまった。

「十人以下ってことはないよね。その二倍。当たりでしょ？　それとも、もっと？　二十以上？

うへっ、勘弁してよ」

「誰だってなすびは好きだろ。何がいけない？」

「ぼくが好きなのはきみのだけだよ」

続いておまえは、出生時の割礼が潜在意識に怒りを植え付け、男を暴力的にするのだと主張した。

「それって馬鹿げた偏見だよ」とＤＤ。「ぼくは包皮を切除した。きみはしていない。暴力的なのはどっちさ？」

「うーん」

「ぼくのこと、暴力的だと思ってるの？」

「情熱的ではあるな」おまえはＤＤのしなやかな首にバーベルをのせ、ＤＤがそれを持ち上げるのを眺めた。「興奮したときのおまえはおっかないぜ。怒りなんて感情、おれには想像もつかないけどな」

バーベルが重力に従い、胸に血が行き渡ったところで、ＤＤがにやりと笑った。

「ぼくが興奮したところなんて見たことないくせに」

「あるさ」

「それに、きみの理屈はでたらめだ」

「なら、どうしてアメリカ人とユダヤ人とイスラム教徒は年じゅう戦争をやってるんだ？　幼い頃に包皮をなくしたせいで、潜在意識に怒りを抱えているからだよ。赤ん坊ってちょっと頭をぶつけただけでも泣きわめくだろ？　それがあれほどの激痛を味わわされた日には……」

「ものを知らないにも程がある。それに、今きみが言ったことって、ひどい侮辱だ」

「ＷＨＯの報告書で読んだんだって。戦争を仕掛ける国にはどこも割礼の習慣がある。イスラエル、レバノン、イラン、イラク、アメリカ、コンゴ……」

「ソ連やドイツ、イギリス、中国は？　そんな習慣あった？」

「完璧な理論なんてないさ」

「ハハ」

DDはしたり顔で笑うと、おまえにバーベルを預けた。

「シンハラ人とタミル人はどう？　どっちにも割礼の習慣はないよね」

そう言うと、両の眉を上げ、えくぼを作ってみせた。DDにはたまに正論を振りかざすという困った癖があったんだ。

それから、二人はひとしきりレスリングに興じたあとで、ごろんと床に寝転がった。そこでDDがこれまでに見た最大と最小のペニスについて尋ね、おまえはヴァンニの素朴な農民とベルリンの巨漢ロッカーのことを話して聞かせた。ただし、その馬みたいな一物の持ち主である農民が出会ったときすでに死体だったことは省略した。そのギタリストが包皮を切除しておらず、あそこが小さかったにもかかわらず――あるいは、そうだったからこそ――裏道でいきなりおまえに襲いかかってきたことも。

さらに、おまえは男根とは男に自由意志がない証だと説いた。やや間《ま》があって、DDが鼻を鳴らした。「そんな苦しい言い訳、聞いたこともないよ」

「男は自分の一物に血液を送り込むタイミングをコントロールできない。耳にささやき、目隠しをする悪魔がいるようなもんだ」

「きみにとってはそうかもね」

その晩、おまえは箱から封筒を一通取り出した。名前は付けていなかったが、付けるとしたら、たぶん「なすび」にしただろう。中身は大量の男性器の詰め合わせで、持ち主の許可を得て撮ったものもあれば、そうでないものもあった。おまえは厳選した何枚かを「ジャック」と記した封筒に入れ、残りを捨てた。DDにはおまえが撮った写真をこっそり眺める趣味があったが、あの無邪気で澄んだ瞳にはこいつは刺激が強すぎただろう。

その箱には封筒が五通。どれもトランプのカードにちなんだ名前がつけてある。「エース」はイギリス大使館に売った写真。「キング」はシンハラ軍の依頼で撮った写真。「クイーン」はタミル人NGOに買われた写真。だが、「ジャック」はおまえだけのもの。

五通目の封筒の名前は「テン」で、中にはDD、そして、スリランカの最も美しい姿をとらえた写真が入っていた。

「おまえは十点満点《パーフェクト・テン》の恋人だよ」いつだったか、おまえはDDにそう言ったことがある。それから、こう付け足したんだ。「いや、十三点満点の十点かもな」

熟練の肉屋

バンが動きだす。コットゥがまた煙草（銘柄はゴールドリーフ）に火をつけ、腹を掻《か》く。車内は蒸し暑く、錆と灰皿と腐りかけの肉の臭いがする。

「なんでおれがここまで頭に来てるか教えてやろうか？」バラルが言う。

「大ボスのせいか？」とコットゥ。

「プロ意識の欠片《かけら》もないからだよ」

「大ボスに？」

「なんでもかんでも『大ボス』につなげんなよ。あいつにカマでも掘られたか？」

「おれは汚れ仕事をやるしか能のない男だ」コットゥが言う。「今からでもまともな仕事にありつけるなら、喜んでやるさ。けど、泥棒を雇うやつなんてどこにいるよ？」

コットゥが悲しげに口ひげをなでる傍らで、バラルが指の関節を鳴らす。バラルの腕が引き締まっているのは長年肉をさばいてきたため。コットゥの頬が落ちくぼんでいるのは長年キンマ（コショウ科の植物。南アジアでは嗜好品として葉を噛む習慣がある）を噛み続けてきたせいだ。

「おれが言ってんのもそういうこと」と、バラル。「まともな仕事がやりてえのよ。こういうやっつけ仕事じゃなくってさあ。指を切り落とし、歯を粉々にして、顔をぐちゃぐちゃにする。そうやって順を踏んで誰だかわからなくすりゃ、どこにだって捨てられるんだ」

「こんなのはまともな仕事じゃない」運転席でドライバーマッリが独りごちる。

「計画があるって言ってたよな？」コットゥが腹をさすりながら言う。「四階の冷蔵庫は満杯だぞ。こいつをあそこに持ち帰るわけにはいかない」

「細かく刻んでどこかに埋めるか？」

「どんだけ穴掘りゃいいんだよ？　肉切り包丁さえありゃ何もかも解決すると思ったら大間違いだぞ」

「おれは熟練の肉屋だぞ。つっても、この仕事のほうが養鶏場より実入りがいいけどな」

ドライバーマッリが声を上げる。「バラルさん、コットゥさん。わたしはもうクタクタです。いつ家に帰れるんで？」

ゴミ処理人どもから返事はない。

「だからさ、兄貴《アイヤー》、いつもどおりやるだけだって」バラルが言う。「はらわたを取って、血を抜いて、切り刻んで、埋める。毎回べつの場所に」

「ジャングルに捨てて、燃やしちまうってのはどうだ？」

「ここいらでジャングルつったらどこよ、アイヤー？　サトゥトゥ・ウヤナの児童遊園か？」

「なら、そのでっかい計画ってのはなんなんだよ？　ベイラ湖もダメ、ディヤワナ湖もダメ。ビーチは警備が厳しくて、たき火するにも許可が要る」

「クロウ・アイランドにゴミ捨て場がある」

「あそこは人間のカラス《クロウ》が多すぎる」

「カラスなら食ったことあります」と、ドライバーマッリ。口元は笑っているが、目は笑っていない。「ヤギみたいな味だったな」

「ラブガマ森林保護区は？　ＳＴＦやＩＰＫＦが死体を捨てまくってるって聞いたぞ」コットゥが言う。

「あそこは無理だ。入るのに許可が要るからな」

「大ボスに話してみるよ」と、コットゥ。「人をバラすにもまずは法律に従えってな」

「よし、じゃ、こういうのはどうだ？」と、バラル。バンは今渋滞にはまっている。

「今度こそまともな案なんだろうな」

「うちの猫ちゃんたちの餌にするのよ」

「はあ？」

バラルが笑い声を上げる。空々しく甲高い声だ。ぶつぶつと独りごちるドライバーマッリの耳元では、助手席のセーナが何やらささやいている。おまえは肉を詰めた袋の傍らで震えながらカメラを構える。

「冗談、冗談。けど、おれんちが猫だらけっつのはほんとだぜ。スナドリネコだって一匹いる。下水溝で見つけたんだ。いっつも腹を空かしててさ」

「スナドリネコ？　マジかよ。まさかヌマワニはいねえよな？　動物園から逃げたヒョウは？」

コットゥが調子に乗りはじめている。バラルはそれに気づきはじめている。

「どうして猫を？」クラクションを鳴らしながら、ドライバーマッリが真顔で尋ねる。

「いい副業になるんだよ。中国人に売るのさ」

「中国大使館に？　嘘つくなって」と、コットゥ。

「違うって、アイヤー。グランドパスの中華料理屋にさ。中国人は余計なことは絶対に訊かない」

二人は魔女みたいな笑い声を上げ、煙草の最後の一本を回しのみする。

「バラル、おまえってやつはつくづく呆れたゲス野郎だな。ドライバーマッリ、ホテルに戻ってくれ。なんとか冷蔵庫の隙間を見つけるしかなさそうだ」

「今日はもう集荷は？」ドライバーマッリの顔は笑っていないが、かと言って不満があるふうでもない。答えなどどうでもいいかのようだ。

「ない。おれたちだってちっとは寝なきゃなんねえもんな？」

「どうせ寝られやしません」運転手はそう言って、エンジンを切る。

心の片隅を照らす《ライト・ザ・コーナーズ・オブ・ユア・マインド》

（映画『追憶』の主題歌、バーブラ・ストライサンドの「The Way We Were」からの引用）

おまえは歩けるようになったときのことも、しゃべれるようになったときのことも、おまるでウンチをするのを教わったときのことも覚えていない。そりゃ、誰だってそうだよな？　おまえは子宮の中にいたときのことも、そこから出て保育器に入れられたときのことも覚えていない。それ以前にどこにいたのかも。

記憶は身体の不快感とともに呼び覚まされる。くしゃみ、痛み、痒み、疼き。もう肉体がないのに妙な話だが、催眠術師が言うように、痛みも喜びも心の内のみに宿るものなのかもしれない。記憶は息をのんだときの、窒息しかけたときの、縛めを解かれたときの感覚とともによみがえる。

それはおまえがカメラを構えるたびに起こる。ガラスの覗き穴から垣間見えるのは、あのときあの顔を照らした光、山並みを覆う影、おまえが撮った写真、おまえが割ったレンズ。おまえはいくつもの欠片を思い出し、いくつもの破片を取り戻す。

脇腹に刺すような痛みが走り、息子の十歳の誕生日の前日にパーシクダー・ビーチで手をつなぐアルバート・カバラナとラクシュミー・アルメイダの姿が見える。あれは二人がまだバドミントンでミックスダブルスを組んでいた頃。バーティが家を出るのはこの数年後、ラッキーが昼下がりから酒を飲むようになるのも数年先だ（バーティはアルバートの愛称、ラッキーはラクシュミーの愛称）。父はその体に巣食う病にまだ気づいておらず、母はダルリーンおばさんの存在に気づいていない。

音のしないニコンのシャッターを切ると、着衣を剝がれて殴られるひとりの男が見える。暴徒が笑いながらたき火に使う枝を集めている。あの写真がきっかけで、おまえはある女から連絡を受けた。ぽってりとした唇をした、黒い肌の女。いくら身をよじってもうなっても、名前が出てこないスペードのクイーン。
ひび割れたボタンを押せば、未遂に終わった自爆テロ用のジャケットが見える。その持ち主は「逃げようとして」殺された。それはろうそくの光を使って撮影された写真だ。朝焼けが水田を黄金色に染めるスーリヤカンダの共同墓地では、ライトの類は必要なかった。おまえは地平線まで累々と横たわる骸《むくろ》を眺めやり、死んだ子どもたちに目を凝らす。少年たちは家族宛ての遺書を書かされてから処刑された。彼らの犯した罪とは、ＳＴＦの大佐に顔が利く校長の息子をからかったこと。

何度ＤＤを裏切ったかは覚えていないが、罪悪感を覚えたのが一度きりなのはわかっている。ＪＲに投票したことも、三分で百三十万ルピーすったことも、父親を打ちのめす言葉を吐いたことも覚えてはいない。だが、自分がその三つ全部をやったことはわかっている。

セーナのことは記憶にない。会ったことも、集会に出たことも、キスしようとしたことも。自分が死んだときの記憶もない。どんないきさつだったのか、誰がそばにいたのか。そして、できればそれを知らずにいたいと思うのはなぜなのかも。

もしかしたら仕事の出来が良すぎたせいで捕まったのかもしれない。この十年間に多くのジャーナリストや活動家が同じ目に遭ってきたのだ。もしかしたら有力者に顔が利く父親を持つ誰かをからかったせいで消されたのかもしれない。もしかしたら自分でけりをつけたのかもしれない。前にも試そうとしたことがなかったわけじゃない。どれもありそうなシナリオだ。

だが、ギャンブラーなら誰もが知るように、この神なき世界の最大の殺し屋は、でたらめに転がるサイコロだ。手を替え品を替え襲いかかる悪運。そこからは誰も逃れられない。

カメラは泥にまみれている。おまえはそれをめちゃくちゃに揺さぶってから、顔の前に持ってくる。ニコンはもう泥の色をしていない。割れたガラスとぼやけた色彩の向こうに、キリノッチの爆撃で死んだ者たちが見える。傷だらけの犬、血を流す男、母と子。おまえはこの写真を崩れかけたビルの屋上から撮影した。ファインダーをのぞくおまえの胃に穴が穿《うが》たれ、それはどんどん大きくなって、ついには喉を押しつぶしそうになる。あの箱の中にはもっとおぞましい写真だって入っていたが、どういうわけかこの一枚がどんな写真よりおまえの悲しみをかきたてる。

脳裡の画像が記憶に残る最後の場面に切り替わる。おまえはカジノにいて、すべてのチップを黒い色の何かに賭けている。

墓地に行くべからず

「おい、どこ行くんだよ？」

バンはボレッラ墓地の脇で立ち往生中だ。二人組は眠り込み、ドライバーマッリは小声で鼻歌をうたっている。映画『ランバダ』の主題歌の乱調バージョン。つまり、オリジナルには忠実だ。

「こっちも忙しいんだ」セーナが言う。「あなたといても時間の無駄みたいだからね、サー」

「じゃあ、おれは何をすりゃいい？」

おまえだって、七つの月を人肉満載のバンの中で過ごしたいわけではない。後部に積まれたゴミ袋が風にカサカサと鳴る。

「無理強いはできない。そこが問題だ」

セーナは三輪タクシー《スリーウィーラー》の幌の上から跳ねあがると、バスの側面を蹴ってボレッラ墓地のフェンスの上に跳びうつる。半ば動いてる乗り物から跳ぶなどという芸当が自分にもできるのだろうか、とおまえは思う。下手すりゃ命取りだ。と言っても、命はもうないけどな。セーナが歩道から呼びかける。「自分の死んだ理由、知りたくないんだよね。なら、こっちもあなたのことなんて知るもんか」

いびきをかき、よだれをたらすバラルとコットゥの後ろで、ガサゴソと物音がする。肉の袋から亡者が二人姿を現す。どちらも服は裂け、目はうつろ、襟足を長く伸ばしたマレットヘアまでお揃いだ。こいつらには見覚えがあるし、その理由もわかっている。おまえはこいつらの死体がベイラ湖畔で八つにバラされ、自分の死体の脇に置かれるのを見た。歳は若く、気絶するまで殴られた顔をしている。四つの目玉が眼窩《がんか》でぐるりとひと回りしてから、おまえめがけて飛び出してくる。

おまえはバレリーナよろしく三回転ジャンプを決めると、墓地の門に激突、隣でセーナがげたげた笑う。振り返ると、幽霊二人組が追いかけてくるのが見える。おまえは悲鳴を上げ、セーナはさらに爆笑する。

やつらはいかにも幽霊っぽくおまえの後ろを黙ってゆらゆらついてくる。爪のない指が、足首に残る傷痕が、まるで自分の脳みそを飲まされたかのように見開かれた目が、雄弁に語る。生きている頃にも、これと同じ目を何度か見た。電柱に逆さ吊りにされた者、道端で焼かれた者、木に釘付けにされた者。みなこの二人と同じ目をしていた。違うのは、あの死体たちは動かなかったことだけだ。

「こいつら、濡れ衣を着せられたのさ。ああ、なんて罪深い話だ」セーナが言う。「二人とも工学部の学生だ。太ったほうはモラトゥワ大。もうひとりはジャフナ大。一斉検挙に巻き込まれ、拷問を受けて殺された」

「どうしてそんなことが？」

「いい質問だね。彼らがシンハラ人だったから？　タミル人だったから？　それとも、貧しかったから？」

「銃口は中産階級にも向けられる。ジャーナリストのリチャード・デ・ゾイサしかり、活動家のラーニー・スリダラン博士しかり」おまえは言う。「ああ、そうさ、このおれもそのひとりだ。撃たれた記憶はないけどな」

おまえには、リチャードのようにベッドから引きずり出され、息子の命乞いをする母親を残して連れ去られた記憶はない。ラーニー博士のようにかつての教え子から殺害予告を受けた記憶はない。

「彼らは罪のない学生だ。そこが問題なんだ。あなたにもぼくにも関係ある話だよ」

「おれは関係ないだろ」

「よく言うよ」

「おれはＪＶＰじゃなかった。関係なんてあるもんか。ＬＴＴＥでもないし」

おまえは声を荒らげるが、ゾンビの理系男子たちは気づいていないようだ。

「イギリス人のために仕事をしたって言ったよね？」

「んなこと言ったか？」

間違って殺された工学部生たちがはっと息をのむ。最初に影が見え、続いて影の主が姿を現す。図体はデカく、四本足で悠然と歩く姿は猟犬のようだ。車の屋根を飛び石よろしく渡ってくるそいつの髪と歯、それに目だけが見える。

何よりおぞましいのはその声だ。恐怖に塗り固められ、肉に囚われた、救われぬ魂たちの声。その不協和音は赤ん坊の泣き声にも似て、何台ものシンセサイザーが競い合って聴くに堪えない音を鳴らしているようでもある。そもそも、シンセに聴くに堪えうる音が出せるのかという問題は脇に置くとして。

頭は牛で、胴体は熊。その化け物はおまえに向かってさっきより速足で迫ってくる。髑髏《どくろ》の首飾りをぶら下げて、皮膚の下には無数の顔が埋め込まれている。おまえはその顔から目を逸らすことができない。

「ゆっくり動いて」と、セーナ。「行くよ、今だ！」

「あいつは何者だ？」

「ナラカ。地獄の生き物だよ。悪鬼《ヤカ》よりたちが悪い」

おまえはセーナに引きずられて風に乗る。うなり声は止まない。おまえの脳を直撃する、調子っぱずれな千の金切り声。化け物は動くトラックの上に立ち、おまえを見据える。その姿は実体というより影に近く、全部のチャンネルを一度に映す古いテレビみたいな雑音を発している。そいつの腹の中で無数の死んだ魂がばらばらの周波数で叫んでいるのだ。おまえはセーナの風を追い、風は墓地を吹き抜ける。

・・

ボレッラ墓地は木々と蛇と墓石から成る景勝の地だ。生前、おまえは何度もここに立ち寄っては平和な散歩を楽しんだものだ。だが、今日この場所は平和とは程遠い。墓地には、異形の死霊や角の生えた妖鬼がひしめき、目のやり場に困るほど。墓石の上にちょこんと座るやつもいれば、会葬者の背後にぼうっと浮かんでいるやつもいる。木々やフェンスは隙間なくそいつらで埋まっている。歩く姿はゾンビみたいで、瞳の色はばらばらだが、剝《む》けかかった皮膚は一様にタルカムパウダーをはたいたような色をしている。間違って殺された工学部生二人組が門の前で立ちすくむ。セーナが振り向き、顔をしかめる。

「何を怖がってるの？　きみたちはもう死んでるんだよ！　最悪のことはすでに起きたんだ」

　これはシンハラ人の決まり文句で、とりわけ戦闘地域でよく耳にする。この台詞を救援活動家が、兵士が、テロリストが、村人が口にするのをおまえは聞いたことがある。悪いことはもう全部起きた。これ以上ひどくなりようがない。

「墓地に行くべからず、じゃなかったっけ？」おまえはふわふわと通路を進むセーナに問いかける。

「マハカーリーはここには入ってこられないんだ」

「マハ……なんだそりゃ？」

「呼び名は他にもいろいろある」ひそひそ声でセーナが続ける。「マルワ、マハソナ、カルバッラ、クヴェニ。ぼくはマハカーリーって呼んでるけどね。魂を飲み込む者、風に乗ってさすらう最強の神。この神の前では、悪霊《デーモン》も悪鬼《ヤカ》もひざまずく。ぼくやあなたのようなちっぽけな幽霊《ゴースト》とは格が違うんだ。だけど、覚えておいて。悪霊《デーモン》も悪鬼《ヤカ》も、その上に立つ神でさえも、招かれざる場所に行くことはできない」

「で、どうしたら教えてもらえる？」

「悪鬼《ヤカ》のこと？」

「おれが死んだ理由」

「興味ないのかと思ったよ」

「知ってるって言ったよな」

　セーナがゴミ袋のマントをもてあそぶ。

「ぼくはあなたのヘルパーじゃないんだよ、サー。手を貸してくれる人にしか手は貸せない。ぼくの助けが要らないなら、ここで別れたっていいんだ」

「国連みたいな言いぐさだな」

　午前の太陽がそろそろ昇り切る時間だ。道には車と、ランチを求めてさまよう連中が溢れている。おまえは自分の服についた血を見下ろす。眠っている間に死んだわけではなさそうだ。ＬＴＴＥはラーニー・スリダラン博士の命を奪い、政府はリチャード・デ・ゾイサの命を奪い、ＪＶＰは憧れの映画スター、ヴィジャヤ・クマーラトゥンガの命を奪った。ならば、おまえの命を奪ったのは誰だ？

　木々には目がずらりと並び、通路はどこも食屍鬼《グール》どもでふさがっている。目下、三件の葬儀が執り行われているが、そのいずれにも多数の霊魂が参列中だ。人間が結婚式を好む以上に幽霊は葬式が大好きなんだ、とセーナが教えてくれる。

　おまえは風をかきわけ、コロンボじゅうの死者が眠る墓場を飛び回る。ここに眠るのは、英雄となった兵士、殺害された政治家、しゃべりすぎたジャーナリスト。おまえはなじみの顔を探す。ラーニー博士やプリンス・ヴィジャヤのような有名人を。だが、そこにいるのは、生きているときから一顧だにされなかった名もない霊魂ばかりだ。そして、爆弾にやられた者、燃やされて消された者に紛れて、死因不明のおまえがいる。

「幽霊たちはどうしてここに留まってるんだ？」おまえが尋ねる。

「自分の死体があるからだよ」セーナが答える。

「墓のないやつはどうなる？」

「しーっ。目線を下に向けて。誰にも話しかけちゃダメだよ」

通路ではしゃぐゴーストどもは暑さなんかに挫けない。今は二件の葬儀が進行中だが、食屍鬼《グール》や餓鬼《プレータ》（こいつらは、あらゆる霊の中で最も腹を空かせている）が多数参列し、惑わせそうな生者はいないか、くすね取れそうなものはないかと物色している。

セーナはおまえを火葬場の建物へ導く。そこは墓石の並ぶ通路ほどは混み合っていない。工学部生二人組は火葬場の壁のそば、木炭の入った樽の横に立つ。セーナは樽に手を突っ込むと、両手をこすり合わせる。それから、壁の前に浮かび上がって、そこに文字を記しはじめる。壁いっぱいに炭で書かれたのは、六つの名前。工学部生が畏怖のまなざしをセーナに注ぐ。

ドライバーマッリ
バラル
コットゥ
ザ・マスク
ラージャ少佐

シリル大臣

顔から頭巾がはらりと落ちても、セーナは気にしない。学生を見て、それから、おまえをひたと見据える。

「これが何ヵ月も前にぼくを殺した暗殺部隊だ。こいつらが先週きみたち二人を殺した。で、マーリさん、昨夜あなたを殺したのもこいつらさ」

「それって裏取れてんのかよ？」

「こいつら全員苦しめてやるんだ。ひとり残らずね。力を貸してくれるかい？」

工学部生二人組がこくりとうなずき、セーナが微笑む。

「苦しめるって、どうやって？」

「計画ならちゃんとある」

・・

信用できないやつらに言いくるめられ、したくもないことをやらされるのには慣れっこのおまえだ。けど、今度ばかりはそうはいかない。

「悪いな、同志セーナ。壁に文字を書く方法を教わりたいのはやまやまだが、もう行かないと」

「同志なんて呼ばないでよ、ご主人様《ハームー》。あなたはただのシャンパン社会主義者だ」

「なんでおれをご主人様なんて呼ぶんだ？　おれはおまえの主人じゃない」

「小さい頃から二流の連中を『ハームー』とか『サー』って呼ぶように叩き込まれてきたんだよ。

貧乏な家に育ってそういうことさ。子どもの頃から下働きをさせられた。せっかく学位を取ったのに、通りで野菜を売らされたりしてさ。ぼくらがこの街で暮らしていくには、金持ちを『サー』と呼ぶしか道はないんだ」

おまえは風の音に耳を澄ます。死ぬまで知らずにいたことがおまえにはいろいろとあるんだ。

「友だち。おふくろ。おれには会わなきゃならない人がいる」

「なんのために？」

「DDに謝りたい。ジャキに箱のことを知らせたい。おふくろ《アンマ》に悪いのは親父《ダダ》だって伝えたい」

「感動的な話だね、サー。でも、ぼくらにはやるべきことがある」

「どうしてもみんなに会わないと」

「そんな大衆歌謡《バイラ》みたいな話を聞くためにあなたを救い出したんじゃないよ」

「救い出してくれなんて頼んでない」

「頼んでないのは誰だっていっしょさ。頼んで貧しく生まれる人はいない。頼んで病気になる人もいない。頼んで変態に生まれつく人もいない」

「おれは変態じゃない」おまえは言う。それはおまえがこれまでにも何度も口にしてきた台詞だ。

「ご主人様《ハームー》ったら、屋上から放り投げられたせいで頭がおかしくなっちゃったの？　それとも、正気をなくしたのは、コロンボ7のドラッグパーティーで？」

「おれが住んでる地区はコロンボ2だ。屋上から放り投げられたって、それ誰から聞いた？」

「そのぼろぼろの体を見なよ。いっしょに頭も壊れちゃったのかもね」

おまえは下を向くが、わかるのは片方のサンダルをどこかでなくしたことだけだ。まるでシンデレラみたいだが、ミズーリにいる義理の妹たちはおまえほど意地が悪くない。

「コロンボ7はすべての田舎者が羨む地区だ。あそこで開かれるパーティーに潜り込むには、ヤバいクスリがしこたま必要なんだぞ」

「JVPに入ったことは覚えてないの？」

「死んだことも覚えてないんだ。暗殺部隊なんて知らないし、屋上から投げられた覚えもない」

「要するに、あなたは貧しい人たちの写真を撮ることにしか興味がない。彼らを助ける気はないってわけだね」

「わかった、わかったよ。そっちに手を貸せば、そのお説教をやめてくれるか？」

「もちろん」

「で、こっちにも手を貸してくれるんだな？」

「そういうこと」

　そろそろ風に乗る要領もわかってきたが、それを言葉で説明するのは難しい。重力とは乗客を乗降用ステップに留め置くバスのようなもの。息を止めていると、そのうち息が体を支えてくれる。それはまるで絨毯のない魔法の絨毯。おまえはほろ酔いの粒子もかくやと宙を舞う。それにしても、どの風に乗れば、DDのもとへ運んでもらえるのだろう？

「死体なんて切り刻まれてしまえば、みな同じさ。キャンパス・マルキシストだろうがカフェ・マルキシストだろうが、草の根社会主義者だろうがシャンパン社会主義者だろうが関係ない。ハエはたかるし、蛆《うじ》はわく」

　ゴミ袋のマントがセーナの背中でぱたぱたはためく。その姿はスーパーマンというより壊れた傘に近い。

「なあ、どこに行くんだ？」おまえは尋ねる。

「墓地のはずれのマーラの木」

「なんのために？」

「あなたを助けるため」

「どうやって？」

「ぼくが信じているものはそう多くない。でも、マーラの木のことは信じてるんだ」

・・

マーラの木は伸び放題の雑草やひっくり返った岩を抱きかかえるようにその大枝を広げている。どの枝にも、かぎづめを引っかけて、化け物どもがぶら下がっている。ネズミや蛇やケナガイタチは墓石の間に隠れている。身を潜めるための影はそこかしこにあるのに、ここにいるのは影を持たない者ばかりのようだ。セーナが空いている枝によじ登り、おまえも後に続く。「ここで何をしようっていうんだ？」おまえは尋ねる。

「マーラの木は風をつかまえる。ラジオが電波をキャッチするようにね。ボダイジュもバンヤンの木も、風を吹かせる大木はたいていそうだよ」

「風のほうが木に吹くもんだと思っていたが」

「あなたのおじいさんは地球が平らだと思っていた。あなたがなりたいのはただの幽霊《ゴースト》？　それとも食屍鬼《グール》？」

「それってどう違うんだ？」

「幽霊《ゴースト》は風に乗って飛ぶだけ。食屍鬼《グール》は風を操れる」

「ここで何をする？」

「心を静かにしたら、あなたの名前を呼ぶ声が聞こえるかもしれない。自分の名前が聞こえたら、その場所に飛んでいける。死体が新鮮なうちにやるのが肝心なんだ。九十回も月が昇る頃には、コロンボ7で見かけたケツ穴野郎のことなんて誰も気にしやしないからね」

「なんだそりゃ？　まあ、『サー』って呼ばれるよりゃましだけどな」

おまえは鼻を鳴らし、瞑想する霊魂たちを見回す。樹上にいる者はみな、何やらぶつぶつつぶやきながら、前後に体を揺らしている。誰が瞑想中で誰が泥酔中なのかを見分けるのは難しい。

「心を静かにして、耳を澄ますんだ」セーナが言う。

「最後に瞑想したのは七〇年代だったな」おまえは答える。

「瞑想できるのはまだ息がある人だけだよ」

「何に耳を澄ませばいい？」

「自分の名前だよ。それも忘れちゃったの？　君の名を、人が呼ぶとき　わが身にも、恥はふりかかる（『バイロン詩集』阿部知二訳、新潮社より引用）、ってね」

「詩なんてどこで習った？」

「スリボディ・カレッジ出のぼくには、詩なんてわかるはずないって言いたいの？」

「おまえ、どんだけキレやすいんだよ？」

「いいから集中して！」

日が傾きはじめている。光がいたずらを仕掛ける時間だ。葬列は散らばり、霊柩車は墓穴めざして静々と進んでいく。おまえは身じろぎもせず、頭の中の歌に耳を澄ます。何も聞こえない。エルヴィスやフレディさえも。

木は見るたび質感を変えていく。樹皮のコーヒー色は濃くなっては薄くなり、葉には金色のまだら模様が揺らめき、葉叢《はむら》は熱帯雨林と苔の間を行き来する。光のいたずらか、幻覚か、あるいはそのどちらでもないのか。

行き交う車のうなり、犬のあくび、霊魂たちの衣ずれが熱気を満たす。おまえは頭を空っぽにして、いくつもの顔が浮かぶに任せる。見覚えはあるが、どれも名前を思い出せない。大柄な白人男、王冠を戴く者、ルビー色の唇をした黒い肌の女、口ひげを生やした若い男。

顔がトランプのカードに変わる。ダイヤのエース、クラブのキング、スペードのクイーン、ハートのジャックが目の前をひらひらと飛んでいく。と、そのとき、おまえの耳が何かをとらえる。最初はささやき、それから言葉。言葉は増え、やがて無限に溢れ出す。ささやきは絡み合い、音を紡ぎだす。あるときは、妙なる調べを。かと思えば、耳障りな雑音を。

たとえば、それは死体の上を這い回るマイクを付けた蟻の群れ。悪ガキどもがしきりに揺らすプラスチック箱の中の小石。一斉に飛び交うポルトガル語とオランダ語とタミル語。霊魂たちが吐く呪詛で放送電波は大渋滞だ。声という声が虚空に叫び、宇宙に吠え、未使用の周波数帯を狙ってがなりたてる。

そして、おまえはその名前を聞く。一度、二度。声はやがて叫びに変わる。

「名前はマーリンダ・アルメイダ。イギリス領事館に勤めてるんです」

「聞いたことないですねえ、ロレンツォ・アルメイダさんなんて人は」

「あなた、これが冗談だって言うの？　マーリンダ・アルメイダ。スタンリー・ダルメンドラン大臣の手紙だってあるんです。ほら、見てくださいよ」

　おまえはその声を知っているし、この声が怒りに震えるのを幾度となく聞いたことがある。辺りを見回すと、木は印象派の絵画みたいなぼやけた緑と金色の塊と化している。隣で同志セーナ・パティラナが微笑んでいる。やつがおまえに敬礼の真似をすると、おまえはやつの死んだ目の前から消え失せる。

二十人の母親

「フルネームはマーリンダ・アルメイダ・カバラナ」髪をツンツンに逆立てた若い男が言う。「これが彼のＩＤのコピーです。確認してもらえますか？」

「ここにはマーリンダ・アルバート・カバラナと書いてありますが」警視補が言う。「お友だちの名前をご存じない？」

「ああ、それは」隅に座った年配の女が口をはさむ。「バーティは父親の名前で。あの子は父親が家を出たあとに名前を変えたんです」

「こちらではＩＤの名前を使わせてもらいますよ」机の奥の警視が言う。

　この一年、この街の警察署は帰宅しない息子や娘の安否を案じる親たちを多数もてなしてきた。混み合う日ともなれば、悲嘆に暮れる親も半狂乱の親も換気の悪い廊下にまとめて押し込められ、その列は自転車置き場まで連なるのだった。

今、廊下には汗をかきかき待つ母親が三人。ひとしきり泣いて、おとなしくなったところだ。室内では、ひとりの美男子が机に身を乗り出し、警官に一枚の写真を見せている。ツンツンヘアのその青年と、百八十度趣味の異なるハンドバッグを手にした二人の女性は、この果てしない行列に首尾よく割り込んだのだった。

「ぼくはディラン・ダルメンドラン。父は大臣のスタンリー・ダルメンドランです」美男子が言う。「こちらはマーリンダのお母さん。こっちはガールフレンド。昨日の朝は以来に彼の行方不明で」

DDのしゃべるシンハラ語は、スリランカが誇る詩人マハガマ・セカラが操るアフリカーンス語と同じくらい流暢だ。そして、緊張すると文法がすべて吹っ飛ぶという特徴がある。

「あいにく、どうすることもできないんですよ」警視補が戸口に立って言う。「ご理解ください。七十二時間が経過しないことには、行方不明とは呼べないので」

「逮捕されたってことは?」赤いワンピースを着た若い女が尋ねる。「調べてもらえませんか?」耳には銀のイヤリング、口紅の色は黒、マスカラが頬に流れて、黒い筋を描いている。窓はすべて閉じているのに隙間風が入ってきて、女がジャケットを羽織る。おまえはその風に乗ってふわりと部屋を横切ると、窓の下枠に腰かける。

「あなたがた、お名前は?」年かさの女が若いほうの女の肩に手を置いて、尋ねる。

「わたしはランチャゴダ警視補。こちらはカシム警視です。お話は彼が記録します。ですが、三日間は捜索願を出せませんので、悪しからず」

ディラン・ダルメンドランがご婦人二人を見やる。ひとりは七十代で、ひとりは二十代、ひとりはしかめっ面で、ひとりは泣き顔だ。

カシム警視はずんぐりとして落ち着きがなく、太っちょの子どもに制服を着せたよう。ランチャゴダのほうは、コートハンガーにだらりと制服をかけたよう。カシムは書類を差し出すと、戸口の隙間から外を透かし見る。おりしも、さらなる母親たちがサロン姿の男たちに従われてロビーに入ってきたところだ。

「こちらに記入してください、マダム。ミスター・ダルメンドラン、マーリンダ・アルバート・カバラナを最後に見たのはいつですか？」

「アルメイダです。彼は先週からジャフナに行っていました。昨日、コロンボに戻ったと、ぼくのオフィスに電話をくれて」ＤＤが言う。「大きなニュースがあるから、夜にまた電話すると」

ＤＤが深く息を吸い込み、首のチェーンをたぐり寄せる。「なのに電話はなかった」

「まだ向こうにいるのでは？」

「部屋に鞄がありました。バスルームには濡れたタオルがかかっていた。彼はぼくたちが住むフラットから、ぼくのオフィスに電話をかけてきたんです。これから顧客何人かと会うとかで。そのあと電話するって言っていたのに」

「顧客というのは？」

「聞いていません」

「昨今のジャフナはきわめて危険だ。なんでまたそんな場所に？」

「仕事です」

「仕事というと？」

「カメラマンなんです」

「結婚式の？」

「報道」

「というと？」

「軍とかAP通信、他にもいくつかの通信社から依頼を受けて」若いほうの女が言う。豊かな髪のその娘こそ、一日の終わりにおまえの話に耳を傾けてくれた、たったひとりの友なのだ。

「軍というのはスリランカ軍？」

「それは数年前の話。今は軍の仕事はしていません」

「で、新聞社から仕事を請けていると？」廊下を見ていたランチャゴダ警視補がこちらに向き直る。頭がやけにガクガクして、肩につながっていないかのようだ。

「コロンボを離れるときは知らせてくれるし、戻ってきたら、電話をくれます」と、DD。「今朝はジャキを迎えにくることになっていた。なのに、なしのつぶてで」

「わたしはスリランカ放送協会《SLBC》で深夜ラジオを担当しているんです」ジャキが言う。「マーリはいつも迎えにきてくれて」

カシム警視が解読不能なぐり書きから顔を上げ、年かさの女のほうを見る。そうとも、彼女こそおまえのおふくろ《アンマ》さんだ。

「マダム、一度みなさんで家に帰って、息子さんが戻っていないか確かめたらいかがです？」

「あなた、わたしたちが冗談でここに来ていると思っているの？」アンマがかみつく。「あの子は昨日わたしに電話をくれたんです。話をするのは何ヵ月ぶりだったか。会ってランチしたいって。

そんなこと言う子じゃないのに。何かおかしいって、そのときピンと来たんです」

なんだって？　アンマとランチ？　最後にそれをしたのは、エルヴィスがまだ生きていた頃のことだ。おまえはカメラを揺すってみる。そうすれば、すべてを説明するような記憶が降ってくるとでも言うように。だが、レンズは泥にまみれたままだ。

カシム警視とランチャゴダ警視補が目配せをし、部屋にいる全員がそれに気づく。警視は首を縦に、警視補は首を横に振る。

「みなさん、ＩＤはお持ちで？」

ＤＤはおまえが二年前の誕生日に贈った財布から一枚のカードを取り出す。アンマは革のハンドバッグからえび茶色のスリランカのパスポートを引っ張り出す（ＩＤは前に洗濯機で洗ってダメにしてしまったのだ）。ジャキは布製のバッグから青い英国のパスポートを出し、ついでにハンカチで目を拭う。

カシム警視は唇を動かしながら、せっせと転記する。警視補が歩み寄り、肩越しにのぞき込む。

「ジャクリーン・ヴァイラヴァナタン。二十五歳。タミル人」ランチャゴダ警視補が読み上げる。「ラクシュミー・アルメイダ。七十三歳。バーガー人（ヨーロッパ人入植者とスリランカ人女性の子孫）」そこで、年かさの婦人のほうを見る。「マーリンダ・カバラナというのはシンハラの名前では？」

婦人は記入中の書類から顔を上げ、まなざしに負けないくらい冷ややかな声で告げる。「父親がシンハラ人でしたから。わたしはバーガー人です。全員スリランカ人ですよ。何か問題でも？」

「いや、何も、マダム。なんの問題もありません」

ランチャゴダは笑ってごまかそうとするが、鼻息めいた音が鳴るだけだ。

待合室からは、悲痛な泣き声が聞こえてくる。ランチャゴダは泣いている女を慰めるべく出て行く。警棒を取り出し、巡査に命じて女を追い払うことが、慰めることになるのなら。

「病院には問い合わせました？」

「ええ。それとカジノにも」ジャキが答える。

「またやってるのか？」と、ＤＤ。

「賭け事を？」と、カシム警視。

ＤＤは「いいえ」と答え、ジャキは「はい」と答える。最愛の母はかぶりを振って、ハンドバッグをにらむ。

「では、木曜日にまた来てください」そう言って、ランチャゴダ警視補がうなずく。カシム警視は誰も読まないであろう書類にペンを走らせている。「それまではわれわれにできることは何もありません。最近は失踪事件がじつに多い」

警視補が待合室を指さす。そこでは、誰かの母親がべつの誰かの母親に向かって何やら叫んでいる。ジャキの目に火花が散る。ヌワラエリヤでちょっといいなと思った男がおまえを口説きだしたときにも、こんな目をしていたっけ。「ＤＤ、お父さんに電話したら？」

ＤＤが喉仏の下のボーンカービングを指でもてあそぶ。楕円の下に十字架を配したそれはおまえからのプレゼント。フジコダックの店の若いやつとＤＤのベッドでよろしくやったあとで、まるで気づかない彼への罪悪感から贈ったものだ。その下の木製のペンダントトップに塗りつけられているのはおまえの血。

「ＤＤ。さっさとクソ親父に電話しなって」

ジャキが声を張り上げ、警視と警視補が眉をつり上げる。

「落ち着けよ」と、ＤＤ。「ラッキーおばさん、書類は書き終わりました？」

おまえのアンマは隅っこに座って、ほぼシンハラ文字で埋められた四ページから成る書類を見つめている。シンハラ語は彼女の母語ではないが、アンマは生まれてこのかたシンハラ語が唯一の公用語だと言い張る国で過ごしてきたんだ。アンマがかぶりを振る。「あの子はどこにいたっておかしくない」

「空港や鉄道の駅を調べてみましょう」カシム警視が言う。「ジャフナでは先週騒乱があった。息子さんはまだ向こうにいるのかもしれません。あるいは、他の友だちのところにいるのかも。心当たりはないですか？」そこでジャキのほうを見る。「ガールフレンドとか？」

「ガールフレンドなんていません」

「人には秘密があるものだ。この仕事をしていると、それはもういろんな秘密が目に入ってきますからねえ」

「よその署で拘束されていないか確認してもらえませんか？　ここで待っていますから」

ＤＤの口調はあくまで丁寧で、文法にも乱れはないが、瞼《まぶた》の下で煮えたぎる溶岩をおまえは見逃さない。あいつには爆発しそうになるとアクセサリーをいじる癖がある。今は首元のエジプト十字架をプチプチよろしく潰しにかかっている。

「あとで誰かに確認させましょう」と、ランチャゴダ警視補。「あいにく今はみな手がふさがっていて」

「なるほど忙しそうだ」寄り集まってお茶を飲む警官たちを窓越しに見ながら、ＤＤが言う。列に並ぶ母親たちから、ＤＤとその首尾よく割り込みを決めた引き締まった尻めがけて罵声が飛んでくる。ジャキは涙を拭うと、じろりとにらみ返す。

「捕まったことは前にもあるんです。全部誤解だったけど。どうか調べてもらえませんか？」

「お友だちは政治活動を？」

アンマがＤＤを見て、ＤＤがジャキを見る。三人ともおまえがこれまでしてきたことを何ひとつ知らない。そのことにおまえは感謝する。「あの子は報道写真家なんです」ラッキー・アルメイダ、元カバラナが書類を手渡しながら言う。「ニュースで使う写真を撮るのよ」

「ＪＶＰには？」

「ありえません」アンマがぴしゃりと答える。

ランチャゴダが書類にサインするのに十分、カシムが公印を見つけるのにもう十分かかる。ＤＤは母親たちににらまれながら、待合室の電話から父親に連絡を取る。その間、ジャキとアンマはマーリ・アルメイダがいかなる政治組織ともテロ集団とも一切関わりがなかったことをかわるがわる主張する。

「軍の仕事をしていたんですよね？　そのときの指揮官の名前は？」

ジャキが首を横に振り、ＤＤを見る。警官たちが目配せをする。やつらの間におまえが座って、やつらを口汚く罵っているのをやつらは知らない。吐き気がこみ上げ、視界に写真が押し寄せる。そこに写っているのは血と死体と屈強の下士官たち。もしもおまえに口がきけたら、やつらにこう告げていただろう。答えはクラブのキング、ラージャ・ウドゥガンポラ少佐だ、と。

カシムが公印を手に戻ってきて微笑む。ＤＤのチョーカーからぶら下がるチャームを指さす。

「それ、クロウアンクルからもらったんですか？」

「なんですって？」

「クロウアンクル。コタヘナのカラスおじさんですよ。彼のところでもらったのかと思って。や、どうか気になさらず」

すると、ＤＤは下手くそなシンハラ語まじりのすこぶる下品な悪態を警官たちに浴びせはじめる。

「このチンカス野郎……おまえのアンマとよろしくやってな！　二人とも訴えてやるからな」

それはおまえが何度も見たことのある怒りの暴発。卑猥な文句や侮辱語の合間に理路整然と不平を並べ立てるのがＤＤ流で、おまえが三カ月ほどヴァンニに行かせてくれと頼んだときもそうだった。ジャキがＤＤを待合室に引っ張っていき、順番待ちの母親たちの隣に座らせる。母親たちはお金持ちのお坊ちゃまのご乱心を見物できて満足そうだ。

部屋はいっとき沈黙に包まれる。アンマがランチャゴダを見て、それからカシムを見る。

「息子を見つけてくれますね」アンマが口を開く。

「マダム」ランチャゴダがファイルを閉じながら言う。「状況はおわかりでしょう？」

「費用は負担しますから。どうかあの子を探し出して」

おまえのアンマの交渉能力は共感と思いやりと良識の完全なる欠如を補って余りある。アンマにかかれば、破産した果物売りだって、マンゴーを何個もおまけしてくれるんだ。

「軍とＳＴＦは国じゅうで革命分子を逮捕している。警察はその後始末に呼ばれるだけです。もしも軍が関わっているなら、われわれにできることは何もない。保証などできやしませんよ、マダム。とりわけ、息子さんが政治活動に関わっているのだとしたら」

骨格模型よろしく直立するランチャゴダのほうへ、アンマが身を乗り出す。「わたしはただあの子を……」

「わかるでしょう、マダム。遺体が見つからないことだってあるんですよ。わたしは毎日あなたのような母親と話をしています。二十人、いや三十人の母親と」

「ならば、あなたの懐はさぞかし潤っているんでしょうね。さあ、これを受け取って。息子を取り戻してくれたら、もっと差し上げます」

「金持ちも貧乏人も法の前にはみな平等だ」

「面白い冗談ですこと」

アンマはにらみをきかせたまま微笑んでみせる。その折れない心はナルシストとの長年の結婚生活によって鍛えぬかれたものだった。

「とにかくうちの子を見つけてちょうだい。さもないと、そのバッジと制服を取り上げてしまいますよ。裁判所を通さないやり方でね。おわかり?」

ランチャゴダが片方の眉を上げ、かぶりを振る。カシムはこのやりとりの間じゅう沈黙に徹してきた。ベルトを緩め、腹の肉をたくし込むと、判子を押したばかりの書類をしげしげと見る。

「マダム、シナモン・ガーデンズ警察署は賄賂を受け取りません。政治家の使い走りなどお断りだ。たとえ相手がスタンリー・ダルメンドランのような大物であってもね。われわれは法を曲げない。すべての警官が悪党というわけではないのですよ、ミセス・カバラナ」

「アルメイダです。バーガー人だからって甘く見ないで。スタンリー・ダルメンドランは閣僚ですよ。司法大臣を動かして、あなたたちのボスと話をしてもらうことだってできるんです」

「マダム。司法大臣がわれわれのボスですよ」ランチャゴダが含み笑いを洩らす。「ダルメンドラン氏のご担当は？　青年問題省でしたかな？」

「女性問題省だと思ったが」カシムがつぶやく。

ＤＤとジャキが猛然と戻ってきて議論はさらに白熱するが、怪しいシンハラ語と叫び声のせいで、すべてを理解するのは不可能だ。待合室には母親たちがさらにやってきて、巡査たちは書類と質問とさやから抜いた警棒とでそれを阻もうとする。待ちくたびれた母親たちは今にもこの部屋になだれ込んできそうだ。ＤＤとジャキとアンマを指さし、あの人たちはどうして列に並ばなかったのかと口々に叫んでいる。カシム警視はランチャゴダ警視補を見てうなずくが、警視補は目玉をぐるりと回すだけ。

「七十二時間は待つように言われているんですよ」ランチャゴダが言う。

「ですが、ここはスタンリー大臣に敬意を表して、調査を始めることとしましょう」カシムが言う。

「昨夜は顧客と会うことになっていたんでしたね？」

「人権ＮＧＯから仕事を請けていたんです。一九八三年のタミル人襲撃に関わることで」と、ジャキ。この部屋でまともに人の話を聞けるのは、あいつだけだ。

「ぼくにはそんなこと言っていなかったけどな」ＤＤが言う。

ジャキが警視に向き直る。「あの人には複数の顧客がいました。軍やＡＰ通信だけじゃない。ＢＢＣ、プラウダ、ロイター。それに、個人の顧客も。でも、政治には関わっていなかった。どっちの側につくとか、そういうことに興味なかったんです」

「どちらの側でもない人間なんていませんよ、マダム。とくにこのご時世では。心当たりの名前や連絡先はありませんか？　せめて指揮官の名前だけでも？」

　おまえはジャキの背後に立って「ラージャ・ウドゥガンポラ少佐」の名を何度も何度もささやきかける。だが、あいにくそれはキャッチーなメロディーとは言いがたい。

「知りません」

「それでは、こちらも調べようがない。プラウダだかロイターだかディナミナ（スリランカの日刊紙）だかの連絡先は？　何かしら情報をいただかないと」

　ジャキがひと呼吸置いて、ゆっくりとしゃべりだす。「あの人は〈ホテル・レオ〉で顧客と会っていました」

　ＤＤとアンマが驚いた顔でジャキを見る。

「カジノで？」と、ＤＤ。

「〈ホテル・レオ〉とはまたいかがわしい場所だ。どうしてそんなところに？」カシムが尋ねる。

「さあ。気に入ってたんじゃない？」ジャキが憮然とした顔で、ＤＤに向き直る。「ギャンブルから足を洗ったと思ってた？」

「話が逸れてきましたよ」おまえのアンマは大声なんて出さなくても場を支配できる。「うちの子が行方不明になっていて、あなたがたにはあの子を見つける義務がある。時間を無駄にしないでちょうだい」

　ランチャゴダは戸口に立ったまま、キリンよろしく首を回している。片目で待合室の騒ぎを、もう片方の目でこちら側のやりとりを追っているのだ。カシムはパンダみたいにのっそりと自分の机に引き返すと、二時間かけて作成された押印したての捜索願をまた読み返す。

「正直な話、ミセス・アルメイダ、今は時期が良くありません。われわれとしても最善は尽くしますがね」カシムが立ち上がり、一同がそれに倣う。

「それでは、調べてご連絡します」と、ランチャゴダ。「マダム、よろしければ書類はこちらに」

ラクシュミー・アルメイダ、元カバラナ、父なし子マーリ・アルメイダの母は書類の上にいくばくかの現金をのせると、ランチャゴダのぐらつく頭が上下するのを見届ける。その隙にカシムは丸ぽちゃの顔を背けて、そそくさと立ち去る。

ＤＤ、ジャキ、そしてアンマはオーブンと化した待合室を通り抜ける。もはや母親たちには警備員相手に愛想笑いを振りまくしか術はなく、失意の父親たちはにらみをきかせて悪態をつくばかりだが、三人はそのいずれも見えないふりをする。人々の顔に浮かぶ混乱、目ににじむ当惑は最近逃げ出したばかりのべつの待合室をおまえに思い出させる。

ＤＤとジャキとアンマを追いかけて、言えなかったことを言わなければ。三人に写真の隠し場所を教える。そのうちの二人に愛していると告げる。そして、残りのひとりに愛していないことを伝える。それがおまえの望み、おまえがすべきこと。なのに、おまえはそうするかわりに警官たちの後を追う。

確率《オッズ》

記憶は痛みとともによみがえる。ひと口に痛みと言っても、種類はいろいろだ。発汗、痒み、発疹を伴うこともあれば、吐き気と頭痛から始まることもある。切断手術を受けた人に失った手足の感覚が残るように、たぶんおまえも自らの朽ちゆく肉体の幻影を手放せずにいるんだろう。まずは吐き気、続いてめまいがして、次の瞬間、おまえは思い出している。

ジャキとの出会いは五年前、場所は〈ホテル・レオ〉のカジノだった。ジャキは二十歳《はたち》で学校を出たばかり、バカラでこっぴどく負けつつあった。おまえは虐殺に揺らぐ灼熱のヴァンニから戻ったところで、向こうでは、いかがわしい連中と食事を共にし、悪名高い赤いバンダナを巻いて、行く先々で胸が悪くなるような光景を目にしてきた。AP通信のジョニーに写真を売ってせしめた額面六桁の小切手はすでに換金済みだった。たとえスリランカルピーだろうと、五桁より六桁のほうがましなことに変わりはない。

おまえはブラックジャックで店を負かすと、ビュッフェで蟹にかぶりつき、無料のジンでそれを流し込んだ。いわゆる通常営業ってやつだ。

「引き分け《タイ》には賭けるな、シスター」おまえは初めて見かけるその娘に声をかけた。チリチリの髪に黒メイクのその娘はおまえを見ると、目玉をぐるりと回してみせた。変わった子だな、とおまえは思った。たいていの女は、おまえが女のあそこよりチンコのほうが好きだとも知らずに、おまえの見た目に惹かれてしまう。手入れされた顎ひげ、アイロンをかけたシャツ、ほのかに香るデオドラントが、この国の汗臭いヘテロ男性の群れからおまえを抜きん出させるのだ。

「さっき二万ルピー勝ったとこなんだけど」娘が言う。

おまえは娘に連れがおらず、なのに誰からも言い寄られていないことに気がついた。どちらもコロンボのカジノの女性客には珍しいことだ。

「それだけの額をまた勝てる確率は九パーセントだ。この店の配当は七対一、そこからさらにコミッションが引かれる。つまり、そのままの戦略で百回賭ければ、今は勝ってても、最終的に負けることになる」

「へええ、物知りなんだね。ビックリ」

ディーラーがおまえをじろりとにらんだ。おまえは肩をすくめて彼女のチップをバンカーに置いた。彼女は半分笑って、半分ムッとしていたが、おまえが自分の代わりに賭けるのを止めはしなかった。

「負けたら、払ってもらうからね」

「数字でものを考えられないなら、店のカモにされるのがオチだぜ、スイートハート。この世界は数学と確率がすべてだ」

「こっちは息抜きに来てんの。計算なんてしたくないよ」

結局、その賭けには勝った。すると、彼女は次もその次もおまえに勝負を任せた。

「代わりに賭けてもらっても、ちっとも面白くないね」

「んなことないだろ」

おまえは彼女をビュッフェに連れて行き、年増の歌姫がヤマハのキーボードに合わせて「ターザンボーイ」を歌うのを聴きながら、チョコレートビスケットプディングを食べ、ゴールドリーフを吸った。ジャキはロンドン訛りで愚痴をこぼした。このスリランカという国にも、おばさんと暮らすことにも、スリランカ放送協会で朝の番組を受け持つことにも、もううんざりなんだ、と。おばさんの新しい旦那がノックもせずに部屋に入ってきて、それが嫌でたまらない、とも。

おまえの父親はおまえが十四のときに家を出たが、おまえが途中で投げ出した職業訓練の多くに金を出したのは、この父親だった。二十代の頃、おまえはひと夏、財務を学んで、ひと冬、保険の営業をした。結局、両方のゲームに嫌気がさして仕事は辞めたが、ギャンブルに必要な基礎知識はすべてこのときに身につけた。投資対収益。どれだけつぎ込んで、どれだけ稼ぐか。何かが起こる可能性と、それにかかるコスト。

おまえは勝てない賭けは絶対にしなかった。それは負けないこととは違う。目を見開き、あらゆる角度から勝算を吟味する。宝くじに当たる確率は八百万分の一。自動車事故で死ぬ確率は四千分の一。そして、性科学者のキンゼイ氏によれば、同性愛者に生まれる確率は十分の一。

ならば、戦渦の肥溜めに生まれ落ちる確率はどれくらいだ？　地球上の大半の地域が飢えに苦しみ、歴史上のあらゆる時代が平和と無縁だったことを思えば、かなり高いと言えるだろう。

おまえはジャキに赤対黒で考えるのはやめ、すべてを確率《オッズ》で考えるように言って聞かせた。隣の男がジャックを持っている確率は？　ディーラーが5を引く確率は？　こっちの手札が自分の手札よりいいと全員が信じ込む確率は？

ジャキは酔いつぶれ、ルーレット台に突っ伏して寝てしまった。おまえが彼女をタクシーに乗せる役を買って出ると、用心棒たちはウィンクを投げてよこした。ジャキは自分の住所を言える状態じゃなかったから、自宅に連れ帰るしか道はなかった。彼女がおまえのカウチで目を覚ますと、おまえは彼女に、女独りで出かけて酔いつぶれるのがどういうことかレクチャーした。あいつはおまえの写真を眺めるのに夢中で、ろくに聞いていなかったけどな。

「すごい写真。命取りになりかねないよ」ジャキは言った。

「カジノで酔っぱらうこともな」おまえは答えた。

以来、ジャキは毎晩のようにおまえにくっついて、おまえの家に帰ってくるようになった。廊下の突き当たりの部屋でアンマがいびきをかいているあいだ、二人してワインを飲み、短波ラジオで「トップ・オブ・ザ・ポップス」を聴きながら、可能性や確率にまつわるあれやこれやを語り合った。この虐殺が終わる確率は？　爆弾を食らって死ぬ確率は？　死後も魂が生き続ける確率は？　女がコロンボの通りを独りで歩いて、「妹《ナンギ》」、「かわい子ちゃん」、「ヤリマン」と呼ばれずに済む可能性は？　コロンボに午前二時以降も営業するナイトクラブができる可能性は？

おまえが女を家に連れ帰ると（と言っても、それは自由で公正な選挙と同じくらいの頻度だったが）、女（たいてい酔っぱらっていた）はおまえが体を撫で回し、唇をこすりつけてくるのを期待して、おまえがそうしないことに気を悪くしたものだ。ところが、この娘はその辺はちっとも気にしていないようだった。

「ガールフレンドはいるの？」彼女はそう訊くと、おまえをちらりと横目で見た。

「大切な人はいないな」おまえは答えた。

「大切じゃない人はたくさんいるんだ？」彼女はおかしな声で笑った。

彼女は物怖じしなくて、一風変わったところがあった。メイクや髪型やサイズの合っていない服だけじゃない。子どもみたいに甲高い声でしゃべるくせに、その言葉にはまるで暴君みたいに有無を言わせぬ威厳があった。

「わたしに帰ってきてほしいなら、『お嬢ちゃん』だの『シスター』だの『スイートハート』って呼ぶのはやめてよね」

「付き合ってるやつはいるのか？」

「結婚式の夜まで取っとくって決めてるんだ。だから、妙な気は起こさないで」

「ご心配なく、お嬢ちゃん」

最初、おまえは彼女のギャンブル仲間になった。それから、悩み事を聞くおばさんになり、クラブ遊びの相棒になった。おまえは彼女に、職場のムカつく男どもや、同居中のおばさん、ノックもせずに部屋に入ってくる新しいおじさんのあしらい方を指南した。

「常ににこにこしてりゃいい。ただし、クソみたいな扱いを受けたときは、絶対に我慢するな。それと、部屋には鍵をつけること」

そのお返しに、彼女はおまえが戦地でカメラ越しに見たことを思い出さないようにしてくれた。コロンボ・インターナショナル・スクールのリッチなクラスメイトが大使館やホテルで開くパーティーにおまえを連れて行ってくれた。そのクラスメイトの中には、完璧な肌をした迷える男の子たちがいた。ジャキはおまえがパーティーから消えても気にしなかったし、おまえが男の子に話しかけても気にしなかったが、女の子に話しかけることは嫌がった。そのくせ、おまえが触ってこなくても、やっぱり気にしなかったんだ。

ジャキが歌うのを無理やり聴かされた夜もあった。あいつは間延びしたリズムに合わせてにゃあにゃあ歌う、調子っぱずれな歌姫だった。ジャキはおまえにしこたまシャルドネを飲ませて、アルガム・ベイのヒッピー村に引っ越そうとか、個展を開いてベッドの下の写真を全部公開しようとか、ふざけた提案をしたりもした。ルームメイトになるというとびきりの名案を思いついたのもジャキだ。

確率を学ぶことの美点は、賭けるに値するのはどのカードかわかること。そして、誰も見ていないところで信じられないような出来事が日々起きている現実を受け入れられることだ。今この瞬間、ひと組のトランプをシャッフルすれば、人類史上誰も引き当てたことのない続き札が揃う可能性もなくはない。おまえの概算では、爆撃で死ぬ可能性は闇の奥たるジャフナより国際都市コロンボのほうが高い。なぜって、少なくとも戦闘地域では、どっちの方角から爆弾が飛んできて、そいつを落としているのが誰なのかがわかっているからだ。

二十二歳の未婚女性が三十代の未婚男性二人と同じフラットに住むことは、意外にもほとんどスキャンダルにはならなかった。ジャキのおばさんはお荷物から解放されてせいせいしていたし、おまえのアンマは例によってどこ吹く風。ロンドンにいるジャキの両親にしてみれば、娘は従兄弟とその友人と暮らすのであり、スタンリーおじさんという監視役もいるのだから問題はなかった。友人たちはおまえとジャキが付き合っていると思い込んだが、二人ともこの噂を認めようとももみ消そうともしなかった。カップルであることは、おまえがどの部屋に入ることを選ぼうとも、その身を守る盾となった。

「あなたは従兄弟を気に入らないかも」ジャキは言った。「あいつ、超おハイソだから」

「冗談通じない感じ？」

「ていうか、そもそもうちら会話もないし」と、ジャキ。「無理に話さなくてもいいからね。職業は弁護士、趣味はラグビー、デートの相手は頭空っぽの女の子ばかり。薄っぺらくて退屈で、いかにも立派な政治家になりそうなやつ」

最初のひと月、おまえはほとんど家にいなかった。ラージャ・ウドゥガンポラ少佐の依頼を受けて押収された大量の武器を撮影したり、『ニューズウィーク』のアンディ・マクゴーワンに同行してアヌラーダプラの爆破テロを取材したり、〈ペガサス・カジノ〉で連敗記録を更新したりしていたのだ。

その従兄弟と顔を合わせたのはふた月目に入ってからで、最初はちょこっと言葉を交わしただけだった。同じ学校に通っていたから顔は知っていたけれど、向こうはおまえをまったく覚えていなかったようだ。やがて、おまえは水泳から帰ってきたときの彼の匂いが、しなやかな足取りが、尻に貼りつくショートパンツが、横目でおまえを追うまなざしが、気になるようになった。窓からゴール・フェイス・グリーンを見渡すリビングに座って、飛び交うカラスを眺めながら家主の息子の白昼夢を見るようになったんだ。

フラットの所有者はスタンリー・ダルメンドラン、青年問題省大臣にしてカルクダー選出の下院議員、内閣唯一のタミル人にして無数の借りがある男。その息子とは、言うまでもなくディラン・ダルメンドラン、学生時代は水泳、陸上競技、ラグビーを嗜《たしな》んだセント・ジョセフ・カレッジＯＢ、はかなく散ったおまえの生涯の最愛の人だ。

死んだ弁護士（一九八三年没）とのおしゃべり

おまえは警官たちを追おうとするが、乗っていた風が力を失い、木の上に吹き飛ばされる。どの家の波形屋根の上にも猫かマングースか波形の波の部分をずるずる滑る霊魂がいる。おまえはベイラ湖を横切って鉄道の線路をかすめるように飛んでいくが、ペターのバス停で他の風とぶつかって方向を見失う。

バス停の上に座っているのは、見覚えのある女だ。ピンク色のサリーを着て、編み込んだ髪をお団子にしている。かつておまえはその女が生きたまま焼かれるところを見た。おまえが撮った彼女の写真は『ニューズウィーク』に買い取られたものの、ついぞ誌面に載ることはなかった。向こうは覚えていないといいが、とおまえは念じる。

女がおまえを血走った目でにらむ。サリーは焼け焦げ、セロファンみたいに体にへばりついている。皺だらけの皮膚は揚げた豚皮《クラックリング・ポーク》を思い出させる。それはDDがアンマの家の料理人のカマラよりうまく作れた唯一の料理。ちなみにカマラのベッドの下では、おまえの生涯の仕事が埃を被っている。

「あまりに突然の出来事だった」——それがおまえの言い訳、その場に居合わせた全員の言い訳だった。「どうせ彼女はテロリストだったんだ」などと言う者は誰ひとりとしていなかった。なぜって、一九八三年の時点では、すべてのタミル人を敵とみなすようなことにはまだなっていなかったから。そうじゃなくなるのはもう少し後のことだ。

あの日、おまえはコフィン・ネイルという名のパンクバンドの撮影のため、グリーンパスにある彼らの住居に向かう途中だった。その依頼が来たのは、おまえがそこそこのカメラを持っていたから。そして、そのカメラとは、おまえの親父《ダダ》が愛というより罪悪感に駆られて送ってよこしたプレゼントのひとつだった。

今おまえの首にかかっているのと同じニコン3STだが、まだ壊れてはいなかった。あの日、おまえにできたのは写真を撮ることだけで、そのことがおまえを何もしていないような気持ちにさせた。髪をつかんで引きずられ、ガソリンを浴びせられる彼女にカメラを向けて、シャッターを切った。そして、マッチに火がつけられた瞬間、ニコンは動かなくなったんだ。

「わかってんのよ、あなたがあそこにいたことは」彼女が言う。「どの顔も覚えている。大臣もいて、車の中から眺めていた。あなたはわたしの写真を撮った。ふんっ、結婚式でもあるまいし」

「おれは暴徒の一員じゃなかった。誓ってもいい。たまたまカメラを持ってただけだ」

「あなたが暴徒の一員だったら、マハカーリーの餌にくれてやるところだわ」

「カメラを持って、間違った場所に居合わせてしまった」

「それがあなたのスローガン？」

彼女の瞳の色は赤と茶。声の色は黒。

「あんなことになって気の毒だと思ってる。なんとか止められたらよかったんだが」

「それはどうも。今さらなんの足しにもならないけどね」

彼女が聞き知ったところによれば、一九八七年にここペターで起きた自爆テロの犠牲者たちが実行犯たちを見つけ出して、この近くの洞穴に拘束しているのだそうだ。百十三人の犠牲者全員の到着を待って、裁きは下される。彼女はふさわしい罰を決めるための助言役としてここにやってきたのだった。

「犠牲者全員と同じ待合室に行き着くことがわかっていたら」ねっとりとした声で食屍鬼《グール》が言う。「自爆テロ犯も二の足を踏んだかもしれないわね」

今でこそ食屍鬼《グール》に身をやつしているが、彼女はかつてマラダナに事務所を構える弁護士だったのだ。だが、それは一九八三年七月二十一日までのこと。その日、煙草を買うためにバス停を通りかかった彼女は松明《たいまつ》を持ったシンハラ人の暴徒に出くわした。「いずれ煙草に殺されるとは思っていたけどね」彼女はわざと真面目な顔で言う。

殺されたのは、着ていたサリーと額に付けた点《ポットウ》のせいではなかったかとおまえは思うが、口には出さないでおく。

彼女は千の月の間さまよって、ようやく心の平安を得たのだそうだ。ちなみに、一九八三年の暴動の犠牲者の多くはいまだに〈はざま〉をさすらっているんだとか。

「〈光〉に行った人もいれば、悪霊になった者もいる。〈光〉は忘却を強いる。わたしたちはけっして忘れるべきじゃないのに」

揺らめく月明かりの下、彼女の肌は蛇の鱗《うろこ》のように見える。くねくねと動く腕はコブラ、髪は毒蛇の巣のようだ。皮膚に残る火傷の跡は今、熾《おき》のように輝いている。おまえは懲りもせず壊れたカメラを掲げ、断りもなく写真を撮る。

「八三年の時点では、団結して闘うだなんて誰も思いつきもしなかった。ただただ呆然とするだけで。最近になって、人々はようやく怒りを表明できるようになった。命を奪われたんだから、当然のことよ。ちょっと、写真撮っていいなんて言った？」

「開口部に泥が詰まってるんだ。レンズにはひびが入ってるし」

「じゃあ、どうしてそんなもの持ち歩いてるわけ？」

「撮らない写真こそが最高の写真、ってね」おまえは言う。

彼女によれば、八七年のペター・バス停爆破テロ事件の犠牲者百十三人は全員、〈耳の検査〉も〈光〉行きも断固拒否してきたのだという。彼らは自爆テロ犯が罰せられるのを見届けたうえで、責任者と話をすることを求めていた。

死んだ弁護士が言うには、白い服を着たヘルパーたちはボランティアで、いったん〈光〉に行ったうえで、ここに戻ってくることを選んだそうだ。自分たちは責任者の代理人だと言いながら、責任者が誰かについて共通の見解はないらしい。

「ボランティアなんかして、なんの得があるんだ？」

「さあね。偽善者には偽善者なりの考えがあるんでしょうよ」

彼女はナーガ・ヤカ、すなわち蛇神に救われて、自分を取り戻したのだと言う。「それに尊厳と自尊心も」彼女は付け足す。「痛みを手放せたのも、自分が誰かを思い出せたのも、ナーガ神のおかげ。この皮膚はかりそめの姿。本当のわたしではない」

彼女の皮膚がガーターヘビのそれに似ていることは言わずにおいたが、彼女はおまえの心を読んだかのようにシューーッとうなる。

「もともと絶世の美女ってわけでもなかったけどね」

「〈光〉が忘却を助けるってのは、そんなに悪いことか？」

「あなた、すでにあいつらに感化されているようね」

「マーリンダ……アルメイダ……」

ペターの通りから風に乗っておまえの名前が聞こえてきて、おまえは慌てて声のするほうへ向かう。おまえは後ろを振り返る。ピンクのサルワール（ゆったりとしたズボン）を穿いた死んだ弁護士はおまえが去ったことにまだ気づかない。木によじ登り、耳を澄ますと、おまえの耳に再びそれが聞こえてくる。眼下のバス停で、ピンクの食屍鬼《グール》が空を仰ぎ、逃げるおまえを目で追いかける。シューーッとうなって歯を剥き出す。

「戻ってらっしゃい、カメラマンさん」

　ここに留まりたくはない。だから、おまえは心を静め、風の音に耳を澄ます。君の名を、人が呼ぶとき、またしても、恥はふりかかる。

〈ホテル・レオ〉

「マーリンダなし、カバラナなし、アルバートなし、アルメイダなし」

　ランチャゴダ警視補とカシム警視が乗り込んだのはパトカーではなく青いダットサンだ。ランチャゴダがエンジンとシンハラ語の曲をかけるが、おまえの知らない曲だから、鼻歌を歌うわけにもいかない。カシムは米で膨れた腹を机代わりにして、おまえの名前を全種類ノートに書きとめる。

「すべての警察署に確認したのか？」カシムが尋ねる。

「わたしはコンピュータじゃありませんよ」ランチャゴダが答える。「目ぼしい五カ所には電話しました」

　カシムは四つの名前を丸で囲むと、それぞれの横にクエスチョン・マークをくっつける。「ホテルに行くぞ」

「今から？」

「母親から金を受け取っただろうが」

「それが何か？」

「マーリ・アルメイダはそこで誰かと会う約束をしていたんだ」

「明日にしません？」と、ランチャゴダ。ダットサンが帰宅ラッシュの波にのみ込まれていく。空はすでに暗い。おまえは死んで初めての夕焼けを見逃したというわけだ。

「昨夜〈ホテル・レオ〉の倉庫に運び込まれたゴミは四袋」カシムがガリ版刷りの報告書を眺めながら言う。「このリストにあるのは三袋だけだ」

「そのリストが正確だったことなんてあります？」

「金を受け取ったんなら、捜査はしないとな」

「〈レオ〉にひとつ余分にゴミ袋があるだけの話でしょ。初めてのことでもあるまいし」

「とにかく調べよう」

「もうクタクタですよ、ボス。この三カ月、一日も休んでいないんだ」

「超過勤務手当を申請すればいい」

「いいんですか？」

「それでおまえがその口をつぐむならな」

「倍額を申請しても？」

「うわっ《アドー》！　危ない！」

ランチャゴダが急ハンドルを切って傾いだバスをよけ、カシムは自分の掌めがけて悪態をつく。車はベイラ湖の裏手を通ってスレイブ・アイランドに入ったところだ。狭い路地にはゴミが敷き詰められている。ベッドの下の箱の中には、夜明けのこの道をとらえた写真が入っている。メインの被写体は小便をする犬とカラスを貪る猫。おまえはそれをあちこちのコンテストに出したが、賞はもらえずじまいだった。

〈ホテル・レオ〉は十九世紀に移民労働者向けの安宿として建てられた。ヨーロッパの二度目のデカい戦争のあといったん廃業するが、サバラットナムという名の実業家に買い取られ、一九六五年には時の首相ダッドリー・セーナーナーヤカの手で映画館として生まれ変わった。一九六七年には『サウンド・オブ・ミュージック』が九カ月間にわたって上映されたことで知られているが、一九八九年に『グラマー・エンジュル危機一発』が二カ月間にわたって上映されたことはさほど知られていない。

七〇年代当時、与党の面々とお友だちだったサバラットナムは上層階を司法省に賃貸しした。七一年のＪＶＰ弾圧や七七年のタミル人暴動のさいには、八階に尋問室が設けられた。一九八三年の暴徒はそんなことなど露知らず、一階に火を放った。サバラットナムはタミル人だったが、幸運にも自らの身を守るだけの資産があったため、安全な〈ガラダリ・ホテル〉に避難して、そこからおろおろと騒ぎを見守った。サバラットナム爺さんが失意のうちにこの世を去ると、遺族はカナダに引っ越して、建物は老朽化、幽霊たちが移り住むようになった。

一九八八年になると、六階に〈ペガサス・カジノ〉が入居、壁は塗り直され、焼け焦げたレンガの上にはタイルが貼られ、家具が運び込まれた。一年もしないうちに、五階にナイトクラブとマッサージ店が、七階と八階に賃貸用の部屋が作られた。四階の借り手は、西海岸全域からアジアの三カ国向けに、売れ残りの海産物の梱包、冷凍、輸送を手掛ける〈アジア国際水産〉なる会社だ。下の三フロアには客の来ないショッピング・モールが入った。

なぜそんなことを知っているのかを、おまえが思い出すことはないかもしれない。どれだけの金をここで失ったのかも、名も知らぬ女の顔が頭にちらつき続けるわけも。その女こそスペードのクイーン。肌の色は黒く、瞳の色はもっと黒い。口紅の色は赤く、額に付けた点《ポツトウ》の色はもっと赤い。その女はおまえの向かいの席に座り、おまえにビールをおごると、あの質問を投げかけるのだ。

「教えて、坊や《コツラ》。あなたはどちらの味方なの？」

おまえは寄木張りの床を踏みしめて歩く警官たちの後を追って、錆びついた扉をくぐり抜ける。三階には、ガソリンと防虫剤を足して二で割ったような臭いが漂っている。そこに軒を連ねるのは、コピー屋やら職業紹介所やら床屋やら。おまえは肩を怒らせて歩く警官たちの後を追って通路を進み、〈ペガサス・ファイナンス〉なる店に入っていく。

カシムが相棒の顔を見る。「あの阿呆どもには、おまえから話してくれるか？」

「お口の調子でも悪いんですか？」

「超過手当が欲しくないのか？」

「わかりましたよ。なら、申請書にはちゃんとサインしてくれますね？　約束ですよ？」

「おまえと取引するためにここに来たんじゃない」カシムが言う。

「なんですか、それ？」と、ランチャゴダ。

「おれの異動願が通ったら、おまえはこれを独りでやらなきゃならんのだぞ」

「どこに希望を出したんです？」

「死体のないところだよ」

「それってどこです？　モルディブとか？」

「ここみたいな場所ばかりじゃないさ」

「死体はどこにだってあるもんです。で、異動は叶いそうなんですか？」

「年内にもな」

店のロゴは三つ上の階のカジノと同じ、翼の生えた馬だ。警官たちが店に入り、おまえも後に続く。書類ファイルやファクスに囲まれた机の向こうには、小柄な男が二人座っていて、認めたくはないが、おまえはどちらの顔にも見覚えがある。二人は警官に気づくと、歯を見せて笑うが、目はちっとも笑っていない。

ランチャゴダが机に両手を置き、アンマからもらったおまえの写真をぽんと放る。写真のおまえは赤いバンダナを巻き、首にジャラジャラとチェーンをぶら下げている。それは暮れゆくヤーラの空の下で、DDが撮った一枚だ。

「コットゥ兄さん《アイヤー》、バラルくん《マッリ》よ。この男に見覚えはないかね？」

・・

柄にもなくバラルは死んだ魚の臭いが大の苦手だ。〈ホテル・レオ〉の四階を占拠するのは〈アジア国際水産〉だが、会社が持っているのは入り口の鍵だけ。今おまえがいるのは卸売り専門の商談室、要するに、スーパーマーケットやらホテルチェーンが凍った海洋生物を値切る場所だ。サロン姿の男たちが床にモップをかけている。そんなことをしたところで、ここの悪臭には、突進してくる象にジャスミンの小枝で立ち向かうほどの効果しかない。

奥には複数の冷凍室があり、このビルの所有者である大臣も、その鍵を持っている。バラルとコットゥは緊張をごまかすように、誰も観ていなければ気にしてもいないクリケットのパキスタン戦についてくっちゃべっている。二人が先頭に立って進むこの迷宮の壁からは、洗っていない体の臭いがする。そうとも、おまえもよく知るあの臭いだ。

　警官たちはカーキ色のハンカチで鼻を押さえながら、赤茶けた古い血がこびりついた狭い通路を渋々進む。おまわりさんがハンカチと制服をカラーコーディネートしているなんて知らなかったよな？　ちなみに、おまえはどこへ行くにもハンカチを忘れなかった。それはカブスカウトにいた一カ月で身についた唯一の教訓だ。

「で、どこで見つけた？」ランチャゴダが尋ねる。

「裏で」と、コットゥ。「いつもと置き場所が違ってた」

「なのに、連絡をよこさなかったと？」

「サー、余分なゴミ袋を見つけるたびに連絡してたら、電話代がとんでもないことになっちまいますよ」

「どのリストにもなかったんだな？」と、カシム。

「おたくらのリストにも、大ボスのリストにも」

「問題はおまえらにはボスが多すぎるってことだ」

「リストをくれるのはおたくの署だけだ。他の署はそんなものくれやしない。後始末を押しつけてくるだけで」

「で、この顔に見覚えは？」

「顔は見ないことにしてるんでね、サー」と、コットゥ。

　廊下の突き当たりには、デカい南京錠のついたデカい扉がある。ここの照明は病院みたいに明るい。だが、天井にはおまえにしか見えない影が潜んでいる。いくつものささやきが耳をくすぐるが、おまえは上を見ないようにする。バラルが鍵をガチャガチャやって扉を開けると、そこにはさらなる冷凍庫が並んでいる。鼻をつくのは魚の臭いではなく、高そうな化学薬品の臭いだ。

金属製の台車付き担架の上には、厚切りの肉が三切れ。「この中にあるのか？」ランチャゴダが尋ね、口元からハンカチを外す。

「いや。あれは今日のゴミで」と、バラル。

ランチャゴダが眉をひそめる。

「だから、なんだ？　仕事が多すぎるとでも？」

「いえ、サー。そんなことは言ってません」

「なら、泣き言はよすんだな。アルメイダはどこだ？」

コットゥが指さす金属製のテーブルの上には、レジ袋に入った包みが四つ。うち二つはかろうじて手足だとわかるが、残る二つはただの肉塊にしか見えない。バラルがくつくつと笑い、カシムがシーッと黙らせる。

・・

かつてこの界隈はシンハラ人には「コンパニャ・ヴィーディヤ」、タミル人には「コマニ・テル」と呼ばれていた。どちらも「会社通り」という意味である。いっぽう、イギリス人はここを「奴隷《スレイブ・》島《アイランド》」と呼んだ。今なお残るこれらの呼称は、現地人と入植者が互いをどのように見ていたのかを如実に物語っている。

〈ホテル・レオ〉の裏手には、打ち捨てられた空き地があり、近隣のゴミ捨て場として利用されていた。周囲は朽ちかけたビルの立ち並ぶスラム街だ。銃眼付きの屋根の上から、心配そうな猫たちと退屈そうなコウモリたちがこちらを見下ろしている。

「死体はここに？」カシムがゴミ袋の山にできた、赤い飛沫だらけのへこみを指さす。

コットゥとバラルがうなずく。

「で、おまえたちはそれを何も考えずに回収した、と」

「だって、サー、ここは回収場所なんですから」と、コットゥ。

「血が多すぎるとは思わなかったのか？」

「いいえ、サー、そんなふうには」

カシムが懐中電灯でホテルの壁を照らす。横っ腹に赤と茶のペンキをぶちまけたような跡がある。

「あの血痕にも気づかなかった？」

「サー、ゴミを集めてるときに景色を眺める余裕なんてありませんて」

「そうやって減らず口を叩いていると、痛い目に遭うぞ」ランチャゴダが吐き捨てる。「今日から書類仕事も全部おまえらにやってもらうからな」

バラルとコットゥが黙り込む。カシムが懐中電灯で残ったゴミをぐるりと照らすと、夜の闇が隠していた悪臭の元が浮かび上がる。吹き抜ける微風に、カシムはぶるりと身を震わせる。

それから、コットゥに向かって言う。「やつはあのバルコニーのどれかから投げ落とされた。警察は関係ない。そういうことだな？」

バラルがうなずき、コットゥは咳き込んで顔を背ける。

「で、死体の残りはどこにある？」

コットゥはバラルを見て、バラルは自分の足元を見る。「もうありません、サー」

「となると、やつのおふくろさんに渡せるのは手足の一部と片方の肩、それと……あのなんだかわからない塊か。それだけじゃ、アルメイダだとは証明できんだろう？」

ランチャゴダが自信ありげに言う。「逮捕歴があるなら、指紋が保管されているはずです」

カシムが首を横に振る。「うちの指紋班なんておまえより信用できないぞ。頭はどこだ？」

「湖に捨てちまいました」

「は？　聞こえねえな。いいから頭を取ってこい。クッサいベイラ湖の水なんぞ全部抜いたってかまわない。今晩じゅうに届けてくれよ」

コットゥは事務所の電話をひっつかむと、ドライバーマッリを叩き起こす。カシムはエレベーターに向かって重たい足を引きずっていく。

「これからどうするんです、警視殿？」声の届かない距離まで来たところで、ランチャゴダが尋ねる。

「残業代を申請したほうがよさそうだな、若造《ブター》」

ランチャゴダはエレベーターの前でぴたりと足を止める。

カシムは箱に乗り、「ひらく」のボタンを指で押す。

「何が気に入らない？」

「だって、ボス、あなたときたら、死体のない場所に異動したいなんて言いながら、残業はしたがるんですから」

「われわれには為すべき仕事があるんだ」

「為すべき仕事ってなんなんです？」

「罪のない市民を守ることだ」

「権力者を守ることかと思ってましたよ」

「今この話をする必要はあるかね？」カシムがボタンから指を離し、エレベーターのドアが閉じはじめる。彼は悪態をつきながら片腕を突き出し、ドアが完全に閉まるのを食い止める。

「もうひとつ気になることがあるんです」と、ランチャゴダ。

「いいから、さっさと乗れ！」

「わたしらはこの件を捜査しようとしてるんですか？　隠蔽しようとしてるんですか？」

・・

　このホテルに入って初めて、おまえはいくつもの影の存在とそこに潜む顔に気がついた。瞳の色は青、茶、黄、緑とさまざまだ。そいつらと関わり合いになりたくはない。誰だって、ハチの巣など舐めたくはないだろう？　だから、おまえはけっして目を合わせずに警官たちの後を追う。

　コットゥが四階のオフィスに戻って電話番をしていると、搬入予定の死体に関するざっくりとした連絡が入る。

「あと六袋？　どこから？」

　バラルはドライバーマッリの到着を待って、事細かな指示を与える。

　ひとつ上の階では、カシムとランチャゴダが一枚の写真を手に〈マンゴー・マッサージ・ハウス〉に入っていくところだ。陳腐な言い方をするなら、それは幸せだったあの頃にＤＤが撮ったおまえの写真。例によっておまえはサファリジャケットを着ているが、顎ひげはふだんより控えめだ。サリーをまとった娘たちはぶしつけな視線には慣れっこのようだ。写真の男を見たことはないと答える。次に警官たちが向かったのは、廊下の先の〈ザ・デン〉という名のナイトクラブ。そこにいるのは、清掃スタッフと、ミニスカートを穿いた男がひとりだけ。男はカーキ色の制服を見るや、あたふたと出て行く。店には、バーカウンターで想像上の酒を飲みながら口論をする亡霊たちだけが残される。

警官たちは店の奥に通され、ボスとご対面。その大男の名はローハン・チャン。前任者である悪名高きカル・ダニエルは武装強盗の罪で目下服役中だ。人から金を奪うのを生業《なりわい》とするのはチャンとて同じだが、彼の武器はカードの束と回転する円盤。そう、彼はひとつ上の階にあるカジノの主《あるじ》でもあるのだ。チャンはデスクの奥に座り、警官たちにフレッシュジュースを注文すると、支配人とピットボス（カジノ内で行われるゲームを統括する責任者）、それにディーラー二人をカジノから呼んでくる。

チャンの見た目は父親と同じくらい中国人らしく、しゃべり方は母親と同じくらいシンハラ人らしい。「うちの店に来るときは、制服はやめてくれ」チャンが言う。「おれは大臣と知り合いだ。こんなふうにいきなり来られては困る」

「申し訳ありません、ミスター・チャン。ですが、緊急事態でして」

「緊急事態って？」

「ミスター・マーリ。カードの客です」そう言ったのは、かつておまえから五十万ルピーをふんだくったディーラーだ。

「常連か？　上客かね？　それとも、ただの酔っぱらいか？」

「飲むよりは吸うほうですかね。あまりしゃべらず、おもにカードで遊んでいきます。ブラックジャック、バカラ、ポーカーも少々」そう言ったのは、かつておまえにポーカーチップをばらまいたという理由で罰金を請求したピットボスだ。

「捜索願が出されまして」と、ランチャゴダ。

いくつもの眉が上げられ、いくつもの肩がすくめられる。

「消されたんですか？」もうひとりのディーラーが口を開くが、みなに無視され、顎ひげを掻く。

「最後に彼を見たのは？」訊きながら、カシムがメモ帳を引っぱりだすが、そこにはまだ何も書かれていない。

「昨夜ですかね」ピットボスが答える。「数十万勝って、みんなに酒をおごってましたよ。今夜は飲み放題だ、とかなんとか、ふざけて何度も言ってたっけ。そのうち、ぷいっと消えちまった」

「消えてませんよ」さきほど無視されたディーラーが言う。「バルコニーに行ったんです。外国人と飲んでるのを見ました」

このディーラーに見覚えはないし、こいつが言ったことをやった覚えもおまえにはない。こいつは嘘をついているのか。それとも、真実を語っているのか。後者だとすれば、なお厄介だ。おまえはファインダーをのぞくが、見えるのは泥だけだ。

「外国人というと？」

「スッダ。白人の男ですよ。ドイツ人じゃないかな。いや、イギリス人かもしれない」

バルコニー

五階のバルコニーからはスラム街とゴミ捨て場が見渡せる。端にバーカウンターがあり、五つあるテーブルには軽食メニューが置いてある。金属製のらせん階段をのぼれば、六階のバルコニーに行くことができる。

ディーラーは警官たちを引き連れてクラブ内を練り歩くのは気が進まなかったと見え、厨房経由で彼らをそこへ案内する。バルコニーには、手すりから天井まで金網が張られている。

「過去に何度か客が飛び降りたことがありまして。それで、この金網を」

「飛び降り？　なんでまた？」

「ポーカー一回で一年分の給料をすっちまったことありますか？」

「わたしの年収など賭ける価値もありゃしない」と、ランチャゴダ。

「アルメイダと連れの白人男《スッダ》はどこに？」

「端の席に座っていました」

「それで？」

「ジンを三杯、ウォッカを三杯、トニックウォーターを二杯、それにエビのチリトマト炒め《デビルドプローン》を三皿注文しました」

「注文を覚えておられる？」

「いや、ここに勘定書が」ピットボスがそう言って、ガタイのいい若いバーテンダーの手からピンク色のカーボン紙に印刷された伝票をひったくる。

「ずいぶんとエビがたくさんだ。どうしてピットボスがバルコニーで給仕を?」

「わたしは客といたんですよ」

「客?」

「ただの商談です」

「白人の男に見覚えは?」

「さあ」

「それは、ないということ?」

「スッダはどれも同じに見えるもので」

カシムがバーの端に立ち、ゴミ捨て場を見下ろす。壁の血痕をひとしきり眺めたあと、六階のバルコニーを見上げる。

「でも、アルメイダの顔はわかった?」

「ミスター・アルメイダはこの土地の人だから」

「つまり、彼とは知り合いだった?」

「ギャンブル好きとはたいてい知り合いですよ」

昨夜の出来事でおまえが覚えているのは以下のこと。（a）〈ホテル・レオ〉のカジノを訪れ、（b）バーで酒を飲み、（c）ビュッフェで食事をして、（d）バーテンダーとよろしくやった。覚えがないのは以下のこと。（a）白人の男と同席し、（b）バルコニーから投げ落とされて死んだ。

「で、彼らは何時頃店をあとに?」

「わたしが客と店を出たときはまだいました」

「それは何時？」

「午後十一時頃」

「他にスタッフは？」

「バーテンダーだけ」

「あちらの方？」

　ピットボスが声を張り上げる。

「チャミンダ！」

　この若造はけっして見栄えがいいほうではない。雄牛みたいな体格で、顔まで雄牛にそっくりだ。名前は結局訊きそびれた。何度か顔を合わせたあとで、今更尋ねるのも失礼な気がして、無難に「弟《マツリ》」と呼ぶことにしたんだ。こいつは注文の品をすぐに運んできて、多めのチップを受け取ると、煙草休憩には六階のバルコニーにおまえを同伴し、おまえの手がどこへ伸びても気にしなかった。そして今、嘘つきがよくやるように、警官の目をまっすぐに見て言う。

「はい、あの方のことは知っています。昨夜もいらっしゃいました《came》」

　まさかイッた《came》と掛けたわけじゃないよな、とおまえは思う。

「あれは午後十一時頃でした。わたしが煙草《fag》休憩を取ったら、あの方も煙草を吸っていて」

　まさかホモ《fag》と掛けたわけじゃないよな、とおまえは思う。

「どんな話を？」

「大した話はとくに。近々サンフランシスコに行くとか。カジノで大勝ちしたとも言っていました」

「金を渡されたりとかは？」

バーテンダーが身をこわばらせ、バルコニー全体に目を走らせるが、当然ながらおまえの姿はやつには見えない。やつは体の力を抜く。誰にもバレていないことを期待しているようだが、全員にバレバレだ。

「チャミンダ？」

「数千ルピー貸しがあって。それを返してもらいました」

「貸し？　なんでまた？」

「チップが足りなくなったんですよ。よくあることです」

「サンフランシスコにはいつ行くと？」

「ちょっと《アドー》、カシムさん！」ランチャゴダは金網をめくりあげ、そこから頭を突き出している。

「これを見てください」

今にも留め具からもぎ取られそうな金網を見て、ピットボスはうわべの礼儀をかなぐり捨てる。

「おい、こら《ヤコー》！　壊すんじゃねえぞ！」

ランチャゴダは金網越しに目を凝らし、天空へと昇る血痕をたどる。

そして、ピットボスの抗議を無視して、ケナガイタチよろしくらせん階段を駆け上がる。肥満体のカシムは熟慮の末に後を追うのを思い留まる。そのバルコニーは埃まみれで蜘蛛の巣だらけ、屋内に通じる扉には鍵がかかっている。天井はなく、テーブルと椅子が二脚置かれているだけだ。

ランチャゴダは手すりから身を乗り出して、外壁を検める。手入れの行き届いた階下の双子と違って、このバルコニーは金網で守られてはいない。

「そこには誰も行きませんよ」ピットボスはトランシーバーをいじくりながら、顔をしかめる。バーテンダーのチャミンダが黙って足元を見つめているのは、おまえ同様、ピットボスの言葉が厳密には正しくないことを知っているからだ。暗闇でいちゃつくため、金網をよじ登るなり階段を上がるなりする連中がいるのは周知の事実だった。

「ここに最近ついた足跡がある。やつはここから飛び降りたんだ」ランチャゴダが言うと、下階のカシムが推理モードに入って付け足す。「あるいは、突き落とされたのか」

「なら、死体はどこに？」と、ピットボス。

「いい質問ですな」と、カシム。

ピットボスは笑顔のままぐっとこらえるが、降りてきたランチャゴダに七階を見せてくれと言われたところで、笑みは消え、我慢も限界に達する。

「ただの部屋ですよ、サー」

「誰が泊まるんで？」

「お客です」

「売春婦と？」

「カジノの客と、その客です」

「マーリンダ・アルメイダはここに泊まったのでは？」

「さあ、知りません」

ランチャゴダ警視補がディーラーを見て、ピットボスを見る。それから、ひと足先にバルコニーをあとにしたカシム警視を追いかけてエレベーターホールまで行くと、ついてきたピットボスに向き直って笑みを浮かべる。ぎこちない沈黙が流れる。

「おたくの客がバルコニーから飛び降りるのはよくあることで？」

「あのバルコニーには誰も行きません、サー」

「そいつは明らかに事実と違う」カシムが言う。

「サー、たしかに以前は自殺がありました。でも、今はもうない。金網を設置して窓を閉め切るようにしてからは」

「〈ホテル・レオ〉を利用する人は他にもいることはおわかりですな。その人たちがこのビルに妙な噂が立つのを望まないことも」

「もちろんです、サー」

「あのバーテンダーはおたくで働きだしてからどれくらい？」

「まだほんの数カ月です。よく働いてくれますよ」

「彼を署に連行し事情聴取を行います。アルメイダを最後に見たのはどうやらあの男のようだ」

警官二人はピットボスの抗議を背に受けながら、エレベーター脇の階段をのぼっていく。

「サー、うちの客はプライバシーにも金を払っている。まずはボスのローハンに話を通してもらわないと」

警官二人はピットボスを無視してさらに階段をのぼり、鍵のかかっていないドアを見つける。かくしてたどりついたのは七階ではなく八階のロビーで、そこにはガードマンがひとり。ピチピチの黒いTシャツでムキムキの黒い胸を隠している。彼はピットボスを見て眉をひそめ、警官たちを見てうなずく。

「ご苦労様です。ご用件は？」

「この中にいる人間と話がしたい」

カシムはつま先立ちして用心棒の顎と向き合うと、その丸ぽちゃの顔で相手を威嚇しようと試みる。ランチャゴダが手を伸ばし、ベルを鳴らす。それは五〇年代のヒット曲「チェリー・ピンク・チャチャ」のカシオバージョン。おまえはこの甲高い調べを、このフロアを、このガードマンを知っている。

掛け金をいくつも外す音がして、ドアが開く。かつて胃があった辺りに痛みが走る。痛みはあばら骨の檻に囚われた獣のようにおまえの内臓をかきむしる。

「はい？」

そして、彼女が現れる。顔は知っているのに、名前が舌先につかえて出てこない。炭色の肌に深紅の唇のダーク・クイーン。

「すみません、マダム。われわれは警察犯罪捜査局《CID》の者です。この男を探してまして。見かけたことはないですか？」

女はためらい、ランチャゴダからカシムへ視線を移したのち、その中間、ちょうどおまえが浮かんでいる辺りを見る。

「マーリンだわ。彼がどうかしたんですか？」

女のまなざしはおまえのいる辺りに留まっている。おまえは見つめ返し、必死に記憶を手繰ろうとする。カシムが肩を怒らせ、ランチャゴダが咳払いをする。

「中でお話ししてもよろしいでしょうか、マダム？」

女の背後の廊下には、額装された白黒写真。薪の上で何体もの死体が焼かれ、炎の周りで棒を手にした男たちが踊っている。それは一九八三年にマーリンダ・アルメイダ・カバラナという名のアマチュアカメラマンがニコン3STで撮影した写真だ。

カナダ・ノルウェー第三世界救援基金

壁には見覚えのある写真と見覚えのない絵が飾られている。大半の写真は一九八三年に経験も技術もまともなレンズもないままに撮影された。すべての写真に共通する被写体は暴力だ。絵のほうは水田や農村のあばら家を描いた表現主義の風景画で、露店市に行けば、豪勢なディナー一回分の値段で買えそうな代物だ。署名は判読不能だが、その筆遣い、塗りたくられた油絵具、けばけばしい色合いから、搾取されたアマチュア画家の手になるものだと推察できる。

室内は整頓されているが、窓際のテーブルだけは例外で、箱やファイルやティーカップが雑然と載っている。女が警官たちに籐製のカウチを勧める。この部屋には前に来たことがある。それはまず間違いない。だが、彼女の名は？　一頭のライオンの姿が脳裡をよぎる。それは父親が家を出る前に連れて行ってくれた映画に出てきた、ペットとして飼育されるライオンだ。映画館は〈サヴォイ〉、タイトルはたしか『野生の……』。

「来客中でしたかな？」カシム警視がのっそりとテーブルに向かう。

「従兄弟が別室でトロントと電話中で。お茶でもいかがです？」

「水でけっこう」答えながら、カシムが部屋じゅうに視線を走らせる。

「わたしはショウガ入りのただの紅茶でかまいません」と言って、ランチャゴダが窓際の椅子に腰を下ろし、相棒からじろりとにらまれる。

「喜んで」女が答える。

顎ひげを生やした、召使というより事務員といった風体の若者がやってきて、飲み物の注文を受ける。

「お名前は、マダム？」

「いったい何があったんです？」

「あなたのお名前は？」

「マーリンはだいじょうぶなの？」

「質問に答えていただけますかな？」

「エルザ・マータンギ。従兄弟とわたくしはＣＮＴＲの活動に従事しています。ここはその事務所です。わたくしたちは内戦の犠牲者のために資金集めをしています。下のモールには慈善事務所があって、寄付などはそこで受け付けています」

「ＣＮＴＲというのはなんの略でしょう？」

「カナダ・ノルウェー第三世界救援基金《Canada Norway Third World Relief》。『センター』と発音します」

「センター。なるほど。今日は残業で？」

カシムはすりガラス越しに、スレイブ・アイランドにひしめく掘っ立て小屋の屋根を眺める。それから、テーブルの上に積まれた箱をじろりとにらむ。

「すみません、そちらは部外秘で」女が言う。

カシムはそれには答えず、相棒を見てうなずく。さっきの若者が紅茶と水を運んでくると、おまえはふいに喉の渇きを覚える。それは今の今まで忘れていた感覚だ。

「最後にマーリンダ・アルメイダと会ったのは？」

「昨日。彼はうちからフリーで仕事を請け負っていて。小切手を取りに来たんです」

「仕事というと？」

「彼の写真をうちの会報に使っているんです」

「そこにあるのも彼の写真？」カシムがテーブルの上の箱を指さす。

「ええ、一部は」

「あなたはどんなお仕事をなさっているんですか、マダム？」

「小さな商店や会社を援助したり、子どもたちに教育の機会を提供したり、貧しい人の相談に乗ったり。北部と東部では孤児の援助もおこなっています。多くの人に現状を知ってもらい、寄付を募って、市民を守るのがわたくしたちの仕事です」

「活動資金はタミル人から提供を？」ランチャゴダが尋ねる。

「苦しんでいる人を助けたいと願う人たちから提供していただいています」

「いったい何事かね？」

キッチンと反対側の扉から声がする。その男は色黒でずんぐりとして、〈虎〉の最高指導者《スープレモ》に負けないくらい濃い口ひげをたくわえている。

「従兄弟です。この人たちはマーリンのことを訊きに来たの」

「うちの仕事はもうしていないと言ってやれ」

男が従姉妹に似ているとすれば、ホッキョクグマとクジャクでさえ瓜二つだと言えただろう。従姉妹は痩せ型だが、男はずんぐりむっくり。従姉妹が美貌の主なのに対し、男は大きな豚鼻の持ち主だ。従姉妹のアクセントが北米風なら、男のだみ声はいかにも南インド生まれのタミル人といったふう。

カシムが男に向き直る。

「ええと、あなたは？」

「クガラージャ。ＣＮＴＲの理事長です。カナダ、ノルウェー両政府と仕事をしています。警視総監とも知り合いですよ。あなたのお名前は？」

「カシム警視です。こっちはランチャゴダ警視補」

「マーリンダは昨日で辞めました。小切手を受け取って帰りましたよ。今頃下のカジノで全部すっちまったところかもしれませんがね」

「辞めた理由は？」

「それは本人に訊いてもらわないと」

「あなたに訊いているんです」

「仕事に疲れたとは言っていましたが」

「彼の捜索願が出されているんですよ」

エルザが口元に手を当て、床を見つめる。クガラージャと名乗る男は空いているカウチの縁に腰を下ろす。

「逮捕されたのでは？」

「われわれの知るかぎり、それはありません。彼の姿が最後に目撃されたのがこちらに打ち合わせに向かうところで」

「相手はわれわれではありません」

「昨日会ったとおっしゃったではないですか」

クガラージャがエルザを見る。エルザは虚空を見つめ、かぶりを振る。その目がうつろになっていく。

「彼はわれわれに写真を売る。戦闘地域で人々がどのように命を落としているのかを明らかにする写真をね。われわれはそれを活動に使う」

カシムが手にしたパンフレットには、行方不明の息子の写真を握りしめる母親たちの写真が載っている。どの写真にも、「©ＭＡ」の文字が添えられている。「活動？　プロパガンダではなく？」

「真実なら、それはプロパガンダではない」クガラージャが言う。

溺れながらくしゃみをするような不快な感覚がおまえを襲う。鼻から溢れ出す液体は鼻水のように粘ついてはおらず、血のように金臭い。「クガラージャ」とは彼の本名ではない。そして、彼はおまえが辞めた本当の理由を知っている。

「マーリン・アルメイダに敵はいましたか？」ランチャゴダが尋ねる。

「私生活のことは知りません」エルザが答える。

「彼は他にどんな写真を？」

「戦闘地域の光景。焼け落ちた家、死んだ子どもたち。よくあるものです」

「で、あなたがたはその写真を使って何をなさろうと？」

「わたくしたちの目的は戦争を止めること」

「成果はありましたかな?」

「いつの日か、きっと」

「アルメイダが誰かを脅迫しているようなことは?」

「従姉妹も言ったように、われわれは彼のことを個人的には知らんのです」クガラージャがそう言って、エルザ・マータンギの水を勝手に飲む。「死体は見つかったのですか?」

「彼が死んだとは言っていませんよ」

「おたくらは誰の金で動いてるんだ? 政府軍か、ＳＴＦか?」

「あなたこそ誰の金で動いているんです、ミスター・クガラージャ? インド、それともＬＴＴＥですかな?」

「言葉には気をつけてください、刑事さん」エルザが言う。

「われわれは自分たちの仕事をしている、それだけですよ」と、カシム。「写真を見せてもらっても?」

　エルザが書類挟みを開く。そこには、ヨーロッパのさまざまな言語で書かれたパンフレットが収められている。掲載されている写真は北部のワウニヤ、東部のバッティカロア、トリンコマリーで撮影されたものだ。茣蓙《ござ》の上に横たえられた死んだ子どもたち。黒焦げになったあばら家の残骸。ぼろ切れで柱に括りつけられた女たち。捕虜となった空爆の生存者たちはカメラをじっとにらみ返している。おまえは吐き気に襲われる。風が渦を巻き天井へ昇っていく。ビルじゅうの霊魂たちが屋上をめざしているかのように。

ギケイキ③
不滅の滅び

町田康

「てめぇら、すげーわ。最高の敵だよ」。源義経を描いた古典『義経記』を、小説で現代に甦らせた、超絶技巧・抱腹絶倒の第三弾。▼二六四〇円

無敵の犬の夜

小泉綾子

北九州の片田舎。中学生の界は、地元で知り合った「バリイケとる」男・橘さんに心酔するのだが――。第六〇回文藝賞受賞作。▼一五四〇円

解答者は走ってください

佐佐木陸

この世界は壊すべきである、〇か×か？――驚愕のマルチバース文学が、読むものを挑発する。第六〇回文藝賞優秀作。▼一五四〇円

おわりのそこみえ

図野象

買物依存を抱え、破滅への道を一心に転がる美帆が、終わりの底で見た予想外の景色とは……？　第六〇回文藝賞優秀作。▼一五四〇円

透明になれなかった僕たちのために

佐野徹夜

幼い頃から自分の中に潜む欲望に苦しんできたアリオは、双子の弟の自殺や連続する殺人事件をきっかけに、驚愕の真相に近づくのだが……。▼一三九七円

ターシャ・テューダー
幸せの見つけ方

十九世紀風の暮らしを好み、どんな境遇でも楽しみ前向きに生きた絵本作家ターシャの言葉と生き方を美しい絵と写真と

「おたくの組織はLTTEと関係が？」ランチャゴダが尋ねる。

「いい加減にしてください、刑事さん」と、エルザ。「うちの組織はアメリカの平和基金会とカナダ、ノルウェー両政府の援助を受けています。わたくしたちは穏健派です。ほとんどのタミル人は銃を手にジャングルを駆け回りたいなどと思っていません」

「アルメイダに外国人の友人はいましたか？　たとえば、白人の中年男性は？」

「友だちなら大勢いるでしょう。年寄りも若いのも、外国人もこの土地の者も」クガラージャが答える。「そちらこそ、彼がもう死んでいるような口ぶりではないですか」

「昨今はそれが行方不明者の末路ですから」と、ランチャゴダ警視補。

「まあ、それはそうでしょうが」と、クガラージャ。

「彼に会ったら、ご連絡します」そう言って、エルザが立ち上がる。

「本当に？」

「ええ、もちろん」と言って、ドアを開く。

「パンフレットを何部か頂戴しても？」答えを待たず、カシムが手を伸ばす。

「それを取ったら、さっさとお引き取りください」クガラージャが吐き捨てるように言う。

コツコツと外から窓を叩く音がする。それはおまえだけに聞こえる音だ。壁のエアコンがげっぷでもしたかのように、ひんやりとした空気が部屋を吹き抜ける。警官たちがいとまを告げるそばで、いとこ同士が密かに目を見交わす。おまえはいくつものささやきを聞き、いくつもの影の気配を感じる。こういうのにも慣れてきた。それは死者だけに感じ取れるさざめきなのだ。

ビルの外では、頭巾を被った若者と白い服の女が窓を叩き、おまえに向かってしかめっ面をしてみせる。二人は八階の高さに浮かんで、何やら言い争っている。知り合いだと認めたくないが、あいにく無視するわけにもいかない。ゴミ袋をまとった死神とサリー姿のフェアリー・ゴッドマザー。その体は霊魂のご多分に漏れず透きとおっていて、揃っておまえを指さしたかと思うと、互いに指を突きつけ合う。どうやら二人はおまえをめぐって言い争っているらしい。

シンハラ人がシンハラ人を殺す

警官たちはエレベーターで階下のモールに向かう。CNTRの慈善事務所の前まで行くものの、事務所は大ぶりな南京錠で閉ざされている。ガラス戸には、衣類や食品、寄付金を募るポスターがべたべたと貼ってある。そのうちの一枚で、テレビドラマでよく見る女優が北からの避難民の子を抱きしめている。

「ランチャゴダ、報告書の作成を頼んだぞ。提出はおれに任せとけ」

「他にもやることはあるんですがねえ」

「報告書は二通作ってくれ」

「なんですって？」

「一通には、アルメイダまたの名をカバラナには逮捕された記録も聴取を受けた記録もないと書くんだ。ギャンブルの借金から逃げるために姿をくらました可能性が高い、とな。もう一通には、容疑者が三名いると書け。最後に彼と会っていたバーテンダーのチャミンダ・サマラクーン。それから、仕事を依頼していた二人のタミル人だ。エルサ・マータンギとクーガー・ラージャー」カシムはわざと名前の発音を間違える。前者はアメリカ風、後者はボリウッド風に。

　そして、パンフレットを振りながら続ける。

「死体が出てきた場合は、二つ目を提出する。出てこなかったら、ひとつ目を使う」

「一通書く時間だってないのに、二通もご所望とは」

「言ったよな？　残業代を付けとけって」

「母親からもっと金をもらっておけばよかったんだ。こんなことに時間を割く価値などないですよ」

「おふくろさんが死体を欲しがったらどうする？」

「そんときゃ、いつものあれですよ」と、ランチャゴダ。

「おれはもうああいうのはうんざりなんだよ。第一、なんて説明すりゃあいい？」

「真実を言うんです。息子さんの遺体は見つかってません、ってね」

「金を返せと言われるぞ」

「あるいは、もっともらえるかも」

「そしたらどうする？」

「バラルとコットゥに何かしら見つけさせればいい」

「あいつら二人にゃ、自分たちのチンコの先っちょだって見つけられやしねえよ」

「あのタミル人たちについてはどうお考えで？」ランチャゴダが尋ねる。

「どうも合点がいかないんだよなあ。殺したのがやつらだとして、わざわざ自分たちの事務所のすぐそばでやるか？　タミル人は食わせ物だが、馬鹿ではない」

駐車場に着いた二人を、見覚えのある女が出迎える。紫色のスカーフを巻き、同じ色の傘をさしている。

「警察の車が見当たらないけど」エルザ・マータンギが口を開く。

「どうしてそんなに早く降りてこられたんです？」ランチャゴダが尋ねる。

「早口でしゃべる人もいれば、ゆっくり歩く人もいる。荷物用エレベーターを使う人もいるってわけ」

「何かわれわれに力になれることでも？」

「力になれるのはわたくしのほうです」

「と言うと？」

「マーリンはいつも大口を叩いていた。たいていはありもしない話だったけど、こんなことも言っていたの。ベッドの下に写真の入った箱がある、その写真があれば、政府を倒すことだってできる、って。それを探すのを手伝ってくれたら、あなたがたにも中身を分けてさしあげましょう」

「ご親切にどうも。だが、今日はもう遅い。勤務時間もそろそろ終わりだ」

「素晴らしい。ならば、あなたがたは自由の身ってわけね」

「なぜこのことを上で言わなかったんです？」

「クガは警官が好きではないのです。でも、あなたがたは仕事ができそうだから」

「ミスター・クガはあなたの旦那さんなんですか？　従兄弟ではなく？」

「従兄弟です。夫はトロントにいます」

「なるほど。で、その写真には何が？」

「あなたのボスが関心を示すかもしれないもの。あなたがたにお金を払ってでも手に入れたいと思うもの。もちろん、こちらからも手間賃をお支払いします」

　エルザが青いダットサンのフロントガラスに一通の封筒を置く。

　ランチャゴダが運転席のドアを開く。カシムがむっつりとした顔で言う。

「今日はもう遅い、マダム。いずれにしても、明日の朝にしましょう」

　ランチャゴダが封筒を手に取り、中をのぞき見る。

「これじゃ、残業代にもなりゃしません」

「事件の解決につながるかもしれないんですよ」

「あなたがたは北部と東部のことを心配していればいい。コロンボで起きた犯罪の解決はわれわれに任せてください」

「令状を取ってくれたら、箱のある場所にお連れします。それにどれだけ価値があるかは、中身を見てから決めればいいわ」

　エルザは後部座席のドアを開け、中に乗り込む。ランチャゴダはダッシュボードに封筒を置く。カシムは肩をすくめるが、その姿はナマケグマそのものだ。ランチャゴダが助手席に移動し、くるりと後ろを振り返る。

「で、その箱の中身ってなんなんです？」

「マーリンはトランプの『クイーン』のマークが描かれた封筒が入っていると言っていました。わたくしが欲しいのはそれだけです」

「われわれとはなんの関係もない」

「バッティカロアの写真もあるのですよ」

　ランチャゴダが後頭部をぽりぽり掻いて、ギアに視線を落とす。

「東部には縁もゆかりもありません」

「バッティカロア警察署。六カ月前」エルザが言う。

「あの大虐殺？」

「あなたがたの同胞六百名を処刑したのは……」

「あんたがたの同胞だ」と言って、ランチャゴダが片方の眉をつり上げる。

「すべてのシンハラ人がすべてのタミル人をＬＴＴＥだと決めつけるのなら、この戦争はけっして終わらないでしょう。〈虎〉はシンハラ人の警官などなんとも思っていませんよ。わたくしはこの目で写真を見たのです。彼らは覆面をつける手間さえかけなかった。あれだけの罪を犯して、逮捕されたのはいったい何人だったかしら？」

　カシムが車のエンジンをかける。

「つまり、マーリンダ・アルメイダはバッティカロアの警官大虐殺の写真を撮ってたってことですか？　彼はあの現場にいたと？」

「あの人には間違った場所に居合わせる才能があるのよ」エルザが言って、窓の外に目をやる。

「なぜ車を出さないの？」

「今夜はやめておきましょう、マダム」カシムが言って、ダッシュボードを横目で見る。「明朝八時にシナモン・ガーデンズ警察署にいらしてください。必要なことはそのときに」

　エルザの言ったことは誤りだ。カメラがあるなら、どんな場所だって間違った場所ではない。エルザはバックミラーで口紅をチェックすると、ランチャゴダの目をのぞき込む。「〈ホテル・レオ〉の四階で何が行われているか、誰も知らないと思っているの？」

「ええと、あそこは〈アジア国際水産〉でしたっけ。何が行われているんですか、ミス？　教えてくださいよ」

「わたくしとは何も関係のないこと。みながみな、自分の魚を捕まえるのに必死なのです」

エルザは窓を開けずに煙草に火をつける。赤いパッケージのゴールドリーフ。おまえがバッティカロアでカートンごとくすねてきたやつだ。通りの裏手の丘の上から望遠レンズで警察署を撮影したのも、同じ週の出来事だった。それにしても、おまえの脳はどういう基準で覚えておくものを選んでいるのだろう。笑えるようで笑えないよな？

「ＪＶＰ党員の死体など、わたくしたちにはどうでもいいんですよ、刑事さん」エルザが言う。

「シンハラ人がシンハラ人を殺しているなら、何を気にする必要があって？」

「あなたは罪のない人々が死んでいくことに心を痛めていらっしゃるのかと思っていましたが」ランチャゴダが言う。

「自分たちの民族のことを第一に考えなければなりません」

「それはいささか人種差別的ですな」

「そう言えるのは、それが政府の方針であるときだけ」

「ならば、ＬＴＴＥの犬どもがタミル統一解放戦線《ＴＵＬＦ》のネズ公たちを殺すのは？　タミル人がタミル人を殺している。それは問題ないんですか？」

「少なくとも、ムスリムはムスリムを殺さない」と、カシム。

あとの二人が呆れたように彼を見る。

「スリランカでは、という意味だ」カシムが釈明する。

「今に見ているといい」と、エルザ。「いずれマレー人がムーア人を殺すようになる。そして、バーガー人は平気でチェッティ（南インド出身の商人）の命を奪うようになるでしょう。この国で何が起ころうとわたくしは驚きません」

「マーリンダ・アルメイダはマルキシスト、ＪＶＰ党員だったのですか？」ランチャゴダが尋ねる。

「お知りになりたいことはすべて箱の中の写真が教えてくれるでしょう」

「ＪＶＰ党員であれば、令状が取りやすくなるのですが」

「そうね、何度か集会に出ていたはず」

「そいつは耳寄りな情報だ」

「では、明日の朝八時に。わたくしはどうすれば？」

「その箱がある場所というのは？」

「ゴール・フェイス・コートだったかと。令状はすぐに取れるのかしら？」

おまえは車の屋根にしがみつく。いくつもの思いが汚染された注射針のようにおまえを刺す。まとわりつく風は信用できない記憶に汚されている。新たな痛みの波が足元で生まれて眼球までせり上がる。おまえはカメラから目を背ける。車がスピードを上げ、おまえはあとに取り残される。走って追いかけたくても、足がアスファルトに届かない。浮かんだまま前に進もうとするが、その場からもう動けない。

気づくと、両脇には白いサリーを着た女とゴミ袋を被ったあいつがいて、しきりに首を振っている。言い争いは終わったようだが、どちらが勝ったのかは定かでない。頭巾がはらりと落ちて、セーナの仏頂面が露わになる。血走っているのは目だけではない。皮膚にも血の色の筋が浮かび上がっている。「マール。この女の話を聞くことはないよ。どうせあなたを助けてくれやしないんだ」

「ラーニー・スリダラン博士」おまえは言う。「またお会いできて光栄です」

白いサリーを着た女は記録簿に親指を当て、眼鏡をクイッと押し上げると、おまえに向かって微笑みかける。「ラーニーと呼んでかまいませんよ。あなたを助けることがわたしに課された任務です」彼女が言う。「あなたに与えられるのは七つの月。そのひとつをすでにあなたは無駄にしてしまいました」

第二の月

時間がじゅうぶんにあれば、なにごとも遅かれ早かれ万人の身に起こるものだ。

ジョージ・バーナード・ショー

死んだ博士（一九八九年没）とのおしゃべり

おまえが連れて行かれたのは〈ホテル・レオ〉の屋上だ。そこからは、悪行が罰を免れ見えざる霊たちが跋扈《ばっこ》する悪臭ふんぷんたる街を見渡せる。アスベストを横切る影の主は猫やコウモリ、ゴキブリやネズミばかりとは限らない。動物たちにも死後の世界はあるのだろうか？　彼らにとって、人間に生まれ変わることは罰なのだろうか？

東から吹く風が木々に雨の匂いを、プルメリアの花に露をもたらす。そよぐ風はほんのいっとき腐臭をもみ消すが、コロンボの薫香もろとも、じき海へ吹き去っていく。

「聞きましたよ、あのセーナってやつから。あなたは記憶喪失なのですね。だいじょうぶ。死んだときのことを覚えていないのは誰にでもあること。前世の記憶がないのと同じです。どちらの記憶もいずれ戻ってきますから。〈耳の検査〉をきちんと受ければ、気持ちの整理もつくでしょう」ラーニー博士はクリーム色のサリーにカーディガンといういでたちで、お団子にした髪を風に震わせている。記録簿を見ながらひとしきりしゃべると、眼鏡越しにおまえをひたと見据える。カウンターで見せたそっけなさはそこにない。「ごめんなさいね。きのうはバタバタしていて。新しいシステムが導入されたせいで、会議、会議で参ってしまう。ともあれ、こうして差し向かいで話すほうがずっといい。そうは思わない？」

これまでに見た彼女の写真が一斉に脳裡に浮かぶ。それらの写真が新聞各紙を大きく飾ると、志半ばに倒れた二児の母にして献身的な教師を惜しむ甘ったるい哀悼の辞が続々と寄せられたものだ。なんてったって彼女は殺害されたたいていの穏健派タミル人より写真映えしたからな。

「ラーニー博士、あんた、おれの写真を盗んだこと覚えてるか？　無断で本に使っただろ。訴えることもできたんだぞ」

「まあまあ、坊や。その話はもう終わりにしましょう。わたしはこれまでに七十四回転生してきました。どの人生にも悲劇と茶番と過ちがあった。誰だってそう。あなただって同じですよ」

活動家ってのは政治家と同じで、追及をかわす術に長《た》けているんだ。

「あんたの著書の『暗殺部隊の真実』には、おれの写真が三枚使われていた。ヴィジャヤの暗殺犯、ローハナ襲撃の瞬間、それに、サルワール姿の女が燃やされる八三年の写真。許可も同意もしていない。当然、報酬ももらっていない」

「今のわたしは前世のわたしではありません。それはあなたも同じこと」

「ジャフナ大学まで押しかけて、ぶっ飛ばしてやろうかと思ったんだぞ。けど、仕事でキリノッチに行かなくちゃならなくて。その間に、あんたは……その……」

「ぶっ飛ばされたってわけね。いいこと、ミスター・マール？　新たに迅速なシステムが導入されたんです。必要なのはわずか三ステップ。まず、自分の骨の上で瞑想する。これはもう済ませたようね。次に、〈耳の検査〉を受ける。それから、〈誕生の川〉で沐浴《もくよく》をしてもらいます。すべて七つの月が終わるまでに」

「あんたの本はスリランカじゃ発禁になった。つまり、あんたは無駄死にしたわけだよな？」

「無駄なことなど何ひとつありませんよ、坊や《ブター》。何事も経験です」

「あんた、自分を殺したやつの顔を見たか？　そいつは今、罪悪感を抱えてると思うか？」

「ここは〈はざま〉です。愚にもつかないことを考えている暇などありません」

「あんたの襲撃を計画したと言ってた〈虎〉はマハティヤ派の一員だった。おれはそいつの写真をキリノッチで撮ったんだ。まあ、はったりだった可能性もなくはないが。大口叩きってのは、どこにでもいるもんだからな」

　賢明なる博士は餌には食いつかず、クリップボードを眺めている。「〈耳の検査〉を受ければ、〈光〉に行く準備ができているかどうかがわかります。〈誕生の川〉はあなたの過去を明らかにしてくれますよ。さあ、行きましょう」

「もっと本を書きたかったか？　それとも、本なんて書かなきゃよかった？」

「〈下〉の人たちは満足するということを知りませんからね」

「どうしてそんなにおれを〈光〉へ行かせたがる？」

「前世にしがみつく霊魂を助けるのがわたしたちの仕事。〈はざま〉は霊で溢れ返っているのです」

「そうなの？」

「ここは治安が悪くなるばかり。それに、あなたには何も変えられません。あなたの人生は終わったの。そうじゃないと言う人がいたら、その人はあなたをかつごうとしているのです」

　セーナは屋上の出っ張りの隅のほうに突っ立って、会話を聞いていないふりをしている。頭巾はコブラの鎌首に似て、はためくマントはカラスの翼のよう。月明かりの下、これだけの距離があると、やつがまとっているのがゴミ袋なのか人間の皮膚なのかは杳《よう》として知れない。

「で、神様にはいつ会える？」

「あなたはマハカーリーを見たそうね」

「神様に悪は止められないのか？　それとも、そもそも止める気がないのか？」

「やれやれ。少しは大人になったらどう？」

「おれは親父の金でベルリンの大学に留学した。親父は神を信じてなかったんだ。ついでに、ジャフナ大学のこともな」

「マハカーリーの餌は迷える霊魂。このところ、ますます肥え太ってきたようね」

「その白いサリーの金を出したのは誰だ？」

「〈はざま〉に留まれば、悪鬼《ヤカ》か餓鬼《プレータ》か食屍鬼《グール》になるか、あるいはそのどれかの奴隷になるのがオチですよ」

「ジャフナ大では、トロッコ問題を教えないのか？」

「わたしはあなただけを担当しているわけではないのです」

「ひとりを殺すことで百人の命を救えるなら、マチェーテは研ぐべきか？」

「いいこと、坊や《ブター》。あなたの死骸の上で生まれては死ぬ無数のバクテリアのひとつひとつがあなたのところに人生の目的を尋ねに来るところを想像してごらんなさい」

「話をはぐらかさないでくれ」

「ここは〈はざま〉。あなたがいる場所ではありません」

「この目で見たことを世界にも見せてやらないと」

「それはエゴ。ただの錯覚ですよ」

屋上の反対側の端っこでは、自殺者の一団が出っ張りの上を三輪車にうまく乗れないちびっ子みたいによちよちと進む。制服姿の思いつめた顔の少女が縁まで行って飛び降りる。あとに続いたおさげ髪のご婦人は背面跳びみたいな動きを見せる。まさかサリーを着てそんな技を決められるとは思わなかったよな？　ブワネカバフ三世の時代から海で煮込まれてきたような猫背の男が縁でよろけて、ひっくり返る。

すべてはゆっくりと、音もなく、厳かに行われる。さらなるシルエットが屋上の縁へ進み出ては、八階下をじっと見下ろす。船縁から突き出た厚板の上を歩かされるガレー船の奴隷みたいに。

「自殺者は高いビルが大好きなのよ。あなた、他の幽霊が怖くないの？」博士が尋ねる。「わたしは怖くてたまらなかった。ここに来たばかりの頃は」

「あいつら、おれに気づいてなさそうだ」

「〝なさそう〟じゃなくて、〝気づいてない〟の。では、手続きを進めましょうか？」

「なあ。おれは戻りたくない。生まれ変わるなんてごめんなんだ。なりたいものだって何もないしな。何にもならないってわけにはいかないのか？」

「ここに留まるわけにはいきません」

セーナは出っ張りの上に浮かんで、深淵をのぞき込む自殺者たちの耳に何やらささやきかけている。マントと頭巾に王者の風格すら漂わせて。どうやらやつは演説をぶっているようだが、聞く耳を持たれているかどうかは定かではない。想像上の天国では、おまえを出迎えてくれるのはエルヴィスかオスカー・ワイルドのはずだった。記録簿を抱えた死んだ大学教員ではなく。マントを羽織った殺されたマルキシストでもなく。

「この世にある善と悪をすべて集計できるとしたら、収支のバランスはとれると思うか？」

博士は腕組みをして、うなずく。

「最後にはすべての帳尻が合うものですよ」

「その証拠はどこにある？」

「そんな話をしている暇はわたしにはありません。それは、あなたも同じこと」

博士は記録簿を閉じると、再度命を絶とうとする死んだ自殺者たちを眺めやる。そのまなざしにツアーガイドの惰性はない。おまえはカメラを構え、自殺者たちを背景に博士を撮影する。記録簿を抱えたそのシルエットを。

「わたしは正義に取り憑かれていた。弱者を守ること、学生たちのこと、タミル人の窮状で、頭をいっぱいにしていたの。おかげで娘たちの成長を見届けることができなかった。結婚生活を犠牲にしてしまった」

「どうしてそんなに〈光〉に行かせたがる？」

「〈はざま〉は混雑しすぎです。このままでは〈下〉の人々の心は汚染されてしまう。あちこち走り回っては人々の耳に邪悪な考えを吹き込む食屍鬼《グール》が多すぎるのです」

「つまり、みんなが〈光〉に行けば、〈虎〉は戦うのをやめ、政府は拉致をやめる。そう言いたいんだな？」

「〈はざま〉は絶望を餌にする化け物でいっぱい」

「なら、〈はざま〉が空っぽになれば、金持ちは盗むのをやめ、貧乏人は飢えから解放されるんだな？」

「ぐずぐずしていたら、あいつらに取り込まれてしまいますよ。もしかしたら、すでにそうなりかけているのかも」

「友だちに伝えたいことがあるんだ。おれを殺したやつが誰であれ、そいつはおれの写真を盗みに来る。そいつが誰だかこの目で確かめる必要がある」

「そんなこと、誰が気にするもんですか。あなたに必要なのは、あと六つの月の間に手続きを済ませること。さあ、行きましょう」

「行くって、どこに？」

「だから、〈耳の検査〉にです」

「何もする必要はない。これ以上。何も」

「ねえ博士、そろそろいいんじゃない？」セーナは頭巾を被り直し、首には紅白のスカーフを巻いている。やつはおまえの肩があったはずの辺りに頭を預ける。

　おまえはぶるりと身を震わせ、ラーニー博士がぴしゃりと言い返す。「口は挟まない約束でしょ？」

「いつだってぼくらの口をふさごうとするんだからな。典型的な中流階級のインテリしぐさだ」

「七つの月の間は彼に触れることはできません。あなたも、あなたのボスも」

「ぼくにはボスなんていない。ぼくはセーナ・パティラナ、ＪＶＰガンパハ支部のリーダーだ。で、この人はマーリ・アルメイダ。泣く子も黙る凄腕カメラマンさ。ジャフナ以南のすべての男のカマを掘り、暗殺部隊に屋根から投げ落とされた男。マーリ卿、〈耳の検査〉なんて受けちゃダメだ。あの川で記憶を消されちゃってもいいの？」

ラーニー博士が物差しを握りしめた小学校の先生よろしく前に進み出る。すると、彼女の背後の暗闇から白いスモックを着た男が二人現れて、空中を全速力ですっ飛んでくる。ひとりはアフロのおじさん、カウンターで見かけたあのモーゼ似の男。もじゃもじゃの顎ひげにいばらの冠、下手に煽れば、今にもどこかの海を割りそうな目をしている。もうひとりは長身で筋骨隆々、まるでアメコミのヒーロー、ヒーマンだ。ヒーマンがアヴィッサウェッラ生まれならの話だが。

二人はセーナをつかまえて床に押さえつける。ラーニー博士がその上に浮かび上がって、かぶりを振る。博士を見上げるセーナの瞳がきらりと光る。

「言いたいことは全部言ったよね。次はぼくの番だ」

悪しきサマリア人

ベッドの下で箱が眠り、悪人どもが盗みたいものの夢を見る頃、フェアプレイと民主主義（ただし、この二つは必ずしも同義とは限らない）を守るべく、セーナに発言の機会が与えられる。やつはすぐさまＪＶＰの集会の弁士モードに突入、出っ張りの上に降り立って悠然と歩きはじめる。自殺者たちは闇の中で身を寄せ合い、弟子のように耳を傾ける。

「サー、マダム、同志、共に旅する仲間たちよ。ぼくには前世の記憶がある。その前世で、どう死んだのかも覚えている。カウンターで番号札をもらうまでもなかった。おかげで、あのヘルパーとやらから〈光〉にまつわる戯言《たわごと》を吹き込まれずに済んだんだ。すべての記憶はこの頭の中にある」

自殺者たちにざわめきが広がる。ラーニー博士はおまえを見て、しきりに首を横に振る。それから、例の記録簿に何やらさらさらと書きつける。

「ぼくはこの〈はざま〉で幾百もの月を過ごした。こんなに素晴らしい場所は他にないよ。〈下〉では、生まれたときに誰もがくじを引かされる。ぼくが引いたのは、はずれくじだった。ウェッラワーヤの石切り場で育ち、ガンパハで下働きとしてこき使われた。その間ずっと、貧乏なのはおまえのカルマだと言われ続けた。背負わされた十字架、定められた苦しみ。すべては自業自得ってわけさ。JVPに加わったのは、流行りに乗せられたからじゃない。やむにやまれぬ思いからだ。ぼくは貧しさを知っている。貧しい暮らしがどういうものかわかってる。さんざん苦しみを味わってきた。痛みに耐えてきたんだ」

　セーナは聴衆の前を通っておまえのそばまで来ると、身をかがめ、声のボリュームをささやきのレベルに落とす。

「ここにいるマダム博士がのたまうように、もしも〈光〉が天国で、〈はざま〉が迷える魂で溢れる煉獄だとすれば、果たして〈下〉はなんと呼ぶのがふさわしいだろう？」

「地獄だ！」聴衆の中から声が飛ぶ。

　セーナが含み笑いを洩らす。「すべての魂は七つの月の間、〈はざま〉をさまようことを許される。その目的は過去生を思い出すこと。それから、忘れてしまうことだ。やつらがきみたちに望むのは忘却。なぜって、忘れてしまえば、何も変わることがないからさ。この世界に自浄作用はない。だが、きみたちには復讐する権利がある。悪しきサマリア人の言葉に耳を貸すな。今こそ正義の鉄槌を求めよ。システムがきみたちをふるい落とした。カルマがきみたちを裏切った。神がきみたちを見捨てたんだ。〈下〉でも、この〈はざま〉でも」

自殺者たちのざわめきは何デシベルか上昇している。屋上から身を投げる者はもういない。ラーニー博士はモーゼとヒーマンといっしょに浮かび上がって、フンと鼻を鳴らす。

「そんなのは妄言です」博士が声を張り上げる。「復讐は正義などではありません。自分の価値を貶《おとし》めるものです。あなたがたに何が与えられるかを決めるのはカルマだけ。それを受け入れ、耐えることこそが、あなたがたに求められているのです」

セーナが顔をしかめ、吐き捨てるように言う。「典型的なお役人だね。番号札を取ったら、おとなしく座ってろって？ そのうちなんで来たかも忘れちまえば、あんたらの思うつぼってわけだ」

小柄なモーゼがすっくと立って、精一杯胸を張ってみせる。「少しは礼儀をわきまえたらどうだ、坊主」

「きみたちの多くは殺された。あるいは、追い詰められて自殺した」セーナが続ける。「忘れたほうが楽かもしれない。だが、忘却は何も救わない。不正は記憶されなきゃならないんだ。でなきゃ、きみたちを殺したやつらは野放しのまま。きみたちが心の平安を得ることもない」

今度の痛みは喉元を直撃する。忘れようとしていたいくつもの記憶がよみがえり、おまえの喉を締めつける。政府軍の仕事で初めて戦地に乗り込んだときの恐怖。父親が家を出たときの胸の痛み。薬物を過剰摂取したあと、病院で目覚めたときの絶望。もしも二十九歳のおまえと十一歳のおまえと十七歳のおまえが出会ったら、どれだけ憎み合ったことだろう。そして今、死んだおまえはその全部のおまえのことが嫌で嫌でたまらない。

セーナが首の汗をスカーフで拭う。その赤白チェックのスカーフはアラブの石油王とテロ集団、それにヒッピーが流行らせたもの。セーナはふわりとこっちに飛んできて、おまえの両耳をひっつかむ。「ぼくを殺した暗殺部隊があなたのことも殺したんだよ、マーリ。関与したのは全部で六人。力を貸してくれたら、ぼくがそいつらを痛い目に遭わせてやる」

「馬鹿なことを！」と、ラーニー博士。「あなたはやっぱりリーダーと同じ、薄っぺらい悪党です。そんなおとぎ話みたいなことを言って、無駄な期待を抱かせるのはやめなさい。あなたは死んでいるのですよ。誰も痛い目に遭わせることなどできません」

「罪もないのに死んだ者には報復をする権利がある」

「復讐は権利ではありません。この島にこれ以上死体は要らない。子どもじみた真似はやめなさい」

「権力者は人殺しをしても罰せられない。天にまします神様たちは揃いも揃って見て見ぬふりだ。このままでいいはずがない。ぼくたちの手でこの状況を変えるんだ」

「どうやって？　あなたにはナイフを持つ手もないではないですか。あなたの姿は生者に見えない。声だって聞こえない。なのにどうやって復讐するというのです？」

「生者にささやくことならできる」

　聴衆の間をざわめきがさざ波のように広がっていく。

「ぼくがみんなにそのやり方を教えてあげるよ」

「そんなのは黒魔術です。あなたがた全員、奴隷にされてしまいますよ」ラーニー博士がわめく。

「クロウマンをごらんなさい。あの人はマハカーリーの奴隷です」

「魔法が何色かなんて誰が気にする？　効きさえすればそれでいいんだ」そう言うと、セーナがおまえをまっすぐに見つめる。

「聞きましたか、マール？」善良なる博士は動揺を隠し切れない。「まったく、ばかばかしい」

「魔法は善か悪かじゃない。黒か白かでもない。この宇宙もそう。どこにいるかもわからない神様だって、みんなそうさ。あいつらときたら、ものすごく強い力を持ってるくせにありえないほど無関心なんだ」

自殺者たちは足を踏み鳴らし、やんややんやの大喝采だ。かくしてセーナは熱心な信者集団を手に入れる。おまえはラーニー博士ににらまれながらも、彼らに合流するべく屋上に舞い降りる。そのときだ。マハカーリーがこのパーティーに乱入しようと決めたのは。

偽りの事実《ボル・ファクト》

影がけだものの形を成す。頭は熊、胴体は大女。髪は無数の蛇から成り、目は端から端まで真っ黒だ。そいつが牙を剥き出して群衆の中に割って入ると、白衣のヘルパー三人組はじりじりと後ずさる。化け物はうなり、屋上を霧で満たす。おまえはさむけを覚え、吐き気を催す。ヘルパーたちは自殺者たちの手を放し、棍棒を握りしめる。

そいつの首飾りには髑髏《どくろ》が、腰帯には切断された指がじゃらじゃらぶら下がっている。だが、おまえの目を引くものは他にある。それは腹だ。腰帯に覆いかぶさるように垂れ下がるむき出しの腹。そこに刻まれているのは無数の人面。囚われの魂がここから出してくれと叫んでいるのだ。

化け物は片手を挙げて叫ぶ。それは千の魂の慟哭《どうこく》、わが子を貪るけだものの咆哮《ほうこう》、股間を蹴られた宇宙の悲鳴だ。

やがて霧は晴れ、化け物と自殺者の群れも消え失せる。自殺者にくっつける集合名詞って「群れ」で合ってるか？　それとも、自殺者の「過剰摂取《オーバードーズ》」？　あるいは、自殺者の「ハラキリ」か？

ラーニー博士が白い服を着たお仲間たちにどすの利いた声で尋ねる。「あれが例の彼？」

モーゼはヒーマンを見て、ヒーマンはセーナを見る。そして、セーナはおまえを見る。「ていうか、あれって彼女じゃね？」

ヘルパーたちは屋上を見回すが、自殺者たちはもうそこにいない。

「あれがマハカーリーだよ」と、セーナ。「あんたらもせいぜい気をつけな」

セーナは今、街を望む壁に大きな長方形を描いている。筆記用具は墓場で六つの名前を書いたあの木炭だ。やつは長方形を数字や文字で埋めていくが、書き込む順序はめちゃくちゃだ。だから、それはひとりでに解けていくクロスワードパズルのように見える。

「あなたは彼女の下で動いているの？」ラーニー博士が尋ねる。

「ぼくが動いているのは〈光〉に逆らうため。忘却に抗うためだ。ぼくたちは絶対に忘れちゃいけない。忘れられた者を救わなきゃならない。嘘や偽《ボル》りをぶっ壊さなくちゃならないんだ」

壁の文字から単語が生まれ、それが文章に変わっていく。

ボル・ファクト＃１：この国は国民のものである。

ボル・ファクト＃２：すべての国民は法の前に平等である。

セーナが書くのはシンハラ語とタミル語、そして幼稚園レベルの英語が混ざった文章だ。それはおまえに北端の都市ジャフナで見た道路標識を思い出させる。ただし、怒れる活動家たちの手でタールを塗りたくられる前のやつだ。

ボル・ファクト＃3：政府は一般市民を標的にしない。

ボル・ファクト＃4：大統領はテロリストと交渉しない。

「もうじゅうぶんです、ミスター・セーナ」ラーニー博士は今、おまえの頭上にふわふわ浮かんでいる。記録簿を抱えた天使ってところだ。博士は急降下してセーナから木炭を奪おうとするが、セーナは身をかわし、黒い壁にはさっきより長めの文が立ち現れる。

ボル・ファクト＃5：この国は最初に住み着いたヴェッダ人のものでもなければ、何世紀にもわたってこの地に暮らしてきたタミル人やムスリムやバーガー人のものでもない。この国を自分たちの民族で埋めつくしたシンハラ人と、シンハラ人に都合のいい歴史書を書いた身内の仏教僧だけのものだ。

三つの言語で書かれたものをどうすれば読んで理解できるのかは不明だが、とにかくおまえはそれをやってのける。

「マーリさん。ディナーパーティーにうつつをぬかす活動家。どっちの側にもつくカメラマン。これをようく読むといいよ。ここに記された欺瞞を暴き、不正をただそうとする者は〈下〉にはひとりもいない。でも、ぼくらにはそれができる」

「わかったから、もうやめなさい」

ラーニー博士が記録簿を閉じてセーナのほうへ飛んでいく。モーゼとヒーマンはセーナの体をつかみ、屋上の端、マハカーリーが立っていた辺りに引っ張っていく。セーナはげたげたと笑い続ける。たとえ強がりだとしても、その笑いには抵抗の意志が込められている。

「ミスター・マーリンダ自身に決めてもらいましょう」ラーニー博士が言う。「でも、その前に、〈耳の検査〉を受けてもらいます」

博士が辺りを見回したときには、おまえの姿はもうそこにない。

ゴール・フェイス・コート

べつに熊の頭を持つあの化け物についていきたかったわけじゃない。交差点に立つあのマーラの木に戻りたかっただけなんだ。一同がセーナのくだらないリストを眺めている隙に、おまえは化け物の追い風に跳び乗って、信号にぶつかりながら突き進む。

これ以上記憶が押し寄せてこないよう、頭から余計な考えを追いはらっているうちに朝が来る。世界は騒音に溢れ、さまざまな声が枝を震わせる。おれはマーラの木を信じている、おまえは自分にそう言い聞かせる。日が高くなるにつれ、ささやきは増殖する。おまえは木の上に浮かび上がって、目を閉じたまま自分を眺める。

おまえは赤いバンダナにサファリジャケット、片方だけのサンダルといういでたちで、首には三本のチェーンとカメラをぶら下げている。それから、おまえはさらに上へと浮かび上がって、自分を眺める自分を眺める。ただし、今度のおまえはサロンにTシャツという格好で、両手に水ぶくれをこしらえている。砂塵舞うジャフナの太陽に焼かれる四つの体が見える。犬、男、それに母と子。目は開いており、全員息をしている。彼らはおまえをじっと見つめ、同じ問いを投げてよこすが、おまえは理解できないふりをする。カメラを構えると、四つの体は見る見る崩れて砂塵に溶ける。

遠くで言い争う声がする。ラーニー博士の叫びとセーナの笑い声が混じり合う。おまえはできるだけそれを無視して、風が運んでくる声に耳を澄ます。君の名を、人が呼ぶとき、わが身にも、恥はふりかかる。

「主な居住者、ディラン・ダルメンドラン。借家人、スタンリー・ダルメンドラン。その他の居住者、マーリンダ・アルメイダおよびジャクリーン・ヴァイラヴァナタン」

おまえは微かな風を追いかけて、デュプリケーション・ロードに流れ着く。青いダットサンが鼻先をゴール・フェイス・グリーンに向けてのろのろと進んでいく。

気づくと、おまえはその後部座席にいて、隣にはエルザ・マータンギが座っている。前の席では、ランチャゴダがラジオに合わせて鼻歌を歌い、カシムがせっせと捜索令状を埋めている。

「どこにあるかはわかっているんですよね？」

「彼はベッドの下と言っていました。もしかしたら冗談だったのかも。あの人は自分のことを面白いと思っていたから」

「冗談で時間を無駄にするわけにはいきません」と言って、カシムがたるんだ目で道路をにらむ。

時刻は午前九時、昨夜は彼らもおまえ同様、たっぷり休息できたと見える。窓の外では、今夜予定されている外出禁止令に備えて、コロンボじゅうの人々が砂糖を切らしたらいけないと店へ急ぐところだ。

あれは冗談なんかじゃなかった。だが、もちろん、自分の無駄口が捜索令状に書かれることを見越していたわけでもない。幽霊には車を故障させることができるのだろうか、とおまえは思う。ひょっとしたら、それこそがすべての自動車事故の原因なのかもしれない。退屈した霊魂が運転手を眠らせ、タイヤを滑らせ、ブレーキを利かなくさせるんだ。

「神に祈ることは、なぜ事故は起こるのかと車に尋ねるのと同じことだ」とは、いつだったか親父《ダダ》がおふくろ《アンマ》との夫婦喧嘩で口にした台詞だ。「自動車事故で死ぬやつはごまんといる」ダダは言った。「なのに、愚か者はそれが自分以外の誰かの身に起こるものと信じて疑わない」こうした口喧嘩はやがて独り言と化し、毎週日曜にアンマがおまえを教会に引きずっていく時間を狙って繰り返された。

「で、どういう作戦で行きます？」ランチャゴダが尋ねる。

「マーリンダの失踪の手がかりが家の中にあるかもしれない、と言うのです。なんなら、わたくしが話をしてもかまいません。ええ、そうしましょう」エルザはそう言うと、バスで混み合う道路に目をやる。その視線は立ち並ぶビルからココヤシの並木、ゴール・ロード沿いに点在する検問所へとパンしていく。

「こんなこと、捜査中の事件に関係してなきゃ、絶対にやりゃしない」と、カシム。「まあ、いい。どのみち、じきに異動するんだ」

「どうぞお好きなように《ホワットエヴァー・ゲッツ・ユー・スルー・ザ・ナイト》（ジョン・レノンの曲「Whatever Gets You Thru the Night」の一節）、警視さん」エルザが言う。車は今、テンプルツリーの異名を持つ厳重警備の首相公邸を通り過ぎる。

「で、あなたはなんと自己紹介するおつもりで？」

「彼の雇用主と」と、エルザ。「可能なかぎり、真実を語るべきですから」

「なるほどねえ」と、カシム。「では、わたしは車で待つとしましょう」

車はかつておまえとDDが午前三時三十三分に愛し合ったゴール・フェイスの環状交差点を曲がる。それから、車は駐車場へと入っていくが、そこはかつておまえがDDを彼自身のフラットから追い出した場所だ。ランチャゴダとエルザは車を降りると、吹き抜けの階段をのぼる。そこはおまえが煙草を吸って、二階に住むマレー人のおばさんに叱られた場所。さらに、二人はデュプリケーション・ロードに負けない広さの廊下を進む。そこはおまえが誰も家にいないときを狙って、招かれざる客を何度も招き入れた場所だ。

ドアを叩き、ベルを鳴らすランチャゴダの傍らで、エルザが笑顔の練習をする。ドアを開けたのは、キモノ姿のわれらがジャキ。ジャキはちょっと驚いた顔をしたあとで、ドアを開けたらそこに警官がいることなど日常茶飯事というふりをする。

「なんですか？」

「おはようございます、お嬢さん。中に入ってもよろしいですかな？」

ジャキは微動だにしない。

「あの人、見つかったの？」

「まだです」エルザがそう言って、作り笑いを浮かべる。「あなたのお力をお借りしたくて」

「あなたは？」

「マータンギ警視です」と、エルザ。「お話しさせていただいても?」

　ランチャゴダは目玉をぐるりと回すが、ジャキにはそれが見えていない。彼らが通された廊下には、おまえとDDが間違って覚えた誕生日に贈り合った本が並んでいる。二人とも貰った本は未読のまま。読んだのは相手に贈った本だけだ。

「ああ、すみません。スリランカに女の警視さんがいるなんて知らなかったから。しかも、タミル人だなんて」ジャキが言う。南ロンドン育ちであることをうかがわせるいびつな母音。これが出るのは彼女が緊張している証拠だ。

　それにしても、やっぱりわが家っていいもんだよな? そうとも、このフラットこそ、この三年間おまえがわが家と呼んだ場所。DDの父親であるスタンリーは、ロンドンの司法試験に合格した褒美とムトゥワルにある自分の法律事務所に入らせるための賄賂を兼ねて、ひとり息子のためにこのフラットを改修したのだ。親父さんはおまえとジャキが転がり込んでも、少なくとも最初のうちは、気にしていないようだった。おまえたち三人はそれぞれの寝室を持ち、誰がどの部屋を誰と分け合うかは周囲のご想像にお任せした。

　DDが壁を紫色に塗っても、〈アーツセンター〉に集まる連中のためにパーティーを開くようになっても、スタンリーはうるさいことを言わなかった。息子が両耳にピアスをして帰宅したときだって、親子の縁を切らなかった。スタンリーがようやく息子に家賃を請求しはじめたのは、DDがパパの事務所を辞め、〈アース・ウォッチ・ランカー〉で専門職のボランティアとして働きはじめたときだった。

　ジャキがエルザとランチャゴダを誰もいない居間に通す。

「たしかに、コロンボに女性の警視は多くありません。で、あなたはミス……」

「ジャクリーン・ヴァイラヴァナタン」ランチャゴダが代わりに答えて、カシムのメモ帳のこれまた白紙のページを開く。「あなたとアルメイダは付き合ってどれくらい？」

「わたしたち、付き合ってません」と、ジャキ。

「しかし、あなたの従兄弟はそう言って……」

「従兄弟は何も知らないの」吐き捨てるように言う。

「マーリの写真の箱がどこにあるのか知っていますか？」エルザが尋ねる。

「写真の、なんですって？」

「本人はベッドの下にあると言っていましたが」

「なら、ベッドの下にあるんでしょ。あの人は写真を撮る。箱をため込んでる。ときどきはベッドの上で寝る。で、あなたはそれをどうしたいの？」

「見せていただいても？」

「はあ？　意味がわからないんですけど」

ランチャゴダは窓辺に歩いていって、ゴール・フェイス・グリーンの茶色い芝生と、海岸線にかぶりつくように波立つ海を眺める。

「ミス・ジャキ、わたくしたちはこのフラットの捜索令状を持っているのですよ」

「あの人の身柄が拘束されていないかどうか確認してくれました？　警察じゃなければ、軍のほうかもしれないでしょ？」

「マーリの寝室はどこなの？」

ジャキは答えない。そこで、エルザは彼女の前に立ちはだかってにっこり微笑み、その隙に警視補が突入する。ジャキは柔道のクラスで習った技でエルザを押しのける。彼女はその技をおまえにも試したことがあった。しかも、あのときは催涙スプレーの〈メース〉との合わせ技だったよな？ジャキはランチャゴダを追いかけて間違った部屋に入る。エルザは腕をさすって悪態をつく。

おまえはキッチンに忍び込んで、そこに漂うにおいに身を浸す。このにおいはニンニクとカルダモン。つまり、カマラがやってきて、今週分の料理を作り置きしたということ。ＤＤのリクエストでビリヤニとターキッシュライスをこしらえたのだ。カマラが来るのは毎週水曜だから、おまえが死んでからきょうで二日目ということになる。

ＤＤの部屋にはスウェットバンドとラケットとスニーカーと〈アース・ウォッチ・ランカー〉のロゴ入りの箱が散乱している。ロッカールームを彷彿とさせるこのかぐわしい香りのおかげで、おまえはここでさほど多くの夜を過ごすことはなかった。ランチャゴダ警視補が箱を開けると、ゴミ廃棄場や汚染された川や伐採された森林に関する訴訟のファイルが姿を現す。

「これがその写真？」ランチャゴダが首を傾げる。

エルザも捜索に加わる。彼女が最初に手に取ったのは、ヤーラのヒョウ絶滅に関するファイルで、次はキャラニヤの都市ゴミ埋め立て地に関するものだ。

「ここは彼の部屋じゃない」エルザが言う。二人は廊下をさまよったあげく、悩めるティーンエイジャーの巣穴のごときジャキの部屋に迷い込む。招かれざる客たちはバウハウスやザ・キュアーのポスターには目もくれない。ランチャゴダはカーテンを開け、エルザは膝をついてベッドの下をのぞき込む。この部屋を支配するのはシャネルの５番と悲しみのにおいだ。

「令状見せてもらえます？」と、ジャキ。「わたしのものに触らないで」

二人は彼女を無視して、共用のバスルームをかきわけて進む。その先にあるペンタゴンこそ、かつてのおまえのねぐら。他の部屋とは対照的に、殺風景でがらんとしている。そこにあるのは、クイーンサイズのベッド、ランプ付きの机、カメラでいっぱいの戸棚。壁には額装された写真が三枚。ジェームズ・ナクトウェイがとらえたソマリアの飢饉、アンリ・カルティエ＝ブレッソンの手になる北京最後の日々、そして、不肖おまえが撮影したバッティカロアの警官虐殺の写真だ。

ランチャゴダが息をのみ、エルザがうなずく。そこに写っているのは、多数の警官たちがひざまずく、金曜日のモスクのような光景だ。ティンビリガシャヤのフジコダックの店でトリミング済みのため、ファインダー越しにおまえが目撃したものがすべて見えるわけではない。右上端に写り込んだＡＫ‐47の銃口はあえてトリミングしていないが、おまえのいた丘の上からは、角度的にそれを持つ人物まではとらえることができなかった。

衣装だんすの外側には、額装されたレントゲン画像が二枚。自動車事故直後のおまえの胸部と、氷山みたいに顎に埋もれていた親知らずだ。おまえはそのレントゲン画像を写真に撮って、アートプロジェクト用に不透明度を上げて額装したが、例によってそのプロジェクトはついぞ完成することがなかった。

衣装だんすの中には、一体のテディベア、それにサファリジャケットとハワイアンシャツとチェーンのコレクション。テディベアの下には、誰も探していないアドレス帳がある。すべてがこのまままそっとしておかれることを、おまえは願う。

首にはネクタイ以外のものをつける、それがおまえのこだわりだった。面接にはネクタイをしていけ、それがダダの口癖だった。あんたの望みはおれにあんたの真似をさせ、来る日も来る日も自分で自分の首を絞めさせることなんだな。おまえはそう言い返したが、それは頭の中だけでのことだ。

　チェーンはたんすの扉に吊り下げてある。紐のもあれば、縒《よ》り糸のもある。ここにあるのはいわゆるスペアだ。ピースマーク、十字架、陰陽、オーム。金のパンチャユダ（ヒンドゥー教の赤ちゃん用のお守り）と死んだ〈虎〉からくすねた青酸カリのカプセルとＤＤの血が付いた木製のチャーム（ヤーラで馬鹿げた誓いを立てたときのあれだ。あの頃は毎日が祝日みたいな気がしてたよな？）はここにない。どれもおまえの首がちょん切られたとき、そこにかかっていたからな。首をちょん切られたって？　いったい誰に？　そんなことを言うのはどこのどいつだ？

　おまえはきょろきょろと辺りを見回し、セーナかその弟子の誰かがおまえの耳にささやいていないか確かめる。だが、そこには風と、がらんとしたおまえの部屋があるだけだ。

　この部屋を支配するのは、化学薬品と洗浄剤のにおい。おまえはここで学生ヒッピーみたいにＬＳＤとハシシとアナーキズムの調合に励んでいたのか？　いや、そうじゃない。現像液と停止液と定着液を混ぜては、その容器をパントリー、厳密に言えば、おまえがスタンリーおじさんに内緒で暗室に改造した元パントリーに運んでいたんだ。もしも警官たちが面倒臭がらずにそこをのぞけば、几帳面に分類してタッパーウェアに収めた過去六年分のネガフィルムが見つかるだろう。だが、今のところ、やつらはおまえのクイーンサイズのベッドの下をのぞき込むのに余念がない。

　おまえの各種技能の適性評価は以下のとおり。ギャンブル、Ｄマイナス。八百長、Ｃプラス。浮気、Ｂマイナス。写真、Ａプラス。芝居は下手くそだし、節操のせの字もなかったおまえだが、構図の決め方ならわかっていた。トレイに印画紙を浸すコツも、暗室から光を締め出す術も心得ていた。モノクロームに戦慄を、セピア色にきらめきをもたらすことができた。薄っぺらなものに深みを、平板なものに質感を、陳腐なものに意味を与えることができたんだ。

パレットには黒と白とグレーがあればよかった。カラー写真には一度も手を出さなかった。夕暮れと象を撮ることから始めたおまえの被写体はやがて、クローゼットのゲイ（クローゼットとは、自分の性的指向を公表せずにいる状態のこと）と虐殺された兵士たちに変わっていった。

「彼はベッドの下の靴箱にきわめて危険な写真が入っていると言っていました。自分に万一のことがあったら、その写真を公にしてほしいと」エルザは部屋を見回し、自分の嘘に気づいた者はいないか確かめる。

「つまり、あなたは彼を知ってたってこと？」ジャキが突っ込む。

「彼はわたくしのもとで働いていたのです」

「探偵として？」

「まあ、そんなところ」

「ＮＧＯの仕事をしてたんじゃなくて？」

「幾人ものご主人さまに仕えていたんですよ、あの人は」エルザはジャキの肩に手を置くが、その手はすぐに払いのけられる。ジャキは断りなく体に触れられることをひどく嫌がる。相手が惚れた男だとしても、そこは変わらない。それは義理の父親と、そいつが十代の彼女に強要し続けたハグのせいにちがいなかった。

ＤＤとジャキにはガラクタをため込む天賦の才があった。部屋も人生も頭ん中も取っ散らかっていたんだ。あの二人にはおまえのミニマリズム、不要なものをどんどん捨て去る生き方がどうしても信じられなかった。きっとどこかに秘密の部屋があって、そこに自分たちには内緒の品々をため込んでいるのだと思っていた。それはあながち間違いじゃなかった。ただし、その部屋には箱ひとつ分の大きさしかなかったが。

「ほんとに言ったんですか？　彼のベッドだって？」ランチャゴダが尋ねる。

「いったい。これは。なんの真似だ？」

この家でその声を聞くのは何ヵ月ぶりだろう。スタンリー・ダルメンドランは国会の演説でも、息子への説教でも、劇的な間《ま》を多用することで知られている。

「とっとと出て行け、このクソ野郎」

それに対して、ＤＤのうわずった声はこの壁の内側でたびたび聞かれ、間《ま》の代わりに罵り言葉を多用することで知られていた。

「捜索令状があるんだって」戸口に向かって後ずさりながら、ジャキが言う。修羅場《ドラマ》から身を引くなんて、あいつらしくない。

「見せてもらおうか」スタンリーが吠える。ＤＤはスポーツウェアの上下を身に着け、髪はしっとりと濡れている。つまり、親父さんに〈オッターズ・アクアティック・クラブ〉に連れて行かれ、朝から説教を聞かされてきたということだ。ちなみに、この親子はどちらも長身で、どちらもスポーツマンを自負している。

「とにかく、マーリの部屋から出て行ってくれ」ＤＤが我に返って言い直す。

エルザとランチャゴダは居間に退却するが、その間も違法な捜索を目だけで続ける。ランチャゴダがスタンリーに令状を手渡すあいだ、ＤＤとジャキは隅っこでこそこそとしゃべっている。

「これには。裁判官の。押印《おういん》がない」スタンリーが一九五〇年代初頭のケンブリッジ仕込みのアクセントで言う。

「サー、わたくしたちはアルメイダの行方を捜査しているのです。写真が見つかれば、その手がかりが得られるかもしれません」

ＤＤとジャキがひそひそ話をやめて、エルザをじろりとにらむ。

「で、マダム、あなたは？」

「スリランカでただひとりのタミル人女性警視」ジャキが言う。

「わたくしはＣＮＴＲの者です、サー。〈カナダ・ノルウェー第三世界救援基金〉。マーリンダはわたくしどもに渡すべき写真を持って、国外に逃亡したと思われます」

「彼のパスポートはあなたがさっき引っかき回した抽斗《ひきだし》の中ですけど」と、ジャキ。「さすが警視さんは違うね」

「われわれは彼がそれらの写真を使って恐喝をしていたと考えています」ランチャゴダがヤーラで撮ったセンザンコウ（全身を鱗で覆われた夜行性の哺乳動物）の額装写真をとくと眺めながら言う。エルザがランチャゴダに首を振ってみせる。

スタンリーは捜索令状には何が必要かを冷静に指摘し、手中の令状にそれがないことを言い添える。警視補はうなずき、それがないのは単純なうっかりミスだったふりをする。エルザが口をはさもうとするが、スタンリーおじさんの間《ま》は絶対不可侵だ。

「今すぐ。この家から。出ていってくれ」スタンリーはそう言いわたし、髪とネクタイを撫でつける。「正式な令状を持って。出直したまえ。さもなきゃ、二度と戻って来るな。ディラン、お二人を出口にご案内して。ディラン？　ジャキ？」

表から、エンジンの音に続いてタイヤがゴール・ロードにかみつく音が響く。聞き覚えのある音。ジャキのミツビシ・ランサーだ。おまえは二人の行き先を悟り、一刻も早い到着を願う。

エルザの香水をのせた微風が吹き抜ける。ラベンダーとタルカムパウダーが混ざったその匂いがおまえの全身（と言うほど、残っちゃいないが）を痙攣させる。かぐわしいのに吐き気を誘うその香りが思い出させるのは、ナチハンターを生業《なりわい》とするひとりの男だ。

ウィーゼンタール

「サイモン・ウィーゼンタールって聞いたことある？」というのが、エルザがおまえにした最初の質問だった。場所は〈アーツセンタークラブ〉で、彼女はそこでトーキング・ヘッズをカバーするコフィン・ネイルを聴くふりをするおまえにいきなり声をかけてきた。より正確に言うと、おまえはフランス訛りの若い男を誘惑しようとしていて、エルザはその邪魔をしたんだ。

「アウシュヴィッツを生き延びて、三十年間写真だけを頼りにナチを狩り続けた男」

その頃エルザの髪は短かったが、ルビー色の口紅は今と同じだった。

「サイモン・ウィーゼンタールが誰かは知ってるが、あんたが誰かは知らないし、おれはこのバンドを観るためにここにいるんだ」

エルザはおまえの酒代を支払い、おかわりまで注文してくれたが、おまえは気づかないふりをした。「あなたがここにいるのは三つのカジノで出入り禁止になったから。それと、あそこにいるお金持ちのお坊ちゃんに熱を上げているから。言っておくけど、あの子はホモじゃない。それはあなたも知ってるだろうけど」

「おかま」も「ホモ」も「変態」も侮辱だと思ったことはなかった。なぜって、おまえはそのどれにも当てはまらないからだ。言うなりゃ、おまえは美男子をこよなく愛する色男。それ以上でも以下でもないし、どうこう言われる筋合いもない。おまえは彼女のスーツと取ってつけたような笑顔を一瞥すると、おごってもらった酒をすすって、だんまりを決め込んだ。

「もしも写真を売ってくれたら、あなたが〈バリーズ〉と〈ペガサス〉と〈スターダスト〉でこしらえた借金はわたしの雇い主が肩代わりする」

　おまえは彼女を、男女（正確に言うと、男と男、女と女）がからみ合うバルコニーに連れ出した。それから、暗がりに座って、彼女にしゃべらせた。

「八三年の集団的迫害《ポグロム》のフィルムを持っているんでしょう？」

「今はそんなふうに呼ぶのか？」

「暴動よりはいいでしょう？　それに民族虐殺《ジェノサイド》って言葉を使うと、ヘソを曲げる人がいるから。シンハラ人を筆頭にね」

「一九八三年を境に、自分をシンハラ人と呼ぶのはやめたよ」それ以前にそう呼んでいたわけでもないのに、おまえは言った。七〇年代にコロンボのヒッピーたちから譲り受けたのは、質の悪いＬＳＤだけじゃない。おまえは誰もがみんなスリランカ人で、クヴェニの子、ヴィジャヤの非嫡出子だ、と信じていた。クンバヤ、クンバヤ（「クンバヤ」とは黒人霊歌の曲名で、政治的な文脈では、うわべだけの協調を揶揄する言葉としても使われる）。

「これって、あなたが撮った写真よね？」

サルワール姿の女がガソリンを浴びせられるその写真は『ニューズウィーク』がお蔵入りさせたもの。オリジナルのネガから焼いた二七×七インチサイズのマットプリントだ。焼き増ししたのはたった二枚で、一枚はおまえの箱の中、もう一枚はニューデリーにある。

「あんたは誰の下で働いてる？」

「CNTR。発音は『センター』」

「なんだ、そりゃ？」

「資金はあるし、法律家チームもいる。わたしたちは一九八三年の殺人者たちを追っているの」おまえの笑い声は暗闇で愛撫に勤しむゲイやレズビアンたちをぎょっとさせた。

「未公開の写真がまだあると聞いたけど」

「ウィーゼンタールって言えばさ」おまえは言った。「先月カジノで二人組のイスラエル人に会ったぜ」

「一九八三年の写真はまだ他にあるの？」

「映画のプロデューサーだって言ってたけどな。そのうちに片方が酔っぱらって、武器売買に関わってるって自慢しだしたんだ。重砲を重鎮に売りつけたとかなんとか」

彼女は慌てず、笑みを絶やさず、オレンジジュースをひと口飲んで、話を続けた。

「ヤエルとゴーランのことなら知ってるわ。くだらないアクション映画を作るかたわら、三流の兵器を政府に売りつけている」

「そこが武器商人の困ったとこだよ。くだらない映画を作るってのがさ」

「ミスター・アルメイダ。あなたは八三年のタミル人虐殺の写真を持っているの？」

「あんたは神に選ばれし民から三流の兵器を買う連中の下で働いてるのか？」

「わたしたちはＬＴＴＥではありません。めざすところは相容れないとは言えないけれど」

「まるで政治家みたいな言いぐさだな」

「一九八三年の虐殺は許されざる蛮行だった。八千軒の住宅、五千軒の商店が焼かれ、十五万人が住む家を失い、死者数はいまだ公表されぬまま。スリランカ政府はこの事実を認めず、謝罪もしていない。あなたの写真にはこの状況を変える力がある。教えて、坊《コッラ》や。あなたはいったいどちらの味方？」

　おまえはパンチを繰り出す直前みたいに深いため息を吐くと、あの箱のことを打ち明けた。そのとき初めて、彼女の顔から笑みが消えた。エルザは眉をつり上げると、それきり茶々を入れるのをやめた。

・・

　最初のうちは楽しかった。おまえとエルザだけだった頃は。おまえはネガをフジコダックの店のヴィランっていうオタク小僧のところに持ち込んだ。ヴィランはおまえが撮った一九八三年の写真を焼き直し、一部は拡大し一部は解像度を上げてくれた。腕利きの写真技師にして内気な愛人、それがヴィランだ。キャラニヤにあるやつの自宅には、フジコタックの店より立派な設備が揃っていた。やつはおまえの私的な仕事を家に持ち帰り、ついでにおまえのことも持ち帰ったりしたが、エルザに対してはその限りではなかった。

「どうやって顔を特定するんだ？」

「必要なのは、すべてのID写真のデータベース。それと、画像を識別できるソフトウェアね。大写しにした写真をコンピュータでスキャンして照合すればいいってわけ」

エルザはコーヒーが自分の肌と同じ色になるまでシナモンを加えた。

「あんたらにそんな技術があるのか？」

「ないに決まってるでしょ、お馬鹿さん。まあ、五十年後には、ひょっとしたら」エルザが微笑む。

「でも、方法がないわけじゃない。ウェッラとバンバにそういうのが得意な知り合いがいるの」

彼女はおまえにCNTRのサインが入った小切手をよこし、タミル人の惨状を伝える写真ならどんなものでも買い取る準備はあると告げた。おまえは政府軍にくっついて北へ、ロイターの記者たちを引き連れて東へ遠征に出かけた。そして、彼女の意向に適う写真をたんまり撮って帰ってきた。

次にエルザから連絡が来たのは八八年の初めだ。おまえは〈ホテル・レオ〉に呼び出されたが、このとき彼女はひとりじゃなかった。カウチにはクガラージャが座っていた。ハンサムで恰幅《かっぷく》もよく、まさにおまえ好みの男。と言っても、おまえの好みはたいそう幅広かったけどな。

〈ホテル・レオ〉のスイートの壁にはおまえが撮った一九八三年の写真がべたべたと貼られ、そこに写る顔のひとつひとつにポスト・イットがくっつけてあった。炎上する商店の外で踊るサロン姿のシンハラ人の男たちの写真には四枚、裸にされ、蹴り殺されるタミル人の少年の写真には三枚、タミル人女性がバスから引きずり下ろされるのを眺める制服警官の写真には六枚、といった具合に。

クガはエルザの従兄弟だと紹介されたが、腰を下ろすために彼女の前を横切ったときの身のこなしから、おまえは二人が口づけを交わす間柄だと当たりをつけた。

クガは住所のリストをおまえに手渡し、住人の写真を隠し撮りしてきてくれないかと持ちかけた。

「一九八三年の集団的迫害《ポグロム》の実行犯を七人突きとめた。その身元を確認したい」

「で、その後は？」

「法に訴えることもできる」

おまえは声を上げて笑い、クガはにこやかに微笑む。

「何か可笑《おか》しいことを言ったかな？」

「あの件に首を突っこもうとするやつなんていない。訴えるって、ＣＮＴＲがか？」

「裁きを下す方法ならいくつもある」

「あんたらＬＴＴＥじゃなかったよな？」

エルザが従兄弟の膝に手を置くと、彼はしゃべるのをやめる。

「マーリ。この小切手はヴァンニで撮った写真の分。それから、こっちは次の仕事の前払い金」

おまえは二枚の小切手を見て、以前ダダに、カメラマンなんて結婚写真でもやらないかぎり儲からないし、社会学の学位なんか取っても教職に就くのがせいぜいだ、と言われたことを思い出した。

「ひとつに絞って、うまくやれ」と言った男の「ひとつ」には父親であることは含まれていなかった。

「まだ仕事があんのか？」

「そこに書かれた住所に出向いて、政府の国勢調査に来たと言って、その人たちの写真を撮ってきてほしいの。無料でＩＤ写真を撮ると持ちかければいい。シンハラ人はタダだと言われれば、タミルの新聞だって購読するから」

「それって、詐欺じゃ？」

「あなたはどっちの味方なの、坊や《コツラ》？」

「おれはスリランカ人がこんなふうに死んでいくのを止めたいと願う者の味方だ」

「まあ素敵。わたしたちの願いはあの怪物どもを痛い目に遭わせること。そして、必ずそれをやり遂げてみせる」

「どうやって？」

クガラージャはおまえがヴァンニ遠征で撮影した一枚の写真を手に取った。あのときはただの仲介役として行ったから、撮った写真は一番の高値をつけた相手に売ることができた。ＣＮＴＲは政府軍やＡＰ通信がパスした写真も買い取ってくれた。

「この男を知っているか？」

それは〈虎〉の基地で、カメラを掃除するふりをして撮った写真。ロイターのいけすかない記者のガイドとして、ＬＴＴＥの訓練基地の撮影に同行したときのことだ。

「ゴパラスワミ大佐だ」おまえは言った。

「またの名をマハティヤ（シンハラ語で「紳士」、「主人」の意味）。きみがやつについて知っていることは？」

「唯一撮影ＯＫの〈虎〉の基地を任されている。最高指導者《スープレモ》でさえも、やつの言うことには耳を傾ける」

「スープレモへの反逆を企んでいるとも言われている」

「おれは噂には耳を貸さない。広めるだけだ」

「面白い男だな、きみは」クガラージャが身を乗り出すと、おまえは思わず椅子に反り返って腕を組んだ。やつの目は自分もジョークを繰り出そうとしているようにも、こっちの頭をかち割ろうとしているようにも見えた。おまえは断りもせずに煙草に火をつけた。目の前にいるこのけだものはおまえを縮み上がらせるのと同じくらい逸《はや》り立たせてもいたんだ。

「あなたはどっちの味方なの、坊や《コッラ》？」

エルザ・マータンギがおまえに倣ってベンソンに火をつける。まるでパブロフのワンちゃんみたいに。

「金を払ってくれるほうの味方だよ」

聞けば、CNTRはワウニヤで孤児院を、メダワッチヤでクリニックを運営しているのだが、政府軍に警備を断られたのだそうだ。中北部全域を仕切るゴパラスワミ大佐であれば、かわりに保護を買って出てくれるのではないか、と彼らは考えていた。

「大佐と面会できるよう、話をつけてほしいの」

「おれはあいつのことなんて知らない」

「記者を基地に連れて行けるくらいは知っている」

「あれは見世物用の基地だ。ハリウッドのセットみたいなもんだよ。大佐は部外者とは話さない」

「わたしたちは部外者じゃない」

「LTTEと関わるのは、CNTRにとって危険じゃないのか？」

「うちのプロジェクトの大半は北部か東部で行われている。向こうではLTTEが政府なの。それはあなたにもわかっているはず」

それは小切手の額の大きさのせいだったのかもしれないし、クガがなみなみと注いだ酒、それをおまえによこした前腕のたくましさ、あるいは、おまえの背中をかすめた掌の無骨さのせいだったのかもしれない。とにかく、おまえは彼らといることに、彼らとの会話に、温もりめいたものを感じてしまったんだ。

もっとも、彼らがこの「八三年プロジェクト」に逸り立っているのに対し、おまえがビビり散らかしていたのも確かだった。

「あんたら、ほんとに何千人もの暴徒に裁きを下せると思うのか？」

クガはおまえにウィンクをよこしたが、それは兄のような愛情の表れとも、おまえ同様、ポルノ的妄想に耽っているしるしとも受け取れた。

「どんな暴徒であれ、どれだけ大人数であれ、まずはリーダーを倒す。それが基本だ」

「真面目に言ってんのか？　気は確かなのかよ？」

「誰もがあなたみたいに冗談ばかり言ってるわけではないのよ」エルザが言った。

彼らはいわゆるマハティヤ派について、それから、ＬＴＴＥの分裂がタミル人に及ぼしうる影響について論じた。エルザはＬＴＴＥがファシズム化し、他のタミル人の声を抑えつけていることを嘆いた。すると、クガはこう反撃した。

「タミル人の声をひとつにまとめるなど贅沢というものさ。そんなことをしてもタミル人を救えない。それができるのは強い声だ」

「ラーニー・スリダラン博士は強い声の持ち主だった」エルザが言う。「でも、黙らされてしまった」

「あんたはどっちの味方なんだ、クガ？」

おまえはクガの肩に手をのせたが、ものすごい目でにらまれて、すごすご手を引っ込めた。おまえによこすウィンクはもうないってさ、マーリさん。

「きみのおふくろさん《アンマ》は半分バーガー人で半分タミル人なんだろう?」彼は言った。「きみはわたしと同じ雑種というわけだ。ただし、きみのIDには『カバラナ』という姓が記されている。せいぜい感謝するといい。親父さんがきみにくれた最高のプレゼントはシンハラ人の苗字だよ」

本当なら、おれのことも親父のことも知らないくせに、と突っかかっていきたいところだった。けど、もちろん、クガの言うとおりだった。金とそれを見せびらかす者への憎しみについて、親父《ダダ》はよくこう言っていた。「コロンボの社会主義者のほとんどは貧乏人が好きなんじゃない。金持ちが憎いだけなんだ」あたかもそのフレーズが自分の上等な脳みそから出てきたものであるかのように。

「やるよ、その『八三年プロジェクト』ってやつ」おまえは言った。「あんたらは金を払ってくれる。それに、おれは現場に居合わせたわけだし、この政府には答えるべきことが山ほどあるしな」

「気をつけて、坊《コッラ》や」エルザは言った。「そんな口をきくと、タイヤの穴に入れられてしまう」

「それが嫌だから、大佐をスパイするなんて無理だって言ってるんだ」

「スパイしてくれとは頼んでいない。会わせてほしいと言っただけ」

「燃えるタイヤより、〈虎〉の監獄のほうがましだってのか?」

死が自分には起こりそうもない出来事に思えていた頃は、おまえはしょっちゅう死をネタにジョークを飛ばしていた。誰だってそんなものだ、実際に死んでみるまでは。

おまえは二枚の小切手を受け取り、それを下の階でチップと交換すると、ポーカーで全部スッて、バカラでみごと取り返した。それから、鉄道の線路まで足を延ばしたが、触りがいのある相手は見つからなかった。線路の下の石ころだとか、沿岸地域を健気に自然の脅威から守るあの薄っぺらい防波堤だとかを眺めながら、おまえは別れ際にクガに言われたことを思い起こした。

「ＣＮＴＲのことを誰にもしゃべっていないといいのだが」

「おれはおしゃべりじゃない」

「それはいい。この国には、おしゃべりが多すぎる。行動の伴わない大口叩きが」

「だから、誰にも言ってないって」

「よろしい。正義を為すのに宣伝など必要ない」

クガが片手を差し出した。おまえがそれを握ると、やつはおまえの体をぐいと引き寄せ、指の関節をひねりつぶさんばかりに握りしめた。おまえは思わず顔をゆがめたが、やつは力を緩めることもなく、痛みに身をよじるおまえを眺めていた。

「タイヤの穴の中で死にたいやつはいない、違うか？」

やつはおまえにウィンクしてから手を離した。

ほろ苦きわが家《ホーム・サワー・ホーム》

バンバラピティヤの家はもともとおまえの父方の祖母の持ち家で、祖母の死後、いったんは伯母の名義になったのだが、親父の離婚後に最初の妻に譲渡された。その最初の妻の息子たるおまえはこの家でプルメリアの木と眠りこける犬といがみ合う両親に囲まれて育った。言い争いはキッチンで、ベランダで、バルコニーで繰り広げられた。そして今、親切な風に乗って帰ってきたおまえを迎えるのもまた、通りまで溢れ出す言い争いの声だった。

　ジャキのランサーは三軒先の角に停まって、離れたところから騒ぎの様子をうかがっている。おまえのおふくろさん《アンマ》はスタンリー・ダルメンドランと門前に立ち、警官二人とエルザ相手にわめき散らしている。車の中では、べつの種類の言い争いが進行中だ。

「つまり、箱の中身は空かもしれない。マーリお得意の駄ぼらかもしれないんだな？」

「あんたのせいだからね。ったく、どこが近道だっつうの」ジャキが吐き捨てる。

　DDは拳を握りしめ、関節をボキッと鳴らす。これは煙草を必死に我慢しているときのやつの癖。九カ月前、おまえはやつの禁煙が一年持たないほうに賭けたが、DDの負けず嫌いは煙草への愛もおまえへの愛も上回って余りあるのだ。いくつもの記憶がよみがえるが、今度の記憶が痛みをもたらすことはない。

　ディラン・ダルメンドランは学生時代、あらゆるスポーツチームに参加していた。おまえはラグビーもクリケットも等しく憎んでいたが、彼を眺めるのにはやぶさかではなかった。彼はセント・ジョセフの水球チームのキャプテンを務め、かたやおまえは生徒の代表たる監督生《プリーフェクト》として、放課後になると、彼の艶やかな肉体に見惚れては、白い制服の股間の出っ張りを必死にごまかしたものだった。

　卒業後十余年を経て再会したときには、DDはかつての肉体を失っていたけれど、笑顔と黒い肌と勘の鈍さはあの頃のままだった。やっぱりDDはパーフェクト・テン、ただし、十三点満点の十点なんだ。やつは当時のおまえの狂おしい思いにまったく気づいていなかった。おまえが父親のフラットに従姉妹のジャキと越してきたときも、おまえが誰だかわからなかったし、ろくに言葉もかけてこなかった。

　すべてはじっくり半年がかりで徐々に変化した。この頃には、おまえは真夜中にやつの部屋を訪ねるようになっていて、そのたびやつはこれが最後だと言い、そのたびおまえは今度二人で旅行をしようとはぐらかした。連れ立って出かけるようになってからも、学生時代の友人だと言えば、誰も深読みはしなかった。いや、案外みんな勘づいてたのかもしれないが。DDは今おまえがどこかの地下牢にいて、〈アース・ウォッチ・ランカー〉の伝手を使って正当な不服を申し立てれば、おまえを解放できると信じている。つくづく能天気なやつなんだ、おまえの愛しい恋人は。

「マーリはまた旅に出るって言ってたか？」

「わたしは何も聞いてないけど」

「〈アーツセンター〉か〈ホテル・レオ〉に来てくれ、って言われたんだ。話したいことがあるからって。場所を決めたら、また電話するとも言ってたけど、例によって電話はかかってこなかった」

「あの人は毎日ギャンブルしてたよ」ジャキはそう言うと、憐れみと蔑《さげす》みが同居する目で従兄弟を見つめる。

「もう死んでるみたいな言い方はよせよ」DDの声がうわずる。遠征から戻ると、DDは決まっておまえの肩と足の裏をマッサージしてくれ、おまえは決まってDDに目にした恐怖の数々を話して聞かせた。

　DDはおまえが最初にひと呼吸置いたところで話題を変え、奨学金を出してくれるアメリカの大学のことを話しだす。その大学で第三世界の環境悪化だかなんだかを学ぶつもりなのだ、と。すると、おまえは、地球最大の汚染者にこの自然の楽園の何を教えられるというのか、とまぜっ返す。それから、合衆国が犯した罪を挙げ連ね、かの地で暮らす必然性についての押し問答を避けようとする。それがお決まりのパターンだった。

「政府軍と外国の通信社と〈虎〉から仕事を請け負うカメラマンは自分だけだって、マーリは言ってた」ジャキが言う。「いつものように大口を叩いてるだけだと思ってたけど」

マッサージと口論が終わると、今度はジャキがおまえを街に連れ出して、誰の旦那が誰の奥さんと寝ているとか、劇団仲間の女子学生に悪い遊びを教えたとか、担当するラジオ番組のプレイリストにこっそりパンクチューンを紛れ込ませたとかいう話を聞かせてくれた。

エールを何杯か飲み干したあたりで、おまえはDDについての文句を垂れ、ジャキはおまえに例のヤバい錠剤をくれる。すると、おまえはヤバいやつみたいにげたげた笑いだし、前線で見たことについては話さずに終わる。報酬を受け取ったばかりなのに一文無しである理由も、おまえと彼女の関係についても、おまえが彼女を裏切っていないかどうかも、そもそもそういう問題ではないことも、結局話さずじまいだった。

「車で待っててもしかたないだろ？」DDが言い、その完璧な手で汗ばむ額を拭う。

「外に出たってしかたないよね、天才さん？　気づかれるだけだよ」

「箱のありかは知ってるのか？」

「あんただって知ってるくせに。あの二次会で教えてくれたでしょ。マーリが例によってドラマモードに入ったときに。覚えてないの？」

「マーリは年じゅうくだらない話をでっち上げては、『ハッハッハ、まただまされた!』とか言ってただろ?　さも笑える話みたいにさ」

「はいはい、それね。で、こっちが笑わないと、すねるんだよね」

「暗殺者として雇われたとか言って、信じないとむくれるんだ」

「防空壕いっぱいの子どもたちを救ったとか。ジャングルで黒ヒョウを見たとか」

「ベッドの下の箱に世界を揺るがす写真を隠しているとか」

そこでDDが息を継ぐ。「マーリは本当にここだと言っていたんだな?」

「場所を移したって。リチャード・デ・ゾイサが拉致られた直後に。今はカマラのベッドの下にあるって」

ジャキがイグニッションを切り、二人は中腰で車を降りると、ローリーズ・レーンを忍び足で進む。こうして見ると、二人とも貫禄がついたよな。DDは雌牛の腹をした種馬で、ジャキはセンザンコウの太腿を持つ雌クジャクだ。おまえの願いとは裏腹に、おまえの健忘症はサンフランシスコ行きをめぐるあの口論、不毛な押し問答で無駄にした時間を忘れることを選んではくれない。

「〈アース・ウォッチ・ランカー〉を辞めようと思ってる。もう一度大学に通うのもいいかなって。何校かに出願も済ませた」

それはDDが月に一度うたう歌。たいてい、おまえはまともに聴いちゃいなかった。たいてい、どこかへ行くための荷造りの最中だったから、修羅場を演じている時間はなかったんだ。

「JVPの集会なんて取材して逮捕されても、父さん《アッパ》を巻き込むわけにはいかないからな」

アッパの左のタマでも舐めてろよ、と言ってやってもよかったが、そんなことを言えば、ひどい喧嘩になって、バスに乗り遅れる羽目になっただろう。ＪＶＰの集会があったのは先週で、これから行くのはトリンコマリーだ、と言ってやってもよかった。目的はとある村の大虐殺の取材で、逮捕される危険は小さいが、〈虎〉に誘拐される危険はかなり大きい、と。

　そうするかわりに、おまえはＤＤに、何よりもおまえを愛している、戻ってきたら話し合おう、と言った。そうすりゃ、たいてい、彼を黙らせることができたから。

　おまえは種馬と雌クジャクがマンゴーの木の裏に消えるのを見送る。微かな風が吹き寄せて、おまえは大声が飛び交う門のほうへゴミくずみたいに飛ばされる。

「所有権はわたくしたちにあります。代金はすでに支払っているのですから」エルザ・マータンギが言う。手は腰に、口には煙草。この場所で笑みをたたえているのは彼女だけだ。

「法律と言うものが。あってだな」スタンリーが指を振りながら言う。「司法大臣には連絡済みだ。あんたがたの令状を彼に見せてもいいんだぞ」

「もういいじゃないの、スタンリー。探してもらいましょうよ。隠してるものなんて何もないんだから」アンマが言う。手の震えから察するに、あれは三杯目だ。親父が家を出てから、アンマはティーポットに酒を注ぐようになった。まずはブランデー、次はウィスキー、最後にジン。カマラはゴードンズのボトルを「奥様のお薬」って呼んでいたっけ。

「そういう問題じゃないんだ、ラッキー。この人たちには法的な権利がないんだよ」

　アンマは門の脇に立つランチャゴダ警視補をじろりとにらむ。涼しい顔のランチャゴダと違って、カシムはばつの悪そうな顔で車の中に座って、自分の膝をじっと見つめている。「息子を見つけてくれると言ったわよね？　で、見つけたんですか？　これはいったい何事なの？」

「息子さんを見つけるには、あなたの協力が必要なんですよ、マダム。箱には情報が入っているんだ」と、ランチャゴダ。「あなたのしていることは捜査妨害です」

「息子がここに隠れているとでも？」

家の中から派手な音がする。一同、口をつぐむ。ややあって、アンマが弾かれたようにベランダへ向かう。

彼女の料理人はまだ市場から戻っておらず、その愛人は庭を掃いていて騒ぎに気づいていない。カマラもオマスもタミル人だが、コロンボで仕事を見つけるために名前を変えた。八三年の暴動以降、名前は変えたままだ。

「カマラ？　オマス？」

バンバの家は七人の兄弟姉妹が成長し、三人の使用人が年老いるのにじゅうぶんな広さがあったが、アンマとダダとおまえには狭すぎた。多目的に《オープンプランの》使える家とは名ばかりで、中庭の鉢植えは雨が降れば濡れ、二つあるベランダは籐椅子で埋めつくされ、裏庭はもっぱらアンマの愛犬たちがウンチをする目的に使われた。

アンマはスタンリーを従えて重い足取りで家に入り、エルザとランチャゴダがその後に続く。庭師のオマスが通用口から来客がない限り誰も座らない応接間に駆け込んでくる。キッチンの裏から聞こえるのは、こそ泥二人が吠え合う声。その傍らでアンマの飼い犬たちはやっぱり眠りこけている。おまえはかつてわめいたりふてくされたりしたいくつもの部屋をふわふわと通り抜けて裏庭をめざす。

ガレージと裏門の脇にあるのは、アンマの運転手がアンマの料理人と暮らす部屋。その入り口には、段ボール箱、正確には、かつて段ボール箱だったものがひとつ。この部屋に運び込まれて一年以上になるが、これまで一度も動かされたことはなかった。少なくとも、ここまで慌ただしく動かされたことは。

箱の中身は古いＬＰレコードの数々。ジャキのテープとＤＤのコンパクトディスクによる侵略を受け、ここに追放されたものだ。それから、靴の空き箱。これには封筒が五通入っている。遠征から戻るたび、おまえは靴箱の中の封筒に写真を加えた。そして、ＬＰ盤の下にこの靴箱を隠したんだ。

ベッドの下のゾウムシたちが段ボールの味を覚えたのか、あるいは、前回の雨季にしみ込んだ湿気が居座っていたせいなのか。箱の底は八七年の和平協定みたいに朽ち果てている。抜けた底からこぼれ落ちたのは、雑多な紙とレコードの山、そして孤高の白き靴箱。

手紙やエアメールには、おまえの名前とここの住所が記されている。散乱する恋文は、その気になれば、強請《ゆす》りに使うこともできそうだ。古い水道料金の請求書は大半が支払い済み。それと、父親からの手紙が一通。レコードはと言えば、『ジーザス・クライスト・スーパースター』にＡＢＢＡ、ジム・リーヴス、エルヴィスの『ハレム万才』、クイーンによる映画『フラッシュ・ゴードン』のサウンドトラックといったラインナップだ。あまり聴き込まれていないそれらは今、赤いテラゾー仕上げの床に散らばっている。

そして、膝をつき、こぼしたビー玉を拾い集める子どもたちみたいに、瓦礫を引っかき回しているのがＤＤとジャキだ。ジャキは手紙やレコードには目もくれず、がらくたの中から靴箱を救い出す。

「ディラン！　そこで何をしている？」DDの父親が吠えるそばで、アンマがよろよろとがらくたの山に近づき、〝ジェントルマン〟・ジムの『クリスマス・ソング12選』とコニー・フランシスの『フーズ・ソーリー・ナウ』を拾い上げる。どちらもアンマの愛聴盤だったのだ。その後ろで、エルザが警視補に何やらぼそぼそとつぶやく。ランチャゴダはジャキに向かって歩いていくが、ジャキは箱を抱えて後ずさる。

「これはマーリのだから。大事に保管しておいてって言われたの」精一杯にらみを利かせてみせる。

「では、なぜ持ち去ろうとするんです？」エルザが尋ね、がらくたの山に近づく。

「だから、これはマーリのなんだってば。あなたのじゃない」

「みんな落ち着いて。中に入ろう」スタンリーがDDに歩み寄って背中に腕を回す。「オマス、ここを片付けてくれるかな」

　おまえはスタンリーの丸々とした禿げ頭をぶんなぐってやりたいと思う。それは彼が議会ですかしたケンブリッジ仕込みのアクセントでしゃべるのを見てからずっと抱えてきた衝動だ。彼はおまえに対しても徹頭徹尾礼儀正しい。だが、すべての英国人と同様に、その礼儀正しさはときとして武器にもなる。スタンリーはランチャゴダに外に立っているように命じるが、エルザは家族の輪の後に続いて誰も座っていない応接間に入っていく。

　いつもなら、アンマはみんなにセイロンティーやエレファントハウスのソフトドリンクをふるまうところだ。だが、今日の彼女は人をもてなす気分ではないらしい。その手に握られているのは、ダダからの手紙。おまえが封を開けたのは、後にも先にもこの一通だけ。アンマに読んでほしくはないが、彼女を止める術をおまえは知らない。

　ＤＤとジャキが靴箱をコーヒーテーブルの上に置くと、一同は博物館のガラスケースに入れられた展示物を眺めるようにそれを取り囲む。箱の色は白で、赤と黒のフェルトペンでトランプのマークが記されている。ダイヤのエース、クラブのキング、スペードのクイーン、ハートのジャックとテン。つまり、ロイヤルストレートの完成だ。

「箱の中身がなんであれ、それはＣＮＴＲのものです」エルザが声を張り上げ、かつてはマドラスから来た茶色の革サンダル《チャパル》が入っていた箱を指さす。

　ジャキは箱をテーブルから抱え上げ、蓋に手をかける。おまえはその上に浮かんで、箱の中に積み重ねられた封筒を透かし見る。それぞれの封筒にはべつべつのトランプのマークが記されている。今はもうないおまえの目の奥のがらんどうにイメージの波がどっと押し寄せる。撮った覚えのない写真や、見なかったことにはできない出来事の記憶。首に下げたカメラに手を伸ばしたくないのは、それが明かすかもしれないことをおまえが恐れているからだ。

「開けては。いけない」と、スタンリー・Ｄ。「きみたちにその権利はない」

「サー、それは違います」と、エルザ。「わたくしはマーリから直接、ベッドの下の靴箱にわたくしたちの写真が入っていると聞いたのです。あれがその箱、あれがそのベッド。わたくしの従兄弟はマーリに写真の撮影を依頼していました。マスターネガの代金はすでに支払っています。あの写真はわたくしたちのものです」

「それなら、このカカシ野郎はどこから来た？」スタンリーがランチャゴダを指さして尋ねる。彼はたった今、部屋に入ってきたところだ。

「サー、シリル・ウィジェラトネ司法大臣はわたしの上司であります」ランチャゴダがひょろ長い両脚を揃えて直立する。

「ほう、そうか」と、スタンリー。「では、さっそく電話してみよう。この問題は彼に解決してもらおうじゃないか」

ランチャゴダ警視補はスタンリーのはったりにもひるまない。エルザは笑みを消して首を横に振る。

「それまでこの箱はわたしが預かっておこう」スタンリーが言う。

ジャキはおじさんに向かって眉をつり上げ、おばさんを間抜けな尻軽呼ばわりしたときと同じ顔をしてみせる。それは、上司に謝って仕事を返してもらえ、とおまえに説得されたときの顔。おまえとＤＤが何をしているのかは知っている、おまえがエイズにならないかぎり構わない、とおまえに告げたときの顔でもある。

ジャキはスタンリーから顔を背け、エルザに向き直って箱を開ける。テーブルに五通の封筒をぶちまけ、ロイヤルストレートをばらまく。

二次会

ベッドの下の箱について打ち明けたのは、〈アーツセンター〉であったイベントのあとの二次会でのことだった。話した相手はＤＤとジャキ、それにクランタ・デ・メルという名のおっさんだ。その頃には三人とも出来上がっていたから、どうせ覚えていられないだろうと思ったんだ。

ＤＤはこの手の飲み会を忌み嫌っていた。灰皿が溢れ、酒がこぼれ、おまえが箱送りになるような写真を撮るから、というのがその理由。あいつは決まってふくれっ面で自室に引っ込み、デシベル値が上昇するたび壁をドンドン叩いたものだ。

「もう二度とあの馬鹿どもをうちに連れて来るなよ、いいな？」

「ジャキが呼びたがるんだって」

二次会の会場となったのは、ゴール・フェイス・グリーンに面したテラスと〈タージ・ホテル〉の駐車場を見渡すバルコニー。馬鹿でかいリビングルームには、コロンボじゅうのパーティー好きが浮かれてどすんと腰を下ろしてもまだ余りある柔らかな平面があった。そうとも、セーナは正しかった。マーリ・アルメイダはコロンボ７で開かれるパーティーに通っていただけじゃなく、もてなす側でもあったんだ。

おまえのフラットはコロンボの三つのナイトクラブ――〈２０００〉、〈チャプター〉、〈ザ・ブルー〉――の中間地点にあったから、ジャキが踊った相手は誰であれ、ここに行き着くと決まっていた。客たちはクッションの上にだらしなく寝そべり、ＤＤのコーヒーメーカーで淹《い》れたエスプレッソと、ＤＤのラジカセから流れる音楽と、ＤＤの親父からくすねた酒に酔いしれた。そのあいだ当のＤＤはと言えば、ＤＤのベッドに寝そべって、ＤＤの物思いに耽っていた。

インターナショナル・スクールを卒業したてのガキどもは、ウォッカを一気飲みしては、親の会社を継がざるをえない運命を嘆いた。劇団仲間はマリファナを吸いながら劇団仲間の陰口をひとしきり叩いたあとで、劇団仲間の誰かとことに及ぶのが常だった。駐在員連中は海を背に影絵のように浮かび上がるココヤシの木をバルコニーから眺めつつ、詩人気取りでスリランカの美しさをたたえたものだ。

そうとも、この国は美しい。風がバルコニーを吹き抜け、煙と笑い声が心地よいそよ風を満たすとき、ここから一本バスに乗った先でおぞましい内戦が闘われていることを忘れるのはたやすかった。ここにいれば、星々とコロンボの街の灯が黄や緑の歌をうたってくれた。しんとした通りの向こうでは、海が満ち足りた猫みたいに喉を鳴らしていた。コロンボは自分たちには見合わない安心毛布にくるまっていたんだ。

あの晩は、そう、一九八九年度〈ミス・ワーキング・ガール〉の二次会だった。おまえの友だちのクラランタ・デ・メルは〈ライオネル・ウェント・ギャラリー〉のキュレーターにして審査員である立場を利用して、日頃から目をかけている社会不適応者たちに無料チケットをばらまいていた。受け取った全員がそれをありがたがったかと言えば、またべつの話だが。

「国が燃えてるのに、美人コンテストやクリケットの試合をやるのはスリランカだけだろうね」応接間に陣取る客たちにスタンリーのウォッカをふるまいながら、ジャキが言った。

バルコニーでは、親のカフェを継いだお嬢ちゃんと銀行経営者になるべく仕込まれたお坊ちゃん（どっちも二十歳《はたち》そこそこだ）がいちゃついていた。キッチンでは、紅茶の仲買人がラジオＤＪと政治論議の真っ最中。クッションの上では、見知らぬ者同士の間でジョイントが回され、トウガラシ用のすり鉢の中で錠剤が粉末へと姿を変えつつあった。

おまえとジャキの横にどっかと腰を下ろしたのは、カフタンを着た大柄な女とフェザーボアを首に巻いたぽっちゃりボーイだ。二人はおまえたちの酒にゴキゲンになれる粉をふりかけると、王に謁見するしもべみたいに恭しくクラランタに話しかけた。

「クララおじさん、今夜もゴージャスに決まってますね」ぽっちゃりボーイはそう言って、執事みたいにお辞儀をした。「スピーチも素晴らしかった」

女のほうは「ふん」とだけ言うと、ジャキのずり上がったスカートに視線を注いだ。

「きみの顔、絶対どこかで見たことあるぞ」クラランタおじさんは疲れていても愛想がよかった。ビキニやビジネススーツに身を包んだお人形たちのパレードは、審査するほうも見ているほうに負けないくらい退屈だったにちがいない。クラランタがおまえの二倍ゲイで十倍クローゼットであることを思えばなおさらだ。

「あたしはラディカ・フェルナンド」女が言った。「ルパヴァヒニ・チャンネルでニュースを読んでいます。こっちはフィアンセのブワネカ」

「そっちのきみはあのシリル・ウィジェラトネ大臣の息子さんでは？」

ぽっちゃりボーイの頬っぺたがぽっと染まった。「彼はおじです。ぼくは政治のことはあんまり」彼は微笑む許可を求めるかのようにおまえを見た。ゴキゲンになれる粉が喉につかえて、おまえはげっぷをしたが、それは毒ってこういう味なんだろうなという味がした。おまえはうなずいた。

「なんなの、この浮かれ騒ぎは？　自分たちの国の兵士たちが今このときも命を落としているというのに、美人コンテストでは飽き足らず、二次会までしてはしゃぐなんて」ラディカ・フェルナンドがここに来たのはどうやら演説をぶつためだったらしい。彼女はニュースを読むときの声で滔々と語った。

「浮かれ騒ぎは悪いことじゃないよ、ベイビー」ブワネカがそう言って、シャンパングラスを掲げた。「外出禁止令下のコロンボで他に何ができる？」

ラディカの独擅場が始まって、おまえは渋々それを拝聴した。最初に槍玉に上がったのはクラランタのスピーチだ。おじさんはその中で、スリランカの働く女性たちの未来は明るいと予測したのだ。

「明るい未来なんて思い描けるわけがない。この国では毎年四千人以上がレイプされている。多くは自分の家族によって」

　クラランタはそそくさと席を立った。衝突を嫌う男なのだ、このクラランタおじさんってやつは。いっぽう、ジャキは身を乗り出して、こう尋ねた。

「で、あなたは何をしてるわけ？　テレビでニュースを読むほかに？」

　ジャブは想定内とばかりに、ラディカは顔を真っ赤にして続けた。「あんたもあたしも偽善者なのはいっしょだよ、スウィーティー。うちらの頭はまるごとハリウッドに植民地化されてる。ロックンロールに洗脳されちゃってんの。北や東で死んでく人たちは同胞なんかじゃないってわけ。で、あんたの名前は、かわい子ちゃん？」

　このラディカという女がトリップしていることに気づいたのはそのときだった。さらにブワネカの目玉が何重にも見えだすに至って、おまえは自分も同じだと悟った。部屋じゅうの話し声や人の動きがぼやけて遠のいた。音符が一個、レコードプレイヤーから抜け出して宙に浮かんでいたけれど、それが誰の喉から飛び出したものかは定かではなかった。フレディか、エルヴィスか、それとも、シェイキン・スティーヴンス？　おまえはソファに背を預け、ニュースキャスターに名を告げるジャキの髪を撫でた。

　ラディカとブワネカはさながらボードビルショーのお笑いコンビだった。ラディカが熱弁をふるえば、ブワネカが鋭いツッコミを入れる。

ちなみにこのときのラディカの演説の要旨は以下のとおりだ。悪に悪たる自覚がないのは、頭のおかしな人間に自分の頭はおかしいという自覚がないのと同じこと。アメリカには数多の民主主義国家を侵略し、数多の罪なき人々を殺してきたという自覚がない。彼らが専制君主気取りで虐殺を続け、子どもたちの上に爆弾を落とすのを許してはならない。ジェノサイドと奴隷の背の上に築かれた国家のどこが優れているものか。

「わたしも高校のときはそんなふうに考えてたな」ジャキが言った。「それなら、あなたは誰に世界を仕切らせたらいいと思う？　ソ連人、それとも日本人《ジャップス》？」

「もしもあたしがロシアンメタルを聴き、クロサワを観て育ったんなら、それも悪くないって思うかもね」

「ロシアンメタルってなんかよさげだね」ジャキが笑った。

「ナパーム弾はハーバードで生まれた。原爆はプリンストンで生まれた。そして、水爆はマンハッタン計画から」

「〈虎〉には悪たる自覚があると思うか？」おまえは尋ねたが、答える者はいなかった。

「政府はどうかな？」ぼそりとつぶやいたのは、ブワネカ・ウィジェラトネ、司法大臣の甥っ子だ。それから、音楽が盛り上がって、ラディカがジャキにキスしだし、ブワネカがおまえを舐めだした。気づくと、そこはジャキの部屋で、明かりが煌々と灯り、陰気で耳障りな曲が流れ、ジャキがお願いやめてと言っていた。

「悪いけど、わたしたちそういうんじゃないの。クスリ、やりすぎたみたい」

ラディカはジャキのうなじをマッサージし、ブワネカはおまえの手をそっと握った。信じられない話だが、このときおまえがキスしたのは、悪魔《サタン》の甥っ子だったわけだ。

「ハニー、ラリってんのはみんな同じだよ」ラディカが言った。

「おたくら、婚約してんだろ？」おまえは尋ねた。

「あたしは彼の顎ひげ。彼はあたしのドレス」ラディカはマッサージするのをやめて、ジャキのベッドにごろんと寝そべった。「ま、うまくごまかせてればの話だけどね」

「毎月仲間と集まってるんだ。きみたち二人も来るといいよ」と、ブワネカ。

「だから、そういうんじゃないんだってば」と、ジャキ。

「じゃ、どういうの？」ラディカが尋ね、つま先でジャキの背骨に模様を描いた。

ジャキがおまえを見て、おまえはジャキのカセットの隣にあるウィジャボード（降霊術に用いられる文字盤）を見た。

「降霊会したい人、いる？」おまえは尋ねた。

クラランタ・デ・メルが〈ミス・ワーキング・ガール〉の出場者のひとりと部屋に入ってきた。好きな作家を訊かれて、ちびっ子に人気のイーニッド・ブライトンと答えた娘だ。

「今、誰か、降霊会って言ったかい？」

・・

本当に霊が呼び出せるなどとは誰も思っていなかった。ろうそくを灯し、クラランタがローレンス・オリヴィエの物真似でハムレットを口寄せするあいだも、くすくす笑いは止まなかった。続いてラディカ・フェルナンドがニュースキャスターの声で挑戦、スリランカ初の女王アヌラと近代オカルティズムの母ブラヴァツキー夫人、それに、一九四〇年代にゴール・フェイス・コートの天井から首を吊ったカップルの霊に呼びかけたが、いかなる霊もろうそくの火を吹き消すことはなかった。

ジャキが明かりをつけようとしたとき、ブワネカ・ウィジェラトネが大声で叫んだ。

「命を奪われし革命家たちよ、わが声を聞きたまえ。ラーニー・スリダラン。ヴィジャヤ・クマーラトゥンガ。リチャード・デ・ゾイサ。セーナ・パティラナ……」

一陣の風がゴール・フェイスの通りから吹き込み、すべてのろうそくの火をかき消した。一斉に悲鳴が上がって、ジャキが明かりをつけると、一同はどっと笑い、じきにしんとなった。そのうちに、客人たちはひとりまたひとりと帰りはじめた。ジャキはいとまを告げるニュースキャスターとフェザーボアを巻いた大臣の甥に指を突きつけ、「二度とあんなことしないで」と言った。

帰ろうとするブワネカに、おまえは尋ねた。「ろうそくの火が消える前に、あんたが最後に呼んだのって誰なんだ?」

「セーナ・パティラナ、うちの運転手の息子だよ。共産主義かぶれの学生で、JVPに加わったんだが、おじの暗殺部隊に早々に消されてしまった。その運転手がうちを辞めるときに言ったことをぼくは死ぬまで忘れられそうにない」

ブワネカは髪とシャツを整えると、ボアを彼の顎ひげたるラディカのハンドバッグに押し込んだ。

「坊ちゃん《ババ》」彼は言った。「あなたのろくでもない一族の中で、坊ちゃんだけは呪わないでおきましょう。たとえクロウマンだって、あなたのおじさんを永遠に守ることなどできやしませんよ」

かくしておまえと同居人二人、そして、クラランタ・デ・メルだけが残された。

「クロウマンって誰？」ジャキが尋ねた。

「この界隈で幅を利かせるインチキまじない師さ。コタヘナのクロウマンはシリル・ウィジェラトネのような金持ちの大臣に魔除けの類を売りつける。巷の噂じゃ、司法大臣がこれだけ多くの暗殺を生き延びてこられたのは、そのご利益とも言われてる。真実以外ならなんだって信じちまうのが人間なのさ」

その晩最後の一杯を飲みながら、おまえは写真を入れた箱のこと、それをアンマの家に移そうと決めたことを打ち明けた。ジャキは半分眠っていて、ＤＤは寝落ち寸前だったけど、クラランタはちゃんと聞いていて、こう請け合った。「万一おまえが国外追放にでもなった日には、その写真はこのおれが展示してやるよ」

クラランタは〈アーツセンター〉でバーを経営し、〈ライオネル・ウェント〉の画廊でキュレーターを務め、四人の孫を持つホモセクシュアルとして、もっともらしい否認を糧《かて》に生きていた。その彼が、ジャキとＤＤが写真を持ってくれれば、その写真を画廊の壁から引き剝がされるまで展示し続けると約束してくれたのだ。それから、おまえたち四人はスーパーヒーローみたいに固い握手を交わし、くすねたウォッカで乾杯して、すぐに忘れちまったんだ。

第一の封筒

その箱はぺらぺらの、大きくなったら段ボールになりたいと夢見ているような紙でできている。

今は五通の封筒が収まっているが、かつてこの箱にはおまえのダダが簿記の試験に受かったご褒美にくれたチャパルが入っていた。おまえはそのマドラス製のサンダルを一度も履くことなく、日没後の〈リバティプラザ〉のトイレでおまえをいい気持ちにさせてくれた若い男にくれちまった。

ジャキが封筒を扇形に広げる。その姿は山の一番下からカードを配るいかさまをしてクビになった〈ペガサス〉のド派手なカードディーラーを思い出させる。ジャキは一同に封筒を見せながら、まなざしで場を支配する。その気になると、あいつはおっかないんだ。まあ、めったにその気になることはなかったけどな。

「ジャキ、それをこっちに渡しなさい」スタンリーのネクタイは緩み、いつものスタッカートも歯切れが悪い。

「あれはわたくしたちの極秘プロジェクトです」と言って、エルザが椅子から立ち上がる。

ジャキはエルザを無視して「クイーン」のマークが付いた封筒を開け、手に吸いついたヒルでも見るような目で中の写真を一枚ずつ検《あらた》める。ジャキは写真をスタンリーに回し、スタンリーは写真をめくりながらかぶりを振るが、それでもどの写真も凝視せずにはいられない。こうして写真は伝言ゲームよろしく、アンマからＤＤ、ＤＤからエルザの手に渡り、最後に封筒に戻される。おまえはどの写真にも見覚えがある。どれもクラランタおじさんの長続きしなかったスタジオで現像されたものだ。

最初のほうは、なんの変哲もない白黒写真が続く。走行中のスリーウィーラーからかすんだ目とぐらつく指で撮影された群衆の写真。だが、じきに、すべての被写体が炎に包まれる。店、車、看板がひとつに溶け、ついには人間を呑み込んでいく。

ピンク色のサルワールを穿いた女がガソリンを浴びせられている。裸の少年を踊る悪魔たちが取り囲む。炎上するウェラワッタの一軒家の窓には、いくつもの顔が貼りついている。どの写真も新聞や雑誌に掲載され、多くの人の目に触れたものだ。

そのあとに続くのは、全世界に向けて公開するのは残酷すぎると判断された写真だ。棒で撃たれる少年と母親、腕をへし折られた幼児、肉切り包丁で老人の脇腹を叩き切る輩《やから》。

アンマがうんざりした顔で最後の一枚を手から落とす。席を立ち、ポットから紅茶のおかわりを注いで、ごくりと飲み込む。

続く顔写真はその多くがゴール・フェイス・コートのパントリーで拡大したものだ。棍棒を振り上げる男たちのクローズアップ。匿名のけだものどもはガソリンと選挙人名簿を手に襲いかかり、匿名の狂信者たちは見ず知らずの人を狩り、火を放つ。ただし、彼らが匿名だったのは、今このときまでだ。彼らがただの踊る悪魔、棒を持った男、ガソリン缶を抱えた若者、茶色い肉切り包丁を手にしたけだものだったのは。

もしもカシムとランチャゴダがその場にいたら、最後の一枚に見知った顔を認めただろう。バニヤン姿の熟練の肉屋。ニワトリと豚と追い詰められた少数民族と千匹の猫の血でなまくらになった肉切り包丁を振りかざす男。だが、あいにく彼らは目下、車の中で口論中だ。退却を説くカシムに対し、ランチャゴダは箱を盗むべきだと主張。カシムは暗殺部隊に協力すると言った覚えはないと言い、もう辞めたいとつくづく思う。

二人は近づいてくるパジェロにも、そこから次々に降り立つ軍人でも警官でもない男たちにも気づいていない。たとえ気づいたとしても、ボンネットに乗った悪霊《デーモン》の姿までは見えなかったことだろう。

「わたくしたちは一九八三年の加害者に対して訴訟を起こすつもりです」エルザが言う。「そのために暴徒の顔と氏名の特定を進めてきました。これで殺人者たちを見つけ出すことができます」

「あなたがたＣＮＴＲのことは寡聞《かぶん》にして存じ上げない。そのプロジェクトについてもね」スタンリーが眼鏡を外して写真をしげしげと見る。彼が見ている死体の山の写真は彼らが今いる場所から遠くない場所で撮影されたものだ。

「あなたがＣＮＴＲのことをご存じないのは、うちの組織が売名に努めていないからです。わたくしたちは政治家ではありませんから」エルザがジャキの手の中の「クイーン」の封筒をねめつける。捨てられた弁当の包みを狙う飢えたカラスのように。

いっぽう、アンマがその手に握りしめているのは、この部屋の中で唯一写真が入っていない封筒。それ以前に届いた何通もの手紙と違って、アンマが捨てそこねたダダからの手紙だ。

「マーリが話していたのは、箱があるってことだけ」ジャキが言う。「それを誰かに渡すなんてひと言も言ってなかった」

「そのゴミみたいな箱はあなたが大事に持っていればいい。わたくしは封筒を渡せと言っているのです」エルザが煙草を窓の外に投げ捨てる。

ＤＤは目を険しく細めて、病院の外に立つインド平和維持軍の兵士の写真を見ている。「これは去年の写真だ。マーリがジャフナに行ったときの。あのとき、ぼくもいっしょに行こうと誘われたんだ」と言って、ＤＤは父親を見る。

そのときの口喧嘩なら覚えている。発端はコンドーム、おまえがそれをつけると言い張る理由をめぐって言い争いになったんだ。遠征中に他の男と寝ているのか、とDDは尋ねた。それならいっしょにジャフナに来ればいい、とおまえは答えた。DDには、ジャフナに行くのはアンドリュー・マクゴーワンという名のアメリカ人記者のガイドをするためだと説明した。赤い唇のレディーとそのハンサムな従兄弟から依頼を受けたことは話さなかった。

「アンドリュー・マクゴーワンとはそういうことをしてるわけ？」べつにどっちでもいいけどね、みたいな感じでDDが尋ねた。

「おまえとしてるようなことは誰ともしてないって」厳密に言うと、それは嘘ではなかった。おまえは他の誰ともセックスの後に将来の計画を立てたりはしなかったから。

「インド平和維持軍は今年、二度にわたって民間人を虐殺しました。うち一度は病院での出来事でした。ちょうどそのとき、マーリンダはわたくしたちの依頼でジャフナにいたのです。報酬はすでに支払っています。返していただけますか、わたくしたちの写真を？」

DDが鼻に皺《しわ》を寄せ、空咳をする。彼は一枚の写真をジャキに手渡し、それを見たジャキは顔をしかめる。それは病院のベッドの上に山積みにされた死んだ医師と看護師の写真。彼らはインド平和維持軍の手で、負傷したLTTEの闘士を治療した罪により罰せられたのだ。スタンリーがジャキの肩越しにのぞき込み、ぼそりと呟く。

「これは異国の悪魔どものしわざだ」それから、エルザを一瞥する。「もっとも、あいつらを呼んだのは身内の愚か者だがね」

「合意の上でのことでしょう」と、エルザ。

「おたくの依頼する写真には。LTTEの蛮行を。明らかにするものも含まれるのかね？」

「タミル人の団体には何かと制約があるのです。それはご承知のはずです、サー」

「タミル人の団体？」ジャキが訊き返す。「女警視じゃなかったの？」

おまえはテーブルの上の残り四通の封筒を眺める。その中身について思い出せることは二つだけ。一つ、ＤＤは「ハートのジャック」の封筒の中を見るべきではない。二つ、ここにある封筒のどれかにおまえを殺したやつの写真が入っている確率は五分五分だ。

ＤＤはジャキから「クイーン」の封筒を奪うと、テーブルの上の写真をかき集め、封筒に戻そうとする。

「何をしているのです」エルザが声を張り上げ、空の封筒をＤＤからひったくる。おかげでＤＤは父親の前で女性に手荒な真似をするべきか否かというジレンマに陥ってしまう。結局、彼は写真をテーブルの上に落とし、すかさずエルザが手を伸ばす。

従兄弟ほど礼儀作法に縛られていないジャキはつかつかとテーブルをまわりこむ。かつて彼女は〈マイ・カインド・オブ・プレイス〉の用心棒に尻を撫でられ、そいつに三発張り手をくらわした。あの晩と同じようにジャキは唇をかみ、エルザは後ずさる。おまえはジャキに柔道の心得があり、エルザがハンドバッグにナイフを忍ばせていることを思い出す。二人は写真を間に挟んで立つと、マカロニ・ウエスタンのカウボーイよろしくにらみ合う。

ちょうどそのとき、ふいに表が騒がしくなる。エルザが戸口へ身を滑らせるのと同時に、騒音は洪水のようにベランダから家の中へ、さらに廊下へとなだれ込んでくる。この廊下はダダからの手紙、アンマがおまえに見せずに捨てた何通もの手紙をめぐって、おまえがアンマとやり合った場所だ。

開いた扉から駆け込んできたのは、白黒の服に身を包んだ屈強の男七人。アンマのティーカップが絨毯の上で跳ねるが、どうにか割れずに持ちこたえる。スタンリーが立ち上がる。

「いったい。なんの。真似だ？」

警官でも軍人でもない男たちはすべての扉と窓の前に散らばる。最後に入ってきたのは、民族衣装をまとった老人だ。もしもそいつに唾を吐きかけ、ゲロを浴びせ、そいつの口の中にクソをすることができたなら、おまえは喜んで大金を積むし、なけなしの魂を売り渡しもするだろう。その御仁とは、司法大臣、まこと卑しむべきシリル・ウィジェラトネ、司法制度を腐敗させ、暗殺部隊を結成し、一九八三年の集団的迫害《ポグロム》に火をつけた功績で知られる政府の忠臣。セーナのリストの六つ目の名前だ。

　スタンリー・ダルメンドランはいかにも太鼓持ちのタミル人らしく、こうべを垂れて彼を歓迎。黒服の二人組は大臣がその肥えた尻を据えられるよう、ジャキとDDをカウチから追いやる。見ろよ、二人のあの憮然とした顔を。そう言えばDDは仕事で大統領府に手紙を出すときに「閣《ユア・エク》下《セレンシー》」という言葉を使うのを拒んだことがあったっけ。「八三年の七月じゅう、だんまりを決め込んでたやつのどこがそんなにエクセレントなんだ？」というのがあいつの言い分だった。DDは普通に「拝啓」で始まる手紙を出して、マーラベのリサイクルプロジェクトへの出資を受け損なった。

　ジャフナに来いよ、おまえはDDに言った。この国には野生のセンザンコウの生息地の消失なんかより大きな問題がいくつもあることがわかるから。あいにく死体を写真に撮る趣味はないからね、とDDは言った。この国の人々の身に何が起きているかを見れば、悪臭を放つ湖の心配なんかしていられないぞ、とおまえは反論。親父さんみたいな裏切り者にはなるなよ、と言って賭け金をつり上げたうえで勝ちをさらった。自分を愛してくれる男が涙を浮かべて立ち去るのを見送ることを勝利と呼べるならの話だが。

「これはなんだ？　写真展か何かかね？」

シリルはエルザの手から封筒を奪うと、テーブルを見下ろす。クリケットの審判よろしく身を乗り出して、散乱する写真をしげしげと眺める。おまえは今、やつの頭上に、天使というより蚊みたいな感じで浮かんでいる。有史以来、蚊は人類のじつに半数の命を奪ってきたと言われる。その数は天使が救った命の数よりずっと多い。

おまえは空気を震わせる微かなうなりに気づく。ごく低い周波数で鳴るその音は、心を静かにし、あらゆるささやきを耳から締め出した者にしか聞こえない。それは地球のうめきか、あるいは幾千の魂の叫びか。気づいたら最後、その音を耳から追いやることはできない。それから、おまえは大臣の背後にうずくまる化け物の存在を認める。

テーブルの上の写真が暴き出す殺戮と混沌、その大半はシリル・ウィジェラトネの政府が手ずから引き起こしたものだ。そして、われらがスタンリーおじさんも政府の駒のひとつなのだ。

「ダルメンドラン。これはいったいなんの真似だね？」

「息子の同級生がですね、サー」と、スタンリー。「これが才能あるカメラマンで、家柄のいい、じつに聡明な青年でして。セント・ジョセフの卒業生でもあります。その彼が行方不明で、一同心配しているところなのです」

おいおい、スタン、あんたがそこまで気にかけてくれていたとは知らなかったぜ。

「これがセント・ジョセフの卒業生がすることかね？」シリルが炎上する家の写真を掲げる。

「八三年の暴動です、サー」ＤＤはそう言って、首にかけた木製のエジプト十字架を握りしめる。

「ああ」と、大臣。「眠れる獅子を起こしたあれか」

「サー。息子のフラットはこのご婦人と外にいる警官たちに不法に侵入されました。令状も許可もなく。このような嫌がらせを受けるいわれは息子にはありません」

大臣は話を聞いているようには見えない。幽霊にでも会ったような顔でエルザを見つめている。本物の幽霊なら、彼の背後にしゃがみこんでいるのだが。そのシルエットは大型のサルに似て、ぶらりと垂らした両腕で大臣の肩を守っている。炭の色をした二つの目が大臣の耳の後ろで赤々と燃えだす。そうとも、やつにはおまえが見えているんだ。

大臣はエルザの手の中の写真に目を落とす。それはベンツの中から暴徒を眺める男の写真。男は大臣をやや若返らせた顔をしている。エルザは白黒の写真をかき集めるが、大臣は手を伸ばしてうなずき、写真の束を渡すよう迫る。エルザは首を横に振る。

「すみません、サー。この写真は部外秘なのです」

大臣が顔を上げ、エルザをひたと見据えるあいだ、アンマはお茶のおかわりをもう一杯注ぐ。おまえは大臣を見るアンマの顔を見る。かつて頭があった辺りに痛みが走る。だが、今度の痛みは記憶を連れてはこない。大臣の視線の先にあるのは、さっきの写真の拡大版だ。ベンツの男はサングラスをかけ、バティックシャツを着ている。引き伸ばしたせいで画像はぼやけているが、それが誰かは見て取れる。そこにあるのは大臣が鏡をのぞくたびに映し出される顔だ。

大臣がボディガードのひとりにうなずくと、そいつはエルザの肩を乱暴につかみ、写真の束を奪い取る。そいつが写真を大臣に渡すあいだ、エルザは鎖骨をさすっている。それは彼女にとってこの日二度目の負傷だ。大臣が写真を見る。のぞき込みたいのはやまやまだが、シリル・ウィジェラトネの背後にうずくまる影がおまえに二の足を踏ませる。シリル大臣はかぶりを振って、写真の束をコートのポケットに滑り込ませる。

「これがあなたがたの仕事なのかね？」

「サー、これは部外秘なのです」エルザが繰り返す。暗殺部隊を指揮する男がプライバシーを尊重するとでも言うかのように。

「ああ、そうだろうとも。これを撮影したのは？」

「名前はマーリンダ・アルメイダ。つ、罪のない青年です」スタンリーがつっかえながら言う。

「わたしには罪がないようには見えんがね」と、大臣。

「いいえ、サー」エルザが言う。「彼に罪はありません」

「わたしは辮髪《べんぱつ》の中国人ではないのだよ（「辮髪の中国人」とは、「だまされやすい者」を意味するシンハラ語の慣用句）。ともあれ、このカメラマンを呼び出して事情を聴く必要はあるだろう」シリルが言う。「彼は今どこに？」

「昨日から消息を絶っているのです、サー」スタンリーが答える。「どこかに拘束されているのではないかと案じているのですが」

「だからどうしたと言うのだね、ダルメンドラン？　電話をかける相手を間違っていないか？　わたしはきみの秘書ではないのだよ」

「特別機動部隊《STF》の指揮権を持つのはあなたですから、サー」

「そちらがお母上かな？」大臣が四杯目を飲み干したばかりのラクシュミー・アルメイダに問いかける。

「どうか息子を見つけてください。わたしはあなたの妹さんと同じ学校に通っていたんです、サー。聖歌隊のラッキー・アルメイダと言えば、わかるはずです」

「ほう、あなたはセント・ブリジットのご出身でしたか。あそこの尼さんたちとはいい友だちでね」大臣はひと呼吸置いて、次に何を言おうかと思案する。

「セント・ブリジットの尼さんたちはじつに進歩的だ。一度くらいならキスもさせてくれる」再び間《ま》を置き、指を振る。「ただし、くれぐれも癖にならぬようご注意あれ」

大臣が忍び笑いを洩らし、取り巻きたちもいっしょになって笑う。スタンリーまでうっすら微笑む。だが、アンマはちっとも面白がっていない。

「息子は政治とは関係ありません」

相変わらず、アンマはなんにもわかっちゃいない。

「だから、害はないと？　では、なぜおぞましい写真ばかり撮っているのかね？」シリルは笑みを浮かべている。こいつはこの笑顔で数え切れない実習生たちを毒牙にかけてきたんだ。「知らせてもらえてよかったよ、ダルメンドラン。これはゆゆしき問題だ」

スタンリーはエルザを指さす。「サー。この女性は令状を持たずに、わたしのフラットに警官を立ち入らせました。わたしは内閣の一員であり、これは迷惑行為です」

権力の前にひざまずくとき、スタンリーお得意の間《ま》が姿を消すのは、興味深い現象だ。世間知らずのＤＤにさえ、親父さんの旗色が悪いことはわかったらしい。ＤＤは封筒をそっと靴箱に戻す。誰も気づいていないと思っているのは本人だけで、そこにいる全員が気づいている。

「ダルメンドラン、わたしにはやるべきことが山ほどあるんだよ。目下わが国は二カ所の前線で交戦中だ。引き続きＪＶＰには注意が必要だし、インド人を追い出すという課題もある。警察と軍とＳＴＦはこぞってわたしのところにやってきては、規則を曲げさせてほしいと訴える。だが、無理な相談だ。誰に頼まれようと、規則を曲げることなどできん」

　ジャキが箱を抱え、すり足で裏口に向かう。忍び寄るＳＴＦの護衛には気づいていない。と、そのとき、アンマの目に涙が光る。おまえが生まれた日を最後に（つまり、おまえの前では一度も）見せたことがなかった涙だ。

「大臣さん。息子はどこかに拘束されているんですか？　息子に歌を教えてくれたのは、あなたの妹のスランガニなんですよ。妹さんに訊いてみてください。きっと覚えていますから」

　もしもスランガニおばさんが一九六六年に四回レッスンを受けたきり教室を辞めた音痴の少年を覚えているなら、今すぐ〈光〉に行ったってかまわない、とおまえは思う。そうとも、おまえはこんなふうにありえないことに賭けるのが好きなんだ。デュカキスがブッシュを破ったら、いっしょにサンフランに行ってもいい、とＤＤに宣言したこともあったよな。

「マダム、息子さんが行方不明になってからまだ二日もたっていない。失踪したと決まったわけじゃない。そのうちひょっこり姿を現すでしょう。そのときは息子さんと話をさせていただきたい」そこまで言うと、大臣はジャキのほうを向く。「お嬢さん、どこへ行くつもりかな？」

　ガタイのいい黒服がジャキの退路をふさいで箱を奪い取る。彼女は果敢にそいつを押すが、逆に腕をつかまれてしまう。彼女は痛みに顔をゆがめ、男は手を離す。

「お願いです。『クイーン』の封筒だけでもいただけませんか？」エルザが言う。

「その次は、北部と東部もくれと言いだすのだろうね」シリル大臣が声を上げて笑う。その目がエルザからスタンリーへと素早く動く。「この証拠品は検証する必要がある。わたしのほうできっちり調べさせてもらってもいいね、ダルメンドラン？　令状に判を押すのはそれからだ」

「クソが」ＤＤがぼそりとつぶやく。

「黙りなさい、ディラン。サー、その必要があるでしょうか？」

「令状を発行する前に事実を知っておかなければ。その青年を見つけるためには、あらゆる事実を把握する必要があるのだよ。表にいる警官に話をしたいと伝えてくれ」

「つまり、あなたは令状もないのにマーリの物を持ち去って、令状が必要かどうか調べるってわけね」ジャキが鼻を鳴らす。

　腰巾着が七人がかりで荷物をまとめる。と言っても、荷物は箱ひとつだ。

　エルザは外に出て、ゴール・ロードの横断歩道並みに役に立たない警官二人組のほうへ歩いていく。エルザがランチャゴダの耳元で何やら言い募る隙に、カシムは助手席に身を沈めて顔を覆う。エルザは返金を求めているのだが、ランチャゴダは聞こえないふりをして、そそくさと車に乗り込んでしまう。ちょうどそのとき、ほろ苦い思い出の詰まったかつてのおまえのわが家から大臣が出てくる。

　おまえの生涯を賭けた仕事が入った靴箱を抱えているのは、図体の一番デカい腰巾着だ。あの影法師みたいな化け物は今、まことおぞましき狂信者たる大臣閣下の脇を守っている。スモウレスラーばりの胴体からぶら下がる両腕はますます長くなったように見える。とがった顔と血走った目がおまえのほうを向いている。

　ＤＤは父親をじろりとにらむ。アンマはティーカップをせっせと片付け、ジャキは初めておまえに「いいよ」と言って「待って」と言われたときの顔で虚空を見つめている。おまえは天井まで浮かび上がって、痛みが訪れることを願う。なぜって、あの箱はもうなくなったも同然だとわかっているからだ。

そうとも、おまえはもっと気合を入れて思い出さなきゃダメなんだ。記憶は耐えがたい痛みをもたらすかもしれないが、それでも呼び覚ましたい記憶がおまえにはある。普通ならそれはどんなふうに死んだのかとか、誰に殺されたのかとかいうことになるのだろうが、そのどちらでもない。おまえが思い出したいのは、ネガの隠し場所。おまえにわかっているのは、それがいかにもありがちな場所で、しかも、この近くということだけだ。

死んだボディガード（一九五九年没）とのおしゃべり

腰巾着どもが二台のパジェロに乗り込んだところで、影がおまえに笑いかけ、うなずく。そいつは大臣のベンツのボンネットの上にしゃがんで、おまえを呼んでいる。あんな重そうなやつがのっかったらへこんでもよさそうだが、当のボンネットは気づいてもいないようだ。

「乗れよ、いっしょに行こうぜ」

「乗せられるのはもうこりごりだ」おまえは叫び返す。

おまえは今、アンマが毎朝新聞を読み、父親の愚痴をさんざんこぼしたベランダの上に浮かんでいる。家の中では、聞き覚えのある声がおまえとおまえがしたことをめぐって不毛な口論を繰り広げている。生き返りたいと思わないのと同じで、盗み聞きしたいとは思わない。

大臣の車の上の化け物は、えび茶色の目にギザギザの歯、爪は伸び放題に伸びている。身に着けているのは白いシャツに黒いズボン。ウェイターやボディガード、ヤクザやごろつきの標準服だ。

「さっきのあれって、おまえが撮った写真なんだろ？　ちらっとのぞいただけだけどさ。たいしたもんだわ。すげえよ、おまえ」

「あんたはどういう種類の悪鬼《ヤカ》なの？」

「おれは大臣の影。影の大臣、なんつってな。なあ、来いよ。他に行くあてがあるわけでもあるまいし」

おまえは痛いところを突かれて黙る。いかがわしいやつと乗り合わせるのは初めてのことではない。キリノッチ行きのバスに〈虎〉のスパイどもと同乗し、政府軍に危うく撃たれかけたことだってある。

おまえがベンツの屋根に跳び乗ると、待っていたかのように車が走りだす。近くで見ると、化け物の服はひどくちぐはぐだ。シャツはフリルだらけだし、スラックスは目隠しをして仕立てられたかのよう。裸足の足の指は毛むくじゃらで、爪は猛禽類のかぎづめみたいに突き出している。

「しっかし、身の毛もよだつ写真だよな」

あんたの顔もな、とおまえは思う。大臣ご一行は車が列を成す検問所をするりと通過する。二台のパジェロとこのベンツが引き止められることはない。

「あれを見て、身の毛もよだつ悪行を思いとどまるやつもいるかもしれないだろ」

「この国は呪われてる。それは間違いない」化け物が言う。瞳の色が刻一刻と変わっていく。深紅から漆黒へ、マホガニー色から緋色へ。

「あんた、どういういきさつで悪霊《デーモン》になったわけ？」

化け物が急に動いたときに備えて、車の追い風に跳び乗る準備はできている。だが、今のところ、このデブちんはボンネットに寝そべって、ぼんやり空を眺めている。動くことの優先順位はそう高くなさそうだ。

「おれが何かになったなんて誰が言ったよ？　たぶん、おれはずっと変わっちゃいない」

「以前は何をしてたんだ？」

「この人みたいなお偉いさんだったりしてな」化け物が後部座席の男を指さす。その男の片手は今、かつておまえのものだった靴箱の中にある。「それか、大物実業家とか？　工場なんかいくつも経営しちゃってさ」

「でも、実際はそうじゃなかった」

「ボディガードだったんだよ。あいにく誰かをかばって撃たれた経験はないけどな」

「撃たれたかったみたいじゃねえか」

「おれの最後の仕事はソロモン・ディアスを守ることだった」

「誰だって？」

「ＳＷＲＤ。ソロモン・ウェスト・リッジウェイ・ディアス・バンダーラナーヤカ（セイロン（現スリランカ）の第四代首相。一八九九―一九五九）だよ」

おまえはこの悲惨な状況に陥って以来、初めてまともに声を上げて笑う。「あのナイスガイか」

「言いたいように言えばいいさ。こっちにゃ全部聞こえてんだ。シンハラ・オンリー政策の総統。あらゆる混乱のゴッドファーザー」

「もっとひどい呼び方だって聞いたことあるぜ」

「もしもあの人が今も生きていたら、法律なんて撤回して、多文化主義を推し進めたはずさ。根は連邦主義者だったんだ」

「あいつを撃ったのはシンハラ人の仏教僧だ。飼い犬に手を嚙まれたんだ。偏狭さが足りないって理由でな」おまえは言う。ことＳＷＲＤに関しては、今は亡き親父さんと珍しく意見が一致していたっけ。

「おまえって、死んでどれくらいになんの？」悪霊《デーモン》が尋ねる。

「月で数えるとひとつかな。なあ、ソロモンってどんなやつだった？」

「あの人は悪くない。良かれと思ってやったんだよ。すべてはこの国が呪われているせいなんだ」

「それはさっきも聞いたよ。なんでそう言える？」

「さんざんひでえ写真を撮っておいて、まだおれにそれを訊くわけ？」

「それもそうだな」

「セイロンは美しい島だったんだ。野蛮なやつらでいっぱいになる前はな」

「たしかにな。野蛮人をヨソから呼んでくる国もあるけどさ、うちらは自前で繁殖させちゃってんだもんな」

「シンハラ人よりずっと前からここに住んでた人たちがいたのは知ってるか？」

「クヴェニの子孫？」

「あいつらは人間じゃない。おれたちに言わせりゃ、悪魔だとか蛇の類さ」

「ヤカ族やナーガ族が住み着いたのは、ラーヴァナ王の前か後か？」

「んなこと知るかよ」

「なら、この島に最初に住み着いたのは誰なんだ？」

「ヴィジャヤ王子と手下の海賊どもではない。それだけはたしかだ」

『マハーヴァンサ』を信じるなら、シンハラ民族の礎は誘拐とレイプと親殺しと近親相姦の上に築かれたことになる。これはおとぎ話ではない。この島最古の年代記に記されたわれらが母国の誕生の物語だ。そして、その年代記はシンハラ人と仏教徒と男と金持ちを除くすべての者を抑圧するべく練り上げられた法律を成文化するのに利用された。

　昔々、インドの北で、ひとりの王女が一頭のライオンと出会う。ライオンは王女をさらって手ごめにし、王女は女の子と男の子を産む。男の子は成長すると、父親のライオンを殺して王となり、妹と結婚。その妹が産んだ男の子というのがまたやんちゃで、七百人の家来とともに流刑となり、船でセイロン島の岸辺にたどり着いたのだ。

　ヴィジャヤ王子は禿頭の悪党集団を率いて先住民のナーガ族を虐殺、その女王を誘惑することで、われらが母国の歴史を始動させた（ただし、虐殺と誘惑の順序は逆だったかもしれない）。この建国の物語が本当なら、わが国の目下の混乱もさもありなんと言うほかない。無情な王子に裏切られ、ぼろぼろになったナーガ族の女王クヴェニはこの土地を呪うと、子どもたちを森に置き去りにして、自ら命を絶つ。その呪いは数千年間にわたってこの島を縛り、一九九〇年の今も解かれる兆しはない。

「おれたちの祖先は文字通り悪霊に取り憑かれてきた」化け物が言う。「マハカーリーはクヴェニの末裔だと聞いたこともあるぞ。彼女はクヴェニ自身だと言うやつもいる」

車はゴール・ロードで渋滞にはまる。雨が降りだすが、おまえたち二人が濡れることはない。通りに目をやると、傘をさして走る人や店の軒先で肩を寄せ合う人の姿が見える。平気で歩き続けているのはもう息をしていない者たちだけだ。

「見れば見るほど、確信は強まる」化け物が続ける。「歴史とは、船と武器を手に入れたやつらが、そういうのを発明しそびれた者たちを一掃すること。あらゆる文明はジェノサイドから始まるのさ。それが宇宙の理。揺るぎないジャングルの掟だ。ま、このジャングルはコンクリート製だがな。星の運行や原子のダンスを見たって、それは明らかだ。金持ちが文無しを奴隷にする。強者が弱者を踏みつぶすんだ」

化け物は今、フロントガラスを這い上がり、おまえを張り倒せる距離にまで近づいている。ベンツは手作りの土産物を売る店の前を通過し、その屋根の上には、スリランカの国旗がはためいている。

「あの旗のことで、ずっと気になってることがあるんだよな」化け物の伸びすぎた爪から目を離さずに、おまえは言う。

化け物は窓越しに大臣の様子をうかがう。やつはおまえの箱を膝にのせたまま眠り込んでいる。車列が動きだし、大臣に取り憑く悪霊《ミニスターズ・デーモン》がおまえににやりと笑いかける。

「あのデカいライオンが描かれた旗?」

「この国にライオンなんて住んでたためしがないだろう? それを言うなら虎だってそうさ」

「象ならまだわかるけどな」

「それか、センザンコウとかな」

　たいていの国旗はいくつかの色の組み合わせでできていて、その仕切り線は縦だったり、横だったり、ときには斜めだったりする。あるいは、かつてわれらを支配した連合王国旗《ユニオンジャック》みたいに、その三つ全部を組み合わせたものもある。カエデの葉やら三日月やら糸車やらアフロ頭の太陽やら、親しみやすいシンボルが使われることもある。今よりもっと野蛮な時代には、部族の旗に狼や獅子、象やドラゴン、ユニコーンの印があしらわれた。下手に手を出すと、野獣みたいに牙をむくぞ、と周りにアピールするためだ。今日では、動物が主役の国旗はきわめて希少だ。その大半は鳥で、威厳と非暴力の象徴として用いられるが、メキシコ国旗の蛇をくわえた鷲だけは例外である。

「われらが母国の国旗を見ろよ。まるでごちゃまぜのピクルス《アチャール》。なんでもありだ。横の線に縦の線、原色に等和色、動物、植物、それに武器。黄色、赤茶色、緑色、橙色。菩提樹の葉に剣に獣って。フルーツサラダかっつうの」

「イーラムの旗は見たことあるか？　あれもひどいぜ」

　スリランカ国旗のライオンは、ドラヴィダ人（南インドで話される諸言語を使用する民族。ここではタミル人を指す）とムハンマドの信奉者を表すオレンジとグリーンの長方形に向かって三日月刀を構えている。つまり、少数民族にナイフを突きつけているってわけだ。その報復として、分離主義者たる〈タミル・イーラム〉の旗に描かれたのは、ライフル銃に挟まれてキルロイ風に顔をのぞかせる虎だ。あんたらのライオンは剣を持ってるようだから、うちらの虎は銃剣二口で行かせてもらうぜ、なんて台詞が聞こえてきそうだ。

　獣があしらわれ、レイアウトが下手くそで、血の色をしているのは、どちらの旗も同じ。ただし、イーラムは生傷みたいなトマトレッド、かたやスリランカは癒えない古傷のえび茶色だ。

　この二種の獣がこの国を歩き回った証拠はどこにもないが、それでもこいつらはちゃっかり旗に収まって、武器を振りかざし、血の海で泳いでいる。まるでスリランカが獣性と流血の上に築かれた国であることを認めるかのように。

ベンツは今、港を駆けぬけていく。おまえたち二人は目を細め、停泊する船のはるか彼方に広がる水平線を眺めやる。おまえが見ているのは、はるか昔の神々と老いゆく太陽の白昼夢。不在の父と奇態な子どもたちの夢だ。

「どうしてスリランカが呪われていると思うか、知りたくないか？」

「さっき自分で言ってただろ。クヴェニのせいだって」

「彼女のせいだけじゃない。この国は一九四八年生まれなのさ。おまえはナカスを信じるか？」

流した汗に見合う成功を収めたミュージシャンやスポーツ選手はタイミングがすべてだと口を揃える。悪鬼《ヤカ》の存在や呪いを信じるだけでなく、スリランカ人はナカスも信じている。風水の適用範囲を時の流れにまで拡大し、時間にも縁起の善し悪しがあると信じているんだ。シンハラとタミルの新年の午前六時四十八分に西を向いてランプを灯すと、喜びがもたらされ、午前七時三分に北を向いて火をつけると、空が落ちてくる、といった具合に。

「おれはナカスなど信じちゃいない」

「一九四八年ってどんな年だと思う？　おめでたいか、忌まわしいか？」

「あんたは大臣にささやいてんのか？」

「必要なときはな」

「それ覚えんのって難しい？」

「ちゃんとした先生に教わりゃ、難しいことなんてひとつもないって」

「ボレッラに行かなきゃ。おれ、ここで降りるわ」

「なんで墓地なんかに？　てめえの葬式か？　まだ月ひとつしかたってないんだろ」

「セーナがそこにいるかもしれない。そいつがおれの先生だ。ささやき方を知ってるんだ」

「墓地をうろつく自称先生の類には注意したほうがいいぞ。ふんだくられるのは授業料だけじゃ済まないからな」

「どういう意味だよ？」

　車は司法省が入るビルめざしてブラーズ・レーンをのろのろと進んでいる。

「フィリピンが独立したのも四八年だ（フィリピンの独立は、実際には一九四六年）。あいつらもおれたちと同じで、愛想がよくて能天気だが、その気になれば凶暴にもなる」

「おまえって、ほんとにＳＷＲＤのボディガードだったの？」

「あの人の力は絶大だった。だが、シリルはもっと強大な力を振るえる。おれは必ずそれを見届けるんだ」

「どの大臣にも悪霊が取り憑いてんのか？」

「選りすぐりの者だけにさ」

　おまえはカメラを構え、ベンツに乗る悪霊《デーモン》にピントを合わせようとするが、ファインダー越しに見えるのは泥だけだ。

「選りすぐり？　ＳＷＲＤはクズだった。シリルはその上を行くクズだ。おまえが護衛してんのはチンカス野郎ばかりだよ」

　化け物が飛びかかってくるが、すでにおまえは道路沿いの送電塔に手を伸ばしている。

化け物が繰り出したパンチがおまえの首のチェーンをかすめる。おまえは揺れる送電線から勢いをつけてマンゴーの木に跳びうつる。

「口には気をつけろよ。なあ、一九四八年生まれの国って他にどこがあるか知ってるか？」

ベンツはまた渋滞にはまり、風は四方から吹いている。「この国が呪われているとしたら、それはウィジェラトネやソロモン・ディアスみたいなやつらのせいだ。あと、そいつらを守ろうとする阿呆どものせいな」化け物との距離はじゅうぶん開いたから、おまえは図に乗って声を張り上げる。

化け物が五つの国の名前を叫ぶ。ベンツはボンネットの上のガーゴイルもろとも走り去る。「おまえのこと、見張ってっからな」怒鳴り声が響くだけで、やつの姿はもう見えない。だが、あいつが叫んだ五つの国名がおまえの耳にこだまする。「ビルマ。イスラエル。北朝鮮。アパルトヘイト体制の南アフリカ。スリランカ。ぜーんぶ四八年生まれだ」

マーリ・アルメイダがナカスを信じていようがいまいが、そんなことはどうでもいい。なぜって、宇宙がそれを信じているのはどうやら間違いないようだから。

耳

ベンツが車の波に消えると、おまえは身動きできなくなる。見えない壁が四方をふさぎ、風はぴたりと凪いでしまった。緩衝材付きのガラスケースに閉じ込められているみたいだ。目に見えない何本もの腕に抱え込まれているみたいだ。

あれだけの時間を防空壕や狭いベッドの上で過ごし、死ぬまでクローゼットに身を潜めてきたというのに、おまえは閉所恐怖症とは無縁だった。それでも、ここはさすがに逃げるという選択肢が欲しい。生者だろうと死者だろうと、まともな人間なら誰でもそう思うはず。とりわけ、今のおまえには逃げ出したいものが山ほどあるんだから。

それがどうだ。気がつくと、おまえは身体の自由も選択の自由も奪われて、白いスモックを着た二人組に取り押さえられている。左がモーゼ、右がヒーマン。二人ともにこりともせず、まっすぐ前を向いている。正面には、ラーニー博士の白いサリーと記録簿と小学校の先生みたいなしかめっ面。

「担当のヘルパーが同行します。おとなしくしていれば、手荒な真似はしません」

「どうして天使のしもべがこんなに怖い人たちなんですかぁ？」おまえはできるだけ可愛げある感じで質問する。

「わたしたちが天使だなどと誰が言いました？」と、ラーニー博士。「あなたが〈光〉に行きたがらないのは、自分の罪を恐れているから」

「なぜおれたちを〈光〉に行かせたがる？　霊魂だって行きたいところに自由に行けるべきなんじゃないのか？」

「誰からそんな御託を吹き込まれたのです？」

「同志セーナさ」

「あなたの行くべき場所は心の声が教えてくれます」博士が言う。「ただし、その声は必ずしもあなた自身のものとは限りません」

ヘルパーたちはおまえを連れてでたらめなルートでスレイブ・アイランドからマッタクリヤへ向

かう。打ち捨てられた鉄道の駅とおぼしき場所を通り抜け、たどり着いたのは、一度は逃げ出したあの場所だ。「やれやれ。またここか。勘弁してくれよ」

「長くはかかりませんから」

赤い色の扉の向こうは果てしない廊下。そこは最初にここで目覚めたときと同じくらい混雑していて、同じくらい秩序が保たれている。白衣のヘルパーたちは錯乱した者、手足を失った者、病苦に悩める者たちをカウンターへ導くが、そこにはすでに長蛇の列がとぐろを巻いている。ラーニー博士はヒーマンとモーゼを混沌のただなかへ送り込むと、おまえを隅っこへ引っ張っていく。

「まずは〈耳の検査〉を済ませるとしましょうか」

おまえは死にたてほやほやの霊魂たちがそれぞれの悲しみを抱えながら流動する粒子みたいにぶつかり合うさまを眺める。ある者は震えおののき、ある者はもがき苦しみ、ある者は巨大な無にしがみついている。

「ここの責任者は誰だ？　あんたのボスは誰なんだよ？」

ラーニー博士が首を横に振る。

「なら、こう言い換えよう。ここに責任者はいないのか？」

「わたしはただのヘルパーですよ、マール。わたしたちはできることをするだけです。たしかに創造主は存在したかもしれません。アフリカの神ムボンボみたいに世界をオエッと吐き出したのか、旧約聖書のあのお方みたいに一週間で世界をこしらえ、日曜は寝て過ごしたのかは知りませんけどね」

「で、おれが会うのは誰なんだ？　ヤハウェか、ゼウスか？」

「わたしたちが知るべきなのは創造主の魂。名前は重要ではありません」

「神様のとっておきの呼び名を教えてやるよ。誰かさん、って言うんだ」

「第七の月になって、ここから出してくれと泣きついてきても知りませんよ。期限間際の訴えには対応しないと決めたんです」

「誰もが誰かさんに祈ればいいんだ。そうすりゃ、ヘソを曲げるやつもいない。『親愛なる誰かさんへ、わたしの家族をお守りください。わたしにお金をお与えください。痛いのはナシにしてください。愛をこめて、わたしより』ってな」

「あなたのジョークにはもううんざりです」

「いや、大真面目な話だって」

　博士は耳についてのレクチャーを始める。いわく、おまえの過去のすべては耳が教えてくれるんだとか。軟骨と皮膚と肉が織り成す影や形は指紋以上に唯一無二で、そこにはこれまでの過去生と忘れられた罪の化石が横たわっている。つまり、耳とは見えそうで見えない手がかりなのだ。まあ、手がかりってのは、概してそういうもんだけどな。

「わたしたちの耳が自分には見えないという事実こそ、創造主の偉大さの確かな証なのです」と、ラーニー博士。

「それか、神様が全人類を憎んでる証かもな」おまえは言う。

　ラーニー博士がかぶりを振る。博士が言うには、耳はカルマの指紋であり、おまえがまとう肉体――頭の形、足の指の長さ、皮膚の模様、歯並び、歩き方――には前世の手がかりが散らばっているんだそうだ。熟練のまじない師が黒魔術《フーニャム》に毛髪や爪や歯や血を使うのにはれっきとした理由があるというわけだ。おまえはエレベーターのほうへ引きずられていく。モーゼが風に向かって杖をかざし、ヒーマンは逃げられるものなら逃げてみろとばかりにおまえをにらみつける。風は急に強くなって、追い詰められた獣みたいなうなりを上げる。「もしも答えを知りたいなら」ラーニー博士が強風に負けじと声を張り上げる。「万物の黒幕たる誰かさんを見つけたいなら、まずは自分の頭の中にいる誰かさんを見つけることです」

　おまえはあっちこっち飛び交う霊魂たちに混じって、ぐんぐんシャフトを上昇する。いくつもの階が見る見る通り過ぎていく。もしも律儀に数えていたなら、その数は四十二に達しただろう。

「神の顔を知るのは容易ではありません。自分自身の顔すらわかっていないなら、なおのこと」博士が言う。

　本日、四十二階は営業中だ。ずらりと並ぶ赤い扉の向こうで、何が営まれているのかは知らないが。

　この階をうろつく霊魂たちはみな新米らしい。目や足取りからも、白衣の付き添いがいることからもそれはうかがえる。おまえの三人の守護天使は同僚たちに軽く会釈すると、おまえを赤い扉へ導く。おまえの手には、一枚のオーラの葉。項目ごとにきっちり線が引かれている。どこかで見たような気はするが、なぜ今ここにあるのかはわからない。

　扉の向こうには、アヘン窟から煙を取り除いたような部屋が広がっている。いくつもの体が仰向けに横たわり、それぞれの体の上には、シャツを着ていない男やトップレスの女たち（みな太鼓腹を抱え、瞳の色は紫だ）がまたがって耳の中をのぞき込んでいる。

　言われるがまま横になると、村娘とその同郷の酔っぱらい、みたいな二人組がおまえの耳をのぞき込む。彼らの肌はマンゴスチンみたいな紫色で、息は果物のにおいがする。

「転生、三十九回」ギリシャ神話の妖精みたいな娘が言う。

「正解」と、酔っぱらい。

酔っぱらいはおまえの左の耳、妖精は右の耳をのぞき込む。二人はぼそぼそつぶやき合っては、オーラの葉に何やら書きつける。

「他殺。暴力的。突発的」

「恋愛、成就せず」

「盗み、経験あり。盗まれた経験もあり」

妖精と酔っぱらいが顔を見合わせ、それから、おまえをまじまじと見る。

「殺人、経験あり？」

「おやまあ」ラーニー博士が片方の手のひらを頬に押し当てる。

「そんなのでたらめだ」おまえは反論を試みるが、他の死体たちといっしょに廊下に押し出されてしまう。よく見ると、ほとんどの死体の瞳の色は濃くなったり薄くなったりしている。行く先々で、ひと組の手がおまえの手からオーラの葉を奪っては、そこに何やら書きつける。おまえの体はさまざまな亡霊たちにまさぐられる。ある者はディナージャケットを着て、ある者はサロン姿、中には金の装飾品以外ほぼ全裸なんてやつもいる。紫色の瞳と膨れた腹は全員共通だ。

「餓鬼《プレータ》はおなかを空かした幽霊」と、ラーニー博士。「耳を読む達人でもあるのです」

「そいつはどうかな。あいつら、おれが人を殺したって言ってただろ。けど、おれはやってない」

「本当に？」

それから、おまえはべつの部屋に入る。そこにあるのは一枚の鏡だけ。最初は何も映っていないが、そのうちにおまえの目を持つさまざまな顔、おまえの顔を持つさまざまな頭、おまえの頭を持つさまざまな体が映し出される。鏡に映るおまえの姿は見る見る変化していく。鼻が伸びたかと思うと縮む。野卑な顔が一瞬にして美しくなる。伸びた髪が次の瞬間には消えてなくなる。瞳の色は緑から青、青から茶に変わっていく。

　だが、耳は、耳だけは変わらない。

　最後に、見覚えのある姿が映し出される。赤いバンダナ、サファリジャケット、片方だけのサンダル。首の周りには絡み合うチェーン——DDの血の付いた木製のチャーム、パンチャユダ、それにカプセルを忍ばせたロケット。こんがらがった縒《よ》り糸はよく見ると首つり縄にそっくりだ。ぶら下がるカメラはまるで首枷《くびかせ》。おまえはそれを引き寄せてひび割れたレンズをのぞき込む。

　犬と、老人と、赤ん坊を抱いた女が見える。全員安らかに眠っているのに、みぞおちをえぐるような痛みがおまえを襲う。こんなふうに涙で目がチクチクするのはこれで三度目だ。顔を上げると、手にはオーラの葉が握られていて、そこには文字が書き込まれている。几帳面で整った、いかにもお役人らしい筆跡だ。

死：39
耳：詰まっている
罪：多数
月：5

一番下にはスタンプが押してある。重なり合う五つの白い円。おまえに残された月だ。

・・

おまえは今、四十二階の受付にいる。ヒーマンとモーゼは消えてしまった。どうせまたべつのチンケな罪人を〈光〉へ追い立てに行ったのだろう。今ここに存在するのはおまえと善良なる博士とこの騒々しいカウンター、そして、おまえの思考の縁、視野の隅、舌の先に残る記憶だけ。それらの記憶は意識の窓辺に打ち寄せはするが、嵐の中に隠れたままだ。

ラーニー博士がまたレクチャーを始めるが、口調はさっきよりいくぶん優しい。「あなたの魂は若くありません。三十九回も転生してきたのですから。あなたは罪悪感と悲しみを抱えている。それに、未返済の借金もね。彼らはあなたの死が事故や自殺ではなく、殺人によるものと考えています」

「どうしてあいつらにそんなことがわかる？」

「どうやらあなたは人を殺しているようね。わたしにはそんなふうには見えないけれど。でも、それを言うなら、わたしを撃った若者たちもそうだった」

博士は首を傾げて、おまえの出方をうかがう。

おまえは黙り込む。答えがあるとしても、それを思い出せない。おまえの脳にはいくつもの記憶が隠されているが、どれもおまえの目当ての記憶ではない。そうとも、おまえはついに思い出したんだ。自分が撮った写真を、そのネガをどこに隠したのかを。それはラーニー博士にほめられるような情報ではないが、その価値を認めてくれる人がもしかしたらどこかにいるかもしれない。

「借りなら返した」

「本当に?」

「けど、やり残したことがひとつある。写真を公開しなくちゃならないんだ。おれにはあと五つ月が残されている。それだけあればじゅうぶんだ」

「あなたの記憶は遮断されているようですが」

おまえはオーラの葉を見つめる。こののたうつような走り書きに、本当にそんなことが書いてあるのか?

そういえば、前にジャキからこんな話を聞いたっけ。コタヘナのどこかに、これまでに生きたすべての人の運勢がしまい込まれた場所があるんだ、って。ジャキは一時期、星占いにはまっていたんだ。それはギャンブル沼から抜け出した一週間後、演劇沼にはまる何カ月か前のこと。

言い伝えによると、今から三千年前、インドの七人の占星術師がこれから生まれるすべての人の一生を膨大な数のヤシの葉に書き記した。その葉っぱを一枚につき織物一巻分の値段でばら売りする店がペターにあったのだ。

生まれた日にちと時刻を言えば、店側が該当するオーラの葉をインドの洞窟から輸入して、糊のきいたシャツを着た占星術師がそれを解読してくれる。パーリ語、サンスクリット語、タミル語で刻まれた文をもとに、占星術師は年頃の娘に結婚の時期を、お手伝いさんにはこの島をいつ離れられるかを告げた。年寄りには、まだまだ長生きすると請け合い、足の不自由な人には、いつの日か歩けるときが来ると説いた。だが、興味深いことに、この占星術師はどんな客にも死期だけはけっして教えることがなかった。

おまえはジャキにこう言ったことを覚えている。七人の賢者が五十三億人分の伝記を書くには百万年はかかるはずだ。それを紙に記録するためには、シンハラージャ森林保護区をまるごと伐採する必要があるだろう。しかも、その努力は無駄骨に終わる。

あらゆる物語は使い回しで、あらゆる物語は不公平だ。運に恵まれた者の陰には、ツキに見放された者がいる。本に囲まれたお邸《やしき》に生まれるやつもいれば、泥沼の戦渦で育つやつもいる。だが結局、すべては塵に帰る。あらゆる物語は溶暗して終わるのだ。

・・

ラーニー博士の声がおまえの黒い思考を切り裂く。「オーラの葉によると、あなたは良からぬ影響を受けているようですね。一刻も早く〈はざま〉を出ることが推奨されています」

「なあ、おばさん、ありがたいとは思ってるよ」

「わたしはあなたのおばさんではありません。このままここにいれば、あなたは取り込まれてしまいます」

「誰に？」

「あなたの同志セーナはマハカーリーの手下。彼があなたを利用しようとしているのと同様に、彼もまた利用されているのです。〈はざま〉は死者の絶望から力を得る食屍鬼《グール》や悪霊《デーモン》で溢れています。彼らに絶望を譲り渡してはいけません。そんなことをしても誰も救われません」

「セーナは生者にささやく方法を教えてくれる。あんたにそれができるのか？」

おまえはラーニー博士と筋骨隆々な天使たちを見る。カウンターを見回して、そこに頭巾を被ったセーナの姿がないことに感謝する。それから、空気のにおいを嗅いで、ここからそう遠くないところにマハカーリーがいることを知る。

「セーナに会いに行かないと」

「正気なの？」と、ラーニー博士。

「どこの誰であれ何かしらのマハカーリーに操られているもんだ。何を気にすることがある？」

「あなたは愚か者です。相手をするだけ時間の無駄だわ」

ラーニー博士はジャキと同じで、キレると無口になるたちだ。おまえの親父はその逆だった。それに、ダダと違って、博士には口論の切り上げどきがわかっている。

「あなたのほうから呼ばないかぎり、悪霊《デーモン》に食われることはありません。少なくとも、七つの月が終わるまでは。ただし、あなたに残された月はあと五つだけ」

博士は怖い顔をしているが、なんだかんだ言っておまえを助けたがっていることがわかる。けど、往々にしておまえはそういう人たちに最低な仕打ちをしてしまうんだ。

「それまでにはあんたのところに帰ってくる。絶対に」

「絶対に、ね。わたしも夫と娘たちによくそう言っていたわ。守れない約束をしたあとにかぎって」

博士が空っぽのカウンターに向かって飛んでいく。後ろは振り返らない。途中、老婦人をエレベーターに、少年を赤い扉に案内するが、やっぱり振り返ることはない。博士はおまえが見てきたものを見ていないし、おまえがしてきたことをしていない。だから、彼女には理解できない。もしも

〈光〉に行くとして、おまえが恐れているのは忘却ではなく、おまえが〈光〉まで背負っていくことどもだということを。

伝説の生き物

おまえは墓場へ運んでくれそうなちょうどいい風を待つ。セーナに会えたら、ささやく力と引き換えに、やつの求めるものをなんなりと差し出すつもりだ。おまえは風を待ちながら、マラダナのバス停めざして飛んでいく霊魂たちを眺める。今では、餓鬼《プレータ》は紫色の肌と太鼓腹で、悪霊《デーモン》は赤い目とかぎづめで、ただの幽霊《ゴースト》はおどおどした顔で、見分けがつくようになった。

「兄さん、黒い目のやつらには気をつけな。痛い目に遭うぜ」

足元を見ると、そこに一頭のヒョウがいる。と言っても、これは武装した人間の内なる凶暴性を獰猛なネコ科動物になぞらえた婉曲表現などではない。正真正銘、本物の獣だ。その毛皮はスラッシュ記号みたいな模様に覆われ、目は雪のように真っ白だ。

「ごめん、よくわかんないんだけど」

「だろうな」

「動物の幽霊がいるなんて知らなかった」

「なら、消えてやろうか、貴様の無知に敬意を表して」

「気を悪くさせるつもりはなかったんだ」

「つもりはなくとも、やったことに変わりはない」そう言うと、ヒョウは手すりによじ登る。路地の向こう、パンチカワッタの運河のほうへ消えていく。どうして動物の幽霊なんていないと思った？　人間だけに魂があると誰が決めたんだ？　けど、それってつまり、今までおまえが踏みつぶしたすべての虫も七つの月の間さまよって、還付金目当てにあのカウンターに押しかけたってことだよな？　どうりでヘルパーたちが過労でやつれているわけだ。

　おまえは凧をつかまえる。ふと下を見ると、屋根の上では霊魂たちがぽかんと口を開けて月に見惚れている。おまえは〈下〉と〈はざま〉で出会ったすべての生き物のことを思う。死んだ政治家を悼む看板を横目に見ながら、同じ人間でも看板を作ってもらえるやつと墓さえ持てないやつがいるのはどうしてなのかと考える。この狂気の世界で、おまえが存在を疑うけだものはただひとつ。そして、そのけだものとは神、またの名を誰かさんではない。あらゆる伝説の生き物の中でおまえが最もありえないと思うもの、それは正直な政治家だ。

　ただし、そう呼べる人物がひとりだけいたと話に聞いたことがある。私利私欲のためでなく政治の道に進んだ紳士。一九〇二年、キャーガッラに靴修理職人の息子として生まれたドン・ウィジェラトネ・ジョセフ・マイケル・バンダラは、一九一九年、奨学金を得てセイロン法科大学に進む。法廷では農園労働者の権利を守るべく闘い、共産党の公認候補として当選したのちは、その早すぎる死まで議員の仕事に身を捧げた。彼は虐げられた人々や忘れ去られた人々のために尽力し、タミル人の労働者やムスリムの商人、バーガー人の運転手やチェッティの料理人のために論陣を張った。キャーガッラ県に二つの図書館を建て、子どもたちに英語教育を施し、市庁舎からは強請《ゆす》り屋を一掃。賄賂はけっして受け取らず、女遊びも一切せず、酒を飲んでも汚い言葉を吐くことはなかった。

そうとも、もちろん、酒は飲んだ。伝説の生き物だって、喉は渇くのだ。

ドン・ウィジェラトネ・ジョセフ・マイケル・バンダラは六七年に脳卒中でこの世を去った。その原因となったのは、長年嗜《たしな》んだチャーチル葉巻と安眠を妨げ続けた訴訟だ。この訴訟を受け、地元の労働組合からは非難ごうごう。彼が一日十八時間も働いてきたのは、とんだ恩知らずどものためだったわけだ。末の息子のドン・ウィジェラトネ・ブワネカ・シリル・バンダラが国会議員となったのは一九七七年。彼の胸には父親が身をもって示した成功しない秘訣がしかと刻まれていた。

シリル・バンダラの世界観に色濃く影響を与えたのは、父親を三年間にわたって週に一度労働裁判所まで車で送った経験だった。バンダラ・シニアは彼がその労働慣行に疑義を呈した木材会社によって入札不正のかどで訴えられた。バンダラ・ジュニアはこの裁判が自身の継ぐべき遺産を吸い上げ、父親の名を地に落とすのを目の当たりにした。ジュニアがカルタラ県選出の下院議員選に初めて出馬したとき、シリル・ウィジェラトネの名で立候補した理由は想像に難くない。

シリルは建築関係の談合に関わっても、ついぞ逮捕されなかった。彼はすべての既婚男性が使う言い訳を使った。どうせ罪に問われるのなら、その罪を犯しておいたほうがいい。

およそすべての物語の中に恐るべき化け物はいる。噂と癌を広めるリリヤカ、子宮を切り裂いて胎児を奪う黒焦げのヤカ、悪魔の鳥モヒニ、十の頭を持つラーワナ、そして、マハカーリー。

酒に酔ったバスの運転手、デング熱を運ぶ蚊、狂信的な僧侶、頭のいかれた兵士、マスクをつけた拷問人、大臣の息子。軍人でも警官でもない男たち。民族衣装を仕事着とする男たち。

シリル・ウィジェラトネには、ラージャパクサ（D・A・ラージャパクサ。一九〇五―一九六七年。スリランカ自由党の創設者のひとり）のように平和主義者を平和裏に宥《なだ》め、JR（P39参照）のように空論家の機先を制し、プレマダーサ（ラナシンハ・プレマダーサ。一九二四―一九九三年。スリランカの第二代大統領）のようにポピュリストの裏をかき、借り物のアクセントで他国の高官の歓心を買い、伝説的な父親の息子を演じることで票田の愚者たちをころりとだます才能があった。五度の暗殺未遂（三回はＪＶＰ、二回はＬＴＴＥによる）を生き延びた理由を問われても、本人は「ＳＷＲＤの死んだボディガードが後ろについているから」だとは夢にも思わないだろう。

かわりに、彼はこう思うはずだ。「今日のわたしがあるのはクロウマンのおかげだ」と。

クロウマンの洞窟

セーナは墓地の駐車場で見つかる。やつは火葬場の塔をにらみながら、灰にされたばかりの幽霊たちにせっせと葉っぱを配っている。おまえに気づくと、にやりと笑って、こっちへ来いと呼びかける。

「こんにちは、サー。会えてうれしいよ。てっきりヘルパーたちの手に落ちたかと思っていたからね」

「おまえ、親父さんがウィジェラトネ一家の運転手だったなんて、ひと言も言ってなかったじゃねえか」

「一度も訊かれなかったからね」

「ブワネカ・ウィジェラトネのことは知ってたのか？」

「父さん《タティ》はぼくを絶対に職場に連れて行かなかった。なぜだと思う？　ぼくがタティを小作人だと思ってるのを知ってたからさ」

「親父さんはウィジェラトネ一族を呪うと言っていたそうだ」

「運転手の呪いなんて、なんの価値もないさ。ところで、サー、ぼくに何か用？」

「もしもおれが生者にささやきたいとして、それって可能か？」おまえは尋ねる。

「どんなことだって可能だよ、ボス」言いながら、セーナはゴミ袋でできた鞄から丸くて緑色をした束を引っぱりだす。「でも、約束はしてもらわないとね。しっかりやる気を見せてほしいんだ。なーんてウソウソ、ちょっと言ってみただけさ」

セーナが葉っぱを渡すのは瞳の色が緑か黄色の幽霊だけ、つまり、打ちひしがれているか混乱している者だけだと、おまえは気づく。どんな宗教の布教者もそうであるように、セーナもまた食い物にする弱者を賢く選んでいるわけだ。

墓地にはそよとも風は吹いていない。ネズミや蛇やケナガイタチは墓石の間に隠れている。一本のバンヤンの木が伸び放題の雑草とひっくり返った岩の上に大枝を広げている。身を潜めるための影はそこかしこにあるのに、ここにいるのは影を持たない者ばかりのようだ。

「ヘルパーたちとの面談、うまくいったのかと思ってたよ」セーナがにやりと笑う。やつには面白いことを言おうとするときに歯の間から舌を突き出すという癇《かん》に障る癖があるんだ。セーナは少し変わったように見える。歯はギザギザに、唇は厚く、目は前よりもぎょろついて、髪はさらにツンツンに突っ立ち、ニヤニヤ笑いはわざとらしさを増している。そして、通り過ぎる哀れな食屍鬼《グール》ひとりひとりに同じ言葉をかけるのだ。「ぼくらはきみの味方だ。きみを殺したやつらを痛い目に遭わせてあげるよ」そうささやくと、干からびた手のひらひとつひとつに葉っぱを押し込める。「正義の鉄槌こそがきみの心に平安をもたらす。きみを殺したやつらが情けを乞う姿を見たくはないかい？」

「何人の勧誘に成功したんだ？」おまえは尋ねる。

「とりあえず、あの工学部生二人でしょ」セーナは答える。「それに、期待できそうなのが七人ってとこかな。この〈はざま〉では、誰も独りでいるべきじゃない。ぼくたちは手を携えることで強くなれるんだ」

「けど、結局は誰だって独りだ。なあ、おれは友だちに連絡を取らなきゃならないんだ」

「なんのために？」

「ネガを救い出してもらうため」

「なんのために？」

「さもなきゃ、おれが見てきたものは消えちまう。雨の中の涙のように」それは初めてDDといっしょに観た映画に出てきた台詞だ。おまえはいびきをかき続けるDDの手を握り、ルトガー・ハウアーのために泣いたんだ。

「桂冠詩人にでもなったつもり？」

「ジャキの前に姿を現して、あいつに話しかけることってできるのか？」

「慌てない、慌てない。もしもそんなに簡単なら、誰にでも幽霊が見えちゃうでしょ？」

「じゃあ、幽霊は人間には話しかけられないのか？」

「それはホラー映画の中だけの話。でも、それっぽい雰囲気を作り出して、思いを吹き込むことならできるよ」

セーナは最後の一葉を切断された手足から成る化け物に手渡す。おまえのほうにペッと唾を吐くそいつは、自爆テロの犠牲者だ。ここに来てまだ日が浅いおまえだが、似たようなやつをすでに大勢目にしてきた。

「なら、おれはどうすりゃいいんだよ?」

「マーリンダ・アルメイダさん。そろそろクロウマンに会うときが来たみたいだね」

・・

橋の下、スチール製の階段を降りたところに、都会の洞窟はひっそりと横たわっている。入り口は閉ざされ、人目に触れることはない。歩道の上のヒューズボックスには「危険! 高電圧」と書かれているが、実はこの箱こそが身を屈めないとくぐれない秘密の裏口なのだ。

おまえはセーナに押されて錆びついた鉄板をすり抜け、コンクリートも通り抜ける。セーナに引っ張られて木材の上をずるずる滑っていく。壁を通り抜けるって、どんな感じだ? それは埃っぽいスイミングプールの中を歩いていくような感じ。ただし、髪も体も濡れはしない。

洞窟には、妙な角度から隙間風が吹き込んでいる。よく見ると、通気孔が壁を伝って天井までつながっていて、そこから日差しや排ガスが入り込むのだ。

内部は予想に反して、ゴキブリの集会所にもコウモリ用の公衆便所にもなっていない。ろうそくの火に照らし出されるのは、あらゆる聖典に出てくるあらゆる神を祀った祭壇だ。マラダナの路上で売られているようなラミネート加工されたポスターがセロテープや画鋲で留められている。キリスト、ブッダ、ラジニーシ。シヴァ、ガネーシャ、サイババ。ボブ・マーリーにブルース・リー。十字架もあれば三日月もある。ダライ・ラマの顔の上にはチベットの諺が記され、モザイク処理された菩提樹の葉には、シンハラ語で仏教の公案が殴り書きされている。

洞窟の真ん中には、Tシャツ姿の太鼓腹の男がひとり。髪はなでつけられ、顎ひげはオレンジ色のヘナで染められている。分厚い眼鏡をかけているせいで、目が数珠玉大に縮んで見える。男が向かう机の上には、キンマや花やお香の灰やルピー札が散乱している。男は目を閉じ、ぶつぶつとでっちあげの言語でつぶやいている。

男の頭上には、木や針金でできた鳥かごがいくつもぶら下がっている。どれも扉はなく、中にはオウムやスズメの姿も見えるが、たいていはカラスが入っている。鳥たちは格子をすり抜けてかごに入っては、鉢に盛られた緑色のヒヨコ豆をついばむが、フンを落とすことはない。

太った男の前には、サリーをまとった女が座っている。こってり化粧をしているが、デオドラントのほうももうひと塗りしてほしかったところだ。栗色のハンドバッグの持ち手を握りしめ、男を真剣に見つめている。セーナがテーブルの周りを飛びまわるあいだ、おまえは洞窟じゅうを見回して、ここにいるのは自分たちだけじゃないことに気づく。隅っこにいくつもの影が重なり合ってうずくまり、中央のやりとりを眺めつつ、おまえたち二人をねめつけているのだ。

男は一見、いかがわしいカジノの経営者のようだ（いかがわしくないカジノがあるかどうかは知らないが）。女は男が何か口にするたび、怒ったストリッパーを宥める酔っぱらいのビジネスマンみたいにキンマの葉の上に百ルピー札をのせる。おまえはさらにそばまで飛んでいって、きれぎれの会話を盗み聞く。女は父親について尋ねているのだが、男が言うのはありきたりなことばかり。なのに女はさらに金を積み、男はさらにありきたりな言葉を並べたてる。

「お父様はあなたを愛しているとおっしゃっています。あなたを誇りに思う、ずっと見守っている、と」

女が目頭を押さえる。「宝石のことは言ってませんか？」

と、そのとき、おまえは腰の曲がった爺さんが太った男に耳打ちしていることに気づく。爺さんはくるりと首を回してテーブルの上に唾を吐く。

「やれやれ、こんな強欲な雌豚がわしの娘だとはなあ」

「ピヤティラカさん、娘さんは相続すべき宝のありかを探しています」カラスおじさん《クロウアンクル》はそう言うと、眼鏡の奥の瞼《まぶた》をピクつかせてトランス状態を装う。

「そんなものは若い愛人にくれてやったと言ってやれ。あれは七三年、こいつの恩知らずな母親がわしに触れるのをやめた年のことだ」

クロウアンクルは目を閉じたまま、娘に語りかける。「お父様はあなたを深く愛していらっしゃいます。その宝なら盗まれたとのこと」

「盗まれたって誰に？」

「ピヤティラカさん、宝のありかを教えてください」

クロウアンクルは眼鏡をはずすと、ソウルシンガーみたいに上下左右に頭をくねくねさせる。そのとき初めてやつの目が見える。色は白だが、ヘルパーたちとは微妙に違う。瞳の色は灰色で、真ん中に黒い点がある。それは見ずとも見える目、そこにないものを映す瞳だ。

爺さんが顔と眉毛を同時に上げる。娘はキンマの葉の上にさらに金を積む。

「この泥棒め。だあれがおまえなんぞに教えてやるもんかっ」そう言い残して爺さんは影の中へ憤然と去る。

「そろそろお父様を休ませてさしあげないと。久しぶりにあなたの顔を見て、いささか興奮しすぎたようだ」

娘はうなずき、財布の口を閉じる。「次回こそ宝石のことを聞き出していただけますか？」

「やってみましょう」と、クロウアンクル。

笑みをたたえ、どっかりと腰を下ろしたまま女を見送る。階段をのぼる女のコツコツという靴音が聞こえるまで待って、ようやくおまえたちのほうを向く。

「そこにいるのは誰だ？」噛みつくように言う。「誰に送り込まれた？」

その台詞がセーナとおまえのどちらに向けられたものなのかは定かではない。クロウマンの灰色の目玉はせわしなく動き回って、どこを見ているのかわからないのだ。

「さてはあのＪＶＰの小僧だな。セーナ・パティラナ、おまえだろう？」

「はい、尊師《スワミ》さま」

「おまえがわしをそう呼ぶのは百年早いわ。で、そっちはいったい何者だ？」

影のほうから笑い声が起こるが、何か言い返すべきか逃げるべきか、おまえには決めかねる。

「この人はささやく力を欲しがっているのです」

「仕事中には来るなと言っただろうが！」

「すみません、スワミニ」

「ときに、おまえがここに出入りするようになってどれくらいかね、セーナ・パティラナ？」

「月で数えて三十五ほど」

「で、わしをスワミニと呼ぶことを許されるのは？」

「あなたの弟子だけです、スワ――」

「で、わしの弟子になる条件とは？」

「三つの月ごとにあなたを訪ねること」

「そのとおり。おまえは仲間を大勢連れてくると約束した。それはどこにいる？」

「すでに言葉は広めました。約束はちゃんと果たします」

「で、連れてこられたのはこいつだけ？　こいつは何者なんだ？　ＪＶＰか？」

「この人は内戦の写真を撮ったせいで殺されたのです。ガールフレンドに伝えたいことがあるそうで」

　さらなる忍び笑いが起こって、おまえは影に目を凝らす。そこに潜むのは、人間と呼ぶにはあまりにも異形の者たちだ。

「おまえの名前は？」

「マーリンダ・アルメイダ」

「アルメイダ、問題を抱えているようだな。だが、そんなのはわしの知ったことではない。おまえが誰かも、何を信じているかも、何をしてきたかも、わしには関係のないことだ。肝心なのは取引だけ。おまえがわしに協力するなら、わしも力を貸してやろう。話はそれだけだ。わかったか？」

　おまえはうなずく。すると、暗がりから人影が現れる。小柄な少年で、片方の手がない。少年は紙切れを手に机に向かうと、スズメたちにヒヨコ豆を与える。生身の人間か、あるいは霊魂なのか。わかるのは、そのどちらにも見えないことだけだ。

「クロウアンクルは眼鏡なしでは何も見えない」洞窟までの道すがら、セーナはそう説明していた。

「八八年の爆弾テロでやられたという説もあれば、地雷のせいとも、蛇に噛まれたとも言われている。あの人の洞窟で冗談を飛ばしていいのはあの人だけだ。くれぐれも減らず口を叩かないようにね」

「クロウアンクルが眼鏡をはずすと、世界はぼやける。餌付けした鳥も、祭壇を作ってやったスラム街の住民も、嘘を聞かされる顧客も、あの人には見えない。でも、あの人には霊魂が見える。幽霊の声が聞こえる。幽霊のほうも、あの人の声が聞こえるんだ」

スズメっ子《スパロウボーイ》の物語にも諸説ある。片手を失った原因は鉄道事故だとか、八八年の爆弾テロだとか、はたまた、おじから受けた虐待のせいだとか。彼は残ったほうの手にペンを握って机に向かう。洞窟の壁の細長い出っ張りには、ココナッツの葉で作られた不格好な人形たちと、炭をこんもり盛った鉢、それに、彫刻を施された箱が並んでいる。

「まずはおまえのガールフレンドをここに呼び出す必要がある」クロウアンクルが言う。

「黒魔術を使うのか？」おまえは尋ねる。「フーニヤムを？」

「違うわ、バカモン。はがきを書くんだよ」

セーナはいつのまにか暗がりに消え、見えざる者と語らっている。セーナは少年が口をきかないと言っていた。クロウアンクルの前で少年に話しかけるのはひどく無礼なことだとも。

「その友人の名は？」

「ジャクリーン・ヴァイラヴァナタン」

「住所は？」

「ゴール・フェイス・コート四の十一」

「彼女のために明日の予約を取っておこう。呼べば、たしかに来るのだろうね？」

「そう願うよ」

「ただ来るだけでは足りんのだ」クロウアンクルは二本の指を使ってピカピカ光る真鍮《しんちゅう》の鉢から軟膏のようなものをすくい取ると、それをはがきに塗りたくる。「坊主《コッラ》、これを届けてくれるかね？そうそう。彼女にはおまえの私物を何かひとつ持ってきてもらう。おまえにとって大切なものを。それが何で、どこにあるかを教えてくれ」

おまえはいっとき思いをめぐらす。トランプのカードが目の前でぱたぱたと翻る。エース、キング、クイーン、そして、死んだ犬。おまえは彼に答えを告げる。少年が裏口からゆっくりと出て行く。たいていの客と違って、そこをくぐるのに身を屈める必要はない。

「いいか、マーリンダ。これが世の理なのだよ。神はわしに才能を授け、同時に呪いをかけたもうた。わしの生きる世界はぼやけているが、わしにはすべてが見えるのだ。金持ちや権力者はこぞってわしに助けを求める。すべてはわしのこの慎ましさと類まれなる能力のおかげなのだ」

クロウアンクルの背後にはいくつもの影がうずくまり、その耳にささやきかけている。彼はうなずき、首を横に振る。

「わしへの質問は禁止だ。何が必要か話してみろ。わしの力が及ぶ限りで、それを授けてやるとしよう。おまえの望みが生者に話しかけることならば、力を貸せる。誰かを祝福したいなら、それも可能だ。呪いたい場合は、ちょっとばかり高くつくぞ。ただし、おまえにはわしに借りができる。その借りはきっちり返してもらう。わかったかな？」

影は今、クロウアンクルの耳たぶの周りに寄り集まっている。セーナは隅っこに立って、クロウアンクルに頭を下げろ、と身振りで促す。おまえはそんなことはしない。

「わしはおまえにささやく力を授けられる。生者に取り憑く力だって授けてやれるぞ。ただし、おまえのほうもわしに力を貸さねばならない。それができるかね？」

おまえは肩をすくめ、見かねたセーナが間に入る。

「はい、スワミニ。喜んで」

「おまえは約束した軍隊を連れてこい。それができなきゃ、黙っておれ。わしはこのバカモノから直接答えを聞きたいのだ」

「あんたに頭を下げる気はない」おまえは言う。

「ならば、なぜひざまずいているのかね？」クロウアンクルが尋ねる。

おまえは目の悪い者に真実を言い当てられてはっとするが、歴史や神話をひもとけば、それはけっして珍しいことではない。

『ローマ・オランダ法注解』

スパロウボーイがエレベーターの外で待っていると、ジャキが仕事から帰ってくる。彼女は二日酔いを抱え、放送局《SLBC》での早朝のシフトを終えたところだ。ジャキの足の引きずり方を見れば、飲んでいたのかギャンブルをしていたのか、おまえにはいつだって見分けがついた。スパロウボーイはロビーを横切ると、彼女にはがきを手渡す。それはやけにべとついていて、ラベンダーとツボクサのにおいがする。

「何これ?」

スパロウボーイは自分の口を指さすと、音もなくそれを開いて閉じる。スパロウボーイが一番下に書かれた宛先を見せ、ジャキがそれを読むあいだ、おまえは彼女の肩にもたれかかって、彼女の耳にささやきかける。ジャキの耳はふっくらとして、いくつもの曲線が層を成している。軟骨が織り成すこれらの起伏にどんな過去生が秘められているのだろうか、とおまえは思う。

　ミス・ジャキ・ヴァイイラヴァナタン、
　アルめイダがあなたと話をしたがっています。
　アドレスちょうを持ってきてほしいと言っています。
　ば所はいしょうだんすの中、テディベアの下。
　明日の朝、コタヘナのこうさてんまで来てください。
　コッラがあん内いたします。

こんな胡散臭い呼び出しに、ジャキ以外の誰が応じるというのだろう?　前も彼女は〈ペガサス・カジノ〉に母親のクレジットカードを持って駆けつけてくれた。長距離電話で食らった説教についてはひと言も口にせずに。アッカライパットゥで見たくすぶり続ける乳児の亡骸《なきがら》について話したときには、手持ちの精神安定剤《ハッピーピル》の最後の一錠をくれたんだ。

「どうしてもう終わりにしないの?」ジャキは尋ねた。「そんなにお金がいいわけ?」

「そうじゃない。いいのは、このおれ」

「はいはい」

「おれには得意なことなんてひとつもなかった。けど、被写体に近づいて決定的な瞬間をとらえる術なら心得ている。カメラの腕が最高とは言わないが、いつだってここぞって場面に居合わせるんだ。どっちの味方かとかは関係なくな」

　酔っぱらったジャキを抱えてタクシーから降ろしたことなら何度もある。柄の悪いあんちゃんたちから守ってやったことも数知れない。おまえが遠征に出ているあいだ、おまえの家賃を出してくれたのはジャキだ。おまえがカード遊びにうつつをぬかすあいだ、ＤＤに嘘をつき続けてくれたのもジャキだ。

　ジャキはおまえをコロンボ3のクラブに、コロンボ4のサロンに、コロンボ5のカジノに、コロンボ7のパーティーに連れ出した。セーナなら金を払ってでものぞいてみたがるような場所ばかりだ。おまえは彼女が処方箋で手に入れ、ジンで割った各種錠剤の恩恵に与《あずか》った。それから、おまえは嬉々として彼女が職場で起こした騒動や親戚とのもめごとを解決した。オフィスで働いた経験もなければ、おじと呼べる縁者もいなかったくせにな。

　あいつのかかりつけの精神科医（ハッピーピルの売人とも言う）を受診して、おまえがよく見る悪夢について相談するよう勧められたときも、相手がジャキならカチンと来たりはしなかった。

「悪夢ってなんだよ？」

「あなたが毎晩見てるやつ」

「おれは夢なんて見ない」おまえは言った。

「ううん。あれは夢って感じじゃない」

「なんで知ってんだよ？　おれの部屋に来てんのか？」

問題はいわゆるスキンシップってやつだった。つないだ手、触れ合う肩から始まったそれは、ある晩、太腿に置かれた手、髪を梳く指に発展した。触られるたび、ピエロにくすぐられてるみたいな感じがした。彼女が唇をおまえの唇に重ねたときには、おまえは思わずぶるっと震え、それから笑ってごまかした。それを境にいろんなことが妙な感じになったんだ。

「あなたがその男の子《コツラ》なのね」ジャキがスパロウボーイに言う。

スパロウボーイはうなずき、数をかぞえるのを覚えた子どもみたいに、指を広げてみせる。

「朝ごはんは食べたの？　マールパン食べる？」

スパロウボーイが首を横に振る。

ジャキは栗色のハンドバッグから魚入りのカレーパンを二個取り出す。それは彼女がいつも持ち帰ってくる食べ残しの夜食だ。

「どうぞ。食べて。心配しないで、わたしはあなたの友だちだから」

ジャキをじっと見つめたまま、スパロウボーイがパンにかぶりつく。

「明日行けばいいのね？」

ほっぺたにパンくずをたくさんつけたまま、スパロウボーイがこくりとうなずく。

「朝？」

もう一度こくり。ごちそうを堪能した彼の顔には微かな笑みすら浮かんでいる。

「ここに迎えに来てくれるの？」

スパロウボーイは切り株みたいな腕の先で「コタヘナのこうさてん」と書かれた辺りを指し示す。

それは数時間前、彼自身がこのはがきにペンでしたためた言葉だ。ジャキはうなずき、古いエレベーターに乗り込む。

ジャキはおまえとは絶対に口論をしなかった。悲劇のヒロインぶることもなかったし、DDみたいに醜態をさらしたりもしなかった。そのかわり、「オッケー」と言ったきり、黙りこんでしまうんだ。だけど、そのどんよりした目、おまえに向ける中途半端な笑みを見れば、ひどく怒っていることがわかった。

両親には会えないと言ったときも、彼女抜きで〈ブルーエレファント〉に通っていることを打ち明けたときも、予備の寝室に移ると告げたときも、ジャキはオッケーと言った。今まさに彼女はその寝室に入って、衣装だんすの扉を開ける。額装されたレントゲン写真を、ずらりと並んだジャケットとシャツを、青酸カリを忍ばせたチェーンを、彼女は見る。

ジャケットとシャツが秋色なのは、ジャングルにとけこみ、街中で目立つためだった。口腔内と胸部のレントゲン写真は自動車事故に遭ったあとに撮影されたもので、その事故とは、おまえと年上の紳士と運転中の無分別なフェラチオが引き起こしたものだった。おまえはこの写真をアートプロジェクトに仕立てようとしたが、他のたいていのことと同じで、その計画は途中で放りだされてしまった。そして、薬瓶はと言うと、政府軍の依頼を受けてキリノッチで撮影した死んだ〈虎〉の体から拝借したものだった。

ジャキはテディベアも見つける。おまえの父親はそのぬいぐるみといっしょにコロンボから性病を持ち帰り、それが親父《ダダ》からおふくろ《アンマ》への別れの贈り物となった。病の名は絶望だ。おまえのダダはミズーリの病院で死んだ。それはおまえが彼の死の床に向かう途中、ラガーディア空港で足止めを食らっていた間のことだ。ともあれ、おまえは電話越しに死にゆく父から金言をたまわった。

「アンマを責めてはいけないよ。あれは善良な女だった。おれたちは相性が悪かったのさ。自分のジョークに笑ってくれない相手とはけっしていっしょになるべきじゃない。それにしても、なぜ今頃やってきた？　手紙には一度も返事をくれなかったのに」

　ダダは誕生日ごとにおまえに手紙を書いたと言った。もろもろの謝罪と、おまえへの助言を書いた手紙だ。そんな手紙は見たことがないとおまえが言っても、信じようとしなかった。

「ジョーク自体が面白くなかったら、どうするんだよ？」おまえは尋ねた。

「おまえ、まだ写真をやってるのか？」ダダは尋ねた。

「内戦の写真を撮ってるんだ」

「取るのはＭＢＡじゃなかったのか？」

「それは十年前の話だよ」

「まったく不毛な内戦だよ。今じゃ、タミル人は島の半分を要求している。おまえは自分が時間を無駄にしているのがわからんのか？」

「具合のほうはどうなんだ？」

「おれはじき死ぬ。これはおれからおまえへのアドバイスだ。とにかくやりたいことをやれ。どうせ誰もがいずれは死んでしまうんだから」

「で、あんたは何をやったんだよ？」

　おまえは異国の空港で暑さにじりじり焼かれていて、電話の向こうではおまえの諸悪の根源が最後の言葉を吐こうとしていた。いやだよ、ダダ。まだ行かないで。おまえは受話器を握りしめ、公衆電話に二十五セント硬貨をもう三枚入れると、これは〈ペガサス〉のスロットマシンなんだと想像した。

「なあ、聞いてんのか？」

おまえはマシンのレバーをぐいと引き、あとは成り行きに任せた。

「あんたらの世代がこの国をダメにしたんだぞ。なのに、とっとと逃げるのかよ」

「途中で投げ出すな？　んなこと、あんたに説教できた義理かよ？」

受話器の向こうで息をのむ音がして、おまえはひと呼吸置いてから、十代の自室で練り上げて以来ずっと胸に温めてきた台詞を吐き出した。

「あんたは何も成し遂げちゃいない。このまま終わりを迎えるだけだ。おれの撮った写真はおれたちみんなが死んじまった後も残る。あんたがこの世で成した善行と言えば、おれを種付けしたってことだけさ」

ようやくミズーリまでたどり着いたとき、おまえは父親がおまえとの電話の最中に心臓麻痺で死んだことを知らされた。ダルリーンおばさんはおまえに葬式には出てくれるなと言い渡し、腹違いの妹二人は玄関先にすら顔を見せてはくれなかった。ジェニー・カバラナとトレイシー・カバラナがおまえからの電話に出ることはなかった。

・・

ジャキはテディベアを手に取り、その下にアドレス帳を見つけると、「オッケー」とつぶやく。ＫＶＧの本屋で買ったそのアドレス帳は、おまえの本棚に並ぶどの本よりも長く生きてきた。ジャキは見知らぬ名前の数々に眉をひそめるが、じきにおなじみのマークを見つける。スペードのクイーン。それと、〈ホテル・レオ〉の電話番号も。

「オッケー」とまたつぶやいて、彼女はそれを自分の部屋に持っていく。予備の寝室を出るとき、ドアのフックにぶら下がる赤いバンダナに目を留める。もしもジャキに聞く気があるなら、そこにこびりついたたくさんの染みのうち、どれが泥で、どれがガソリンで、どれが血かを教えてやるのにな。

ジャキの部屋のカーテンは閉め切られ、明かりは落とされ、バックでは惨めな英国のバンドが陰気な声でうなっている。鏡の横の壁には、写真がべたべた貼ってある。多くはおまえが撮ったもので、おもな被写体は自称「いかした三人組」。ただし、そう呼べるのは、つまらない口喧嘩をしていないときに限るが。写真の中で、ＤＤ、ジャキ、そしてマーリはヤーラやキャンディやウィーンへ休暇旅行に出かけたり、〈アーツセンタークラブ〉で飲んだくれたりしている。

アドレス帳の名前は、いくつもの顔を持っていたおまえの人生のいくつもあったステージごとに、異なる色のペンで書き込まれている。おばさん、いとこ、愛人、配管工、ギャンブラー、泥棒、それと、ごく大切な男女が何人か。すぐに誰だか思い出せる名前もあれば、沈黙のみをもたらす名前もある。それはおまえがその名前の主を心底怖れている証拠だ。ジャキはそこに並ぶ名前のほんの一部しか知らないが、だからと言って、あいつは驚きも取り乱しもしないだろう。ＤＤと違って、ジャキはおまえの人生にも時間にも愛情にも、自分がなんの権限も持たないことを受け入れる境地に達していたから。

アルストン・コックからザルーク・ザヴァヒルに至るページをめくる過程で、ジャキは番号の横に名前の代わりにボールペンで描かれたトランプのマークをまたいくつか見つける。それはあの封筒と同じマーク、同じロイヤルストレートだ。彼女はアドレス帳を膝の上に置くと、虚空を見つめる。おまえはまだ生きていてどこかに隠れているんだと自分に言い聞かせているのだろうか。それとも、ハッピーピルとブラックジャックの午後、レコードプレイヤーがまだ壊れていなかったあの日々を思い出しているのだろうか。シェイキン・スティーヴンスやエルヴィス・プレスリーやフレディ・マーキュリーをかけて（ただし、スキンシップはなしで）過ごした夜を。

　ジャキは再びアドレス帳を開き、親指でページを繰りはじめる。番号の横に赤いボールペンでダイヤのエースが描かれたページにたどり着くと、そこを開けたまま、電話に向かって歩いていく。

・・

幽霊でいるのは、戦場カメラマンでいるのとさほど変わらない。延々と続く退屈の合間に、突発的な恐怖が時折挿入されるだけ。アクション満載なんてことがないのも同じで、大方の時間は何かを眺める人々を眺めることに費やされる。まこと人間とはよく眺め、始終屁をこき、自分の生殖器をいじくりすぎる生き物なのだ。

　たいていの人間は自分が独りぼっちだと思っているが、往々にしてそれは誤りである。ごくごく少なく見積もっても、唾を吐けば届く範囲に百匹の虫がいるし、触れるものすべての表面には、ざっと二、三兆のバクテリアが存在する。そうとも、その中にはこちらをじっと見つめているやつもいるんだ。

　いつだってそこには何かが浮遊していたり、通り過ぎたりしているが、その浮遊し通り過ぎる何かの大半は、こちらに対してこちらがミミズに寄せるほどの関心しか持っていない。あんたが今いるその空間にも、少なくとも五人の霊魂がさまよっている。ひょっとしたら、そのうちのひとりはあんたの肩越しにこれを読んでいるところかもしれない。

おまえは電話のそばに座り込んだジャキを眺める。彼女は今、自分の髪をちびちびと噛んでいる。行儀の悪いこの癖は賭場で身につけたもの。賭けるか降りるか決められないとき、あいつは決まって耳の後ろから髪をひと房引っ張ってきて、パクッとくわえてカジカジするんだ。

ジャキはアドレス帳を開くべきではないし、あの番号に電話をかけるべきでもない。彼女が今集中すべきなのはネガを入手することだ。さもないと、おまえと同じ目に遭うのがオチだ。

おまえは彼女の耳にささやき、彼女の前に立って叫ぶ。シェイキン・スティーヴンスをひと節歌ってみたりもする。と、そのとき、窓の向こうに顔がぬっと現れる。頬が紅潮して、熱でもありそうだ。それと、ここは四階だ。

セーナの顔はベガス時代のエルヴィスみたいに膨れ上がっていて、スズメバチの大群にでも襲われたかのようだが、口のきき方は相変わらずガンパハっ子そのものだ。

「おい、くそったれ《アドー、フットー》。来いよ。仕事だ」

・・

セーナはおまえを連れてペター経由で北へ向かう。風はゆるやかに吹いていては、ふいに凪ぐ。

「今夜は荒れてるな。やけに食屍鬼《グール》が多い」

セーナの言うとおり、デマタゴタでは、牙を生やした食屍鬼《グール》たちが信号をにらみ、どのスリーウィーラーをぺしゃんこにしてやろうかと物色中だ。餓鬼《プレータ》たちはゴミ箱を漁る物乞いたちにまとわりついて、味を盗んでは食い物を腐らせている。

　セーナは行き先を明かさない。そのかわりに経済学の講義を始める。

「ここの通貨はルピーでもルーブルでもなければ、債券でもココナッツでもない。徳《ヴァラム》だ。ヴァラムを積めば積むほど、人としての価値は高まる。自分自身に対しても、他人に対してもね」

　セーナによれば、ヴァラムを集める最良の方法は人々に祈りを捧げてもらうこと、自分だけのためにろうそくに火を灯し、花を供え、かぐわしい香やツンとくる粉を焚いてもらうことなんだそうだ。バヒラワ、マハソナ、カダワラ、黒王子といった悪霊はみな、信者たちが供える籠に入った腐りかけの果物からパワーを得ているのだ。

「なるほどな。けど、おれたちは神じゃない。祭壇もない。おれたちみたいな雑魚はどうやってヴァラムを集めりゃいい？」

　それには答えず、セーナは運河沿いを、割れたレンガが敷き詰められた小道めざして飛んでいく。スラム街に面したその小道は漂着したゴミの間を縫うようにして、マンゴーの木の下の石のテーブルへと続いている。

　セーナによると、クロウアンクルはここで貧しき者、悩める者、体の不自由な者のために祈禱《きとう》の会を催しているのだという。粗末な祭壇のもとに集うのは、路上生活者、スラム街の住人、物乞い。その祭壇とは、崩れた掘っ立て小屋から失敬してきた古ぼけたアーチの下に石のテーブルを据えたもので、さまざまな神の像や悪魔の仮面が所狭しと並べられている。ブッダ、ガネーシャ、マハソナ、いずれの周りにも枯れた花が供えられているが、会衆の目当ては他にある。

祭壇の中央にあるのは、稚拙な漫画めいた悪霊《デーモン》の絵。この国の仏画には珍しく、チベット様式で描かれている。その漆黒の目、牙、蛇の髪には見覚えがある。髑髏を連ねた首飾り、指をジャラジャラとぶら下げた腰帯、肉に囚われた無数の顔にも。

「こいつら、マハカーリーに祈ってるのか」おまえは嫌悪も露わにつぶやいて、セーナにじろりとにらまれる。

クロウアンクルはスパロウボーイに命じて祭壇に骨董品を並べさせていた。そのひとつひとつが彼に助言を求める魂の象徴。クロウアンクルに協力した者はたっぷり祈禱を捧げられ、望みの能力を手に入れるために必要なヴァラムを積むことができるのだ。

「権力者を味方につけておくと、何かと役に立つものさ」

「真の同志は言うことが違うな」

「友だちに話しかけたいなら、これが一番簡単な方法だ」

あの少年《コツラ》にはおまえの姿が見えないし、クロウアンクルのような魔力や呪力もない。だが、おまえが運ぶ風を感じることはできる。その証拠に、こいつはおまえがそばに来るたび、ぶるっと震えて鳥肌を立てる。おまえはスパロウボーイが祭壇にいろんなガラクタ――服の切れ端、名入りの本、髪の毛にくるまれた歯――を並べるのを眺める。

「必要なのは故人の私物。ぼくの父《タティ》さんははるばるガンパハからぼくの学校の制服を持ってきたんだ」

「なあ、スパロウボーイはどうしちゃったんだ？」

「自分で訊きなよ」

スパロウボーイは見るからに興奮していた。ひとつかみの線香に火をつけたかと思うと、煙と灰を空中にばらまくようなしぐさを見せる。まるで杖の使い方を覚えた魔法使いのように。

「ミスター・ピヤティラカを見つけなさい」線香で虚空を鞭打ちながら、スパロウボーイが告げる。「彼がお宝を隠した場所を突きとめるのです」

スパロウボーイにはおまえの姿が見えていないが、その目はまっすぐおまえを見つめている。彼がその杖で空気を叩くと、東から吹く風がおまえを見つける。風はおまえを横殴りにする。

「しっかりつかまって」と、セーナ。「最初の任務の始まりだよ」

・・

かつてミスター・ピヤティラカとして知られた幽霊は大人物とは言いがたい。まだ髪はあると自分に言い聞かせる禿げかけた男であり、よく手入れされた口ひげは七難隠すと信じ込むいびつな乱《らん》杭歯《ぐいば》の持ち主だ。だからこそ彼が取り憑く広大なお屋敷がいっそう立派に見えるとも言えるが。

その邸宅はボレッラ墓地に程近く、スリランカ全土（ただし、コロンボ8は除く）から集めた動物相で飾られている。先祖伝来のワラウワ（植民地時代に建てられたスリランカ人高官の邸宅）を思わせる母屋に、もう一軒邸が建てられそうな広い庭とヴィンテージカーがひしめく車庫を擁している。クロウマンの洞窟で見た肉付きの良い女は今日も厚すぎる化粧と少なすぎるデオドラントを施して、上腕二頭筋が発達した若い男に六〇年代製のジャガーとおぼしき車のトランクを空にして座席の下をのぞくよう指示を飛ばしている。

ミスター・ピヤティラカはその様子を憤慨しつつも面白そうに眺めている。だが、顔を上げ、グリーンのモーリスマイナーの傍らに浮遊するおまえとセーナを見つけるや、その表情はにわかにかき曇る。

「クロウアンクルのやつ、今度はおホモだちを送り込んできたってわけか？　いい根性だ。悪いが、わしの土地からとっとと出て行ってくれ」

若い男が七〇年代製フォードの下に潜って、金属製の車台をガンガン叩きだす。

「いいぞ、もっとやれ、このたわけ者めが。売女《ばいた》のごときわが娘はとっくにおまえに愛想を尽かしておる。おまえが傷物にしたその車、売れるもんなら売ってみろってんだ」

ミスター・ピヤティラカはふわふわと車庫から出ると、熱帯雨林を模した庭へ飛んでいく。「だあれが車なんぞに隠すものか！」と、あざ笑う。「あれはわしのじいさんのそのまたじいさんから受け継いだ家宝だ。いつの日か孫たちがあれに値する人間になってくれることを願うばかりだ」

庭の隅には、部屋ひとつだけの小屋がある。コテージと言うには小さすぎるし、納屋と呼ぶには大きすぎる。爺さんはそのバルコニーにちょこんと座って、にんまり笑う。「おまえさんたち、とんだ無駄足だったな。当ててみようか。わしの秘密を売ればヴァラムをやる、とクロウマンに言われたんだろ？　おまえさんたちはあいつに利用されているだけさ！」

「サー、宝石なんてあんたにはなんの役にも立たない。なぜ手放そうとしないんだ？」

小屋の中に滑り込むと、そこはまるで法律家の執務室だ。壁の二面を占める書棚は法律書で埋め尽くされている。残りの壁を飾るのは、額装された学位記や免状、ミスター・ピヤティラカと娘たちの写真だ。

「兄弟でまともに勉強したのはこのわしだけ。今頃、他のやつらはみなポロンナルワで馬鹿話に花を咲かせておるわ」

「ここにあるのは、あんたの本か？」

「父親が弁護士だったんだ。わしは商売の道を選んだがな。だが、法律の知識はあるぞ。ヴァラムがなんたるかもわかっておる」

　セーナは戸棚や衣装だんすに出たり入ったりしている。床板の下に潜ったかと思うと、天井裏までよじ登り、この部屋のかつての占有者をさらに面白がらせる。

「何も見つからんよ。そこならとっくに娘が愛人のひとりに探させた。子どもは相続する財産に見合う働きをするべきだ。そういう法律を誰かに作ってもらいたいもんだね」

　セーナはさっさと仕事に取りかかるようおまえに目顔で合図をよこすが、家主の態度からして、お宝はここには隠されていないとおまえはにらむ。と、そのとき、車庫のほうから娘の金切り声が響く。どうやらボーイフレンドがスパナを持ち出して、車の価値を半減させにかかっているようだ。

「クロウマンのところへ戻れ。ここには見るべきものなどない」言いながら、ピヤティラカはうっとりと法律書を眺める。「法律家なんてアホらしい。なってたまるかと思っていた。だが、法律は必要とされている。でっち上げの宗教では解決できない問題があるからな」

「無神論者がここにもひとり」おまえはそう言って、法律書の中に首を突っ込んでみる。

「塹壕の中に無神論者はいない」（「苦しい時の神頼み」と同じ意味の諺）と俗に言うが、死後の世界は塹壕とは違うらしい。本はひどくカビ臭く、咳き込まずにはいられないし、くりぬかれた本の中に宝石がぎっしり、なんてこともない。そこにあるのは、巻は違えど同じタイトルの本ばかり。一六五二年刊行の『ローマ・オランダ法注解』。著者はサイモン・ヴァン・リューウェンだ。ちなみに、ローマ人とオランダ人がとうの昔に放棄したローマ・オランダ法に従ったのがこのスリランカという国である。

「わしは信心深いほうではなかったが、神の存在は信じていた」ピヤティラカは言う。「あるとき、癌が見つかってな。わしはさまざまな聖典を読み、いく人もの聖職者を訪ね、あちこちの聖地で祈りを捧げた。だが、その祈りが聞き届けられることはなかった」

「戦地の人々も毎日祈りを捧げてる」おまえは言う。「兵士も民間人も記者さえも。聞き届けられたためしはない」

「こうした法律書が必要なのは、宗教は婦女暴行を禁じることさえしないからだ。知っていたかね？　十戒は日曜にみだりに神の名を唱えることを禁じはするが、『汝強姦するなかれ』とはどこにも書かれていない」

「嘘だろ」おまえは言う。

「ヒンドゥー教の戒律は禁欲や貞節には触れているものの、婦女暴行への言及はない。仏教の『不邪淫戒』にしても同じこと。他の宗教だって、ベーコンや包皮やギャンブルは禁止しても、レイプはその限りではないのだ」

「法律ってのはさ」おまえは言う。「自分以外の人間に悪いことが起きても気にしないやつらの手で書かれているからな」おまえはＤＤとロンドン・スクール・オブ・エコノミクス仕込みの利己主義を思う。度重なる口論のひとつで交わされたこんなやりとりも。

「たしかに人々の苦しみは絶えることがない」ＤＤは言った。「その苦しみを法律で取り締まり、マクロレベルで減らすことはできる。だが、根絶するのは不可能だ。自分の周りの人間には悪いことが起きないように願うのがせいぜいだね」

「たまたま生まれついただけの境遇を笠に着るのは違うだろ」

「ああ」DDはうなずいた。「だが、それを享受するのはかまわないはずだ」

「悪いことは他人の身に起きろってか」おまえはぼそりとつぶやいた。「アイルランド共和軍《IRA》支持者の保守党員みたいな言いぐさだな」

セーナはこの部屋と車庫、さらに母屋もくまなく探したが、お宝は見つからない。「来いよ、マーリ。きっと庭に埋まってるんだ」

「あの売女は金属探知機を持った男を連れてきたこともあったな」ピヤティラカ氏が声を上げて笑う。「あれは傑作だった。だが、おホモだちの幽霊二人組がわしの庭の泥に首を突っ込むのを眺めるほうがよほど愉快だわ」

おまえはずらりと並んだローマ・オランダ法の本と、遺恨にしがみついて成仏できないしたり顔の爺さんを眺める。それからふと、自分の父親もミズーリの〈はざま〉をさまよっているのだろうか、と思う。ひとり息子を思い出すことはあるのだろうか、と。

「無駄だよ、セーナ。宝石なんて見つからない」

「そのとおり。クロウマンのところに戻って、娘から金を巻き上げるのはやめろと伝えてくれ」

「宝石なんてないんだ」

「だから、さっきも言っただろうが！　一九七三年に愛人にくれてやったと」

「もし爺さんの宝のありかをおまえに教えたら、クロウマンはおれにささやく力を授けてくれるか？」

「もちろんだよ、マーリ卿。間違いない」

セーナは怪訝そうな顔でおまえを見る。ミスター・ピヤティラカの目がふいに陰る。

「二人とも、そろそろ帰ってもらおうか」

「法律書だよ。三百年前の初版本、全四十九巻。車庫の車を全部合わせたより価値がある」

ピヤティラカが金切り声を上げておまえめがけて突進してくる。セーナがすかさずおまえを脇へ引っ張り、怒れる法律家の息子は書棚に激突、巻き起こった風で扉がバタンと閉まる。風はシロアリに齧《かじ》られた棚の上ですでにぐらついていた四十九巻をその下の三十二巻の上に落とす。三十二巻は三十三巻から三十八巻の上に落ち、三十三巻から三十八巻は雪崩を起こして下段を直撃、その衝撃で一巻から二十三巻が空爆をくらったビル群みたいに次々に床へ崩れ落ちる。

駆けつけたピヤティラカの娘と若いツバメを迎えたのは、鼻をつく異臭と荒れ狂う風、そして、床に散らばった大量の法律書だ。

第三の月

人間は憶えていたいものを忘れて忘れたいものを憶えているものなんだ。

コーマック・マッカーシー『ザ・ロード』(黒原敏行訳、早川書房)

声

「で、どうすんだ？　いつまでピヤティラカの爺さんから逃れてこの木に隠れてるつもりだ？」

「焦っちゃダメだよ、ご主人様《ハームー》。このままここでクロウマンの連絡を待つんだ。そのうち必ず来るからさ」

おまえはマーラの木のぐらつく大枝によじ登り、さらに高い枝をめざす。風を受けた葉が息を吹き返し、おまえの顔をしきりに引っ掻《か》こうとする。花は生傷の色、榴散弾に引き裂かれた皮膚の色だ。

セーナはクロウアンクルが授けてくれる能力についてまくしたてている。「サー、あなたは虫を操ることも誰かの夢枕に立つこともできるようになる。生者に取り憑くことだってできるんだ」

おまえは公園を行き交う人々を眺める。このどこにでもいる平凡な人たちにはおまえの姿が見えていない。彼らの半数以上には霊魂がくっついていて、背中に乗ったり、並走したり、耳にささやきかけたりしている。

頭の中で誰かの声がすることには、ずっと前から気づいていた。その声はおまえの人生の物語をすでに起こったことであるかのように語る。おまえの一日にナレーションをつける全知の語り手。同情するのはやめろとか、自分の得意なことをやれとか、指示を飛ばしてくるコーチ。ブラックジャックで勝つのも、若い農民を誘惑するのも、危険な場所を写真に撮るのも、この声がさせていることだと思っていたんだ。

おまえを五カ所の戦闘地域に導いたのもその声だ。ご丁寧に一カ所ごとに雇い主を変えて。おまえをカジノに、路地裏に、暗いジャングルの名前も知らない男たちのもとに導いたのもその声だ。だけど、やっぱり腑に落ちないことがある。背中の上の霊魂が耳にささやきかけているとして、それに気づけるのはどういうわけだ？　たとえ気づけたとしても、それ以外のささやきとどうやって聞き分けることができるんだ？

誰かがおまえの名を、続いてセーナの名を口にするのが聞こえる。声の主はクロウアンクル、今のおまえと同じくらいイラついているようだ。今やなじみとなった実はそんなに不快でもない感覚に、またしてもおまえは飲み込まれる。気づくと、そこは鳥と果物だらけのあの洞窟だ。無数のろうそくの火が揺らめきながら歌っている。

おまえは格子で二等分された丸窓のそばに浮かびながら、数多の神々が祀られた祭壇を見下ろす。一番デカいご神体は髑髏《どくろ》の首飾りで身を飾っているが、厳密にはそれは神ではない。それを言うなら、ブッダも神ではないけどな。その周りにひしめき、こうべを垂れているのは、家なき家族、この界隈では物乞いの名で知られる連中だ。運河の南でロティを売るご婦人もいれば、車椅子に乗った宝くじ売りもいる。あの靴修理職人の面構えを見ろよ。もしもコロンボ7に生まれていたら、一流企業を経営できるだけの才覚だか鈍感さだかを持ち合わせていそうだ。

「やっと来たか！」クロウアンクルが吠える。視力のない目が洞窟じゅうをさっと見渡し、おまえたち二人が縮こまっている一角に留まる。「ピヤティラカの件はよくやった。その調子で頑張ってくれよな」それから、赤いハンカチに向かってくしゃみをし、盛大に洟《はな》をかむ。

「ささやき方はいつ教えてもらえるんだ？」おまえは叫ぶ。「話をしなきゃならない人がいるんだ」

「跳ぶ前に這え、だよ、ミスター・マーリ」

セーナが頭巾を脱いで、にこやかに笑う。「すみません、スワミニ。ぼくたちは奉仕するために来たのです」

「本当かね、ミスター・セーナ？　わしが奉仕するのはその価値のある者だけだ。ほら、ミスター・マーリ。お客さんだ」

見ると、戸口の脇の腰掛けにあの少年がちょこんと座り、残っているほうの手の三本の指で耳を掻いている。空っぽだった客用の椅子はもはや空ではない。そこに座っているのは、おまえの親友にして永遠の恋人未満、ジャキ・ヴァイラヴァナタンだ。

アドレス帳

ジャキは片手で顎を支え、もう片方の手を布製のバッグの中に突っ込んでいる。その手が握りしめているのは〈メース〉の缶であることをおまえは知っている。それはうら若き未婚女性が物騒なコロンボの通りを独り歩きするときに備えて、デトロイトにいる彼女の従兄弟が送ってよこした十二缶入りの箱に入っていたものだ。

ジャキは今、どんな危険を想定しながら、洞窟じゅうに目を走らせているのだろう。たしかにこの洞窟は危険な存在だらけだが、ジャキにはそれがひとつとして見えていないのだ。

おまえが起こした風がろうそくの火をかき消して、ジャキがビクリとする。

「さあ、彼が来ましたよ、お嬢さん。彼の私物は持ってきていただけたかな？」

「誰からわたしの住所を聞いたの？」

クロウマンはオームのマークが描かれたハンカチにくしゃみをする。内なる宇宙と内ならざる宇宙のシンボルを鼻水まみれにし、それからゴホンと咳をする。「残念ですが、お嬢さん、あなたのご友人はすでにこの世を去っている。彼は今、わたしに語りかけているのです」

「警察に通報しますよ」ジャキが言う。「聞こえてます？」

「彼女に確率を計算しろと伝えてくれ」おまえは言う。

「はあ？」

「確率だよ。こう訊くんだ、『確率はどれだけだ？』」

「なんの確率だって？　すまんな、お嬢さん。どうも今朝から風邪気味で。耳の聞こえが悪いんだ」

ジャキは手のひらから顔をぱっと上げると、毛抜きでむしった眉毛をつり上げる。「今、なんて言ったの？」

「テディベアの下のアドレス帳のことを誰かが知ってる確率はどれだけか、って彼女に訊くんだ」

「ん？　蝶が何をする確率だって？」

「その確率は二万三千九百五十五分の一だと彼女に言ってくれ。ストレートフラッシュより低い確率だと。この宇宙では数学と可能性がすべてだと彼女に言ってくれ。おれたちは生まれ合わせに支配される存在にすぎない、と」

クロウアンクルはこれを一字一句違《たが》えずに繰り返し、最後まで言い終えたとき、泳いでいたジャキの目から涙がひと粒こぼれ落ちる。

「あなたは彼の居場所を知っているの？」

「彼はここにいるんだよ、お嬢さん。ベッドの下の箱のことはもう忘れろ、と言っている」

「箱はもうないの。取られちゃった」

「そのことは彼もわかっている。心配するなと言っている。ネガを見つけろ、そう言っている」

ジャキを見ているうち、おまえは泣きだしてしまう。目も涙も、すすり泣くために必要なものは何ひとつ持っていないのに。それに、おまえが泣くなんて、女の子とセックスするくらい珍しいことだ。おまえは退却する〈虎〉を撮影するため、いくつもの死体をまたいで歩いたときも泣かなかったし、八歳の子どもが死んだ妹をあやすのを見たときも、税関で足止めをくらっている間に電話の向こうで親父さんが死んだときだって泣かなかった。

「さてと、アドレス帳を渡してもらえるかな？」

「嫌です」

ジャキはバッグに入れていた手を出して、スプレー缶の代わりに、染みだらけの赤いバンダナを引っぱり出す。それで涙を拭い、おまえのにおいを吸い込んでから、テーブルの上に置く。おまえの脳裡に無数のイメージが洪水となって押し寄せる。おぞましすぎて言葉にできないものばかりだ。目の前をべつの誰かの人生が走馬灯のように駆けめぐる。それは死体と血にまみれた人生だ。

おまえは叫び、クロウアンクルは耳をふさいで、また激しく咳き込む。

「落ち着け。さもないと、うまく行かんぞ。お嬢さん、彼はアドレス帳を渡してほしいと言っている」

「どうして？」

「王がなんとかと言っている。小人の王《キング・オブ・エルヴス》？ あるいは女王《クイーン》。あるいは……」

クロウアンクルはくしゃみをしては洟をかみ続け、おまえは彼に叫び続ける。

「ネガは小人の王と女王のところにあると彼は言っている。セーナ、そこにいるのか？ 叫んでちゃわからない、とやつに伝えてくれ」

おまえは落ち着いて言い直すが、やっぱりクロウマンには伝わらない。

「すまんな、お嬢さん。今日はどうも調子が悪い。彼は何か良からぬもの《ネガティヴ》の記録《レコード》があると言っている。それにはキングとクイーンとＤＤだかなんだかが関係している、と。とにかくアドレス帳を渡してほしい、とも言っている。ヴァラムを積むために必要なのだよ」

「あの人のものはこれ以上何も渡せない」ジャキが言う。「あの人が死んだというなら、死体はどこよ？」

クロウアンクルはバンダナを指でつまむと、少年に差し出す。

「これを祭壇に、コッラ。お嬢さん、今日はどうも体調がすぐれない。来週また来てくれたら、今度はちゃんとやりますよ。ともあれ、お友だちのことは残念だった。そうそう、寄付をお忘れなく。困っている人たちのためにね」

少年はバンダナを手に取ると、すたすたとジャキに歩み寄る。そして、しゃべる真似をするみたいに、顔をゆがめる。ゆっくりと口を開き、また閉じる。その声なき言葉はなんであってもおかしくないが、「ともだち」と言っていたんじゃないかな、とおまえは思う。ジャキは立ち上がると、髪をひと房口に含んで噛み、それから、身をかがめて裏口の向こうに姿を消す。アドレス帳もトランプのマークが記されたページもいっしょに消えてしまう。頼むから置いていってくれとおまえは叫ぶが、その声が彼女に届くことはない。

・・

「そいつっていったい何者なんだ？」

ＤＤは〈オッターズ・アクアティック・クラブ〉でバドミントンをして帰ってきたところで、カワウソ《オッター》ってこんな臭いなんだろうな、という臭いを発散している。

「さあね。占星術師とか？」

ＤＤが腰を据えているのは、いつもおまえが足をのせては怒鳴られたテーブルの上だ。彼のパパは以前アラブのどこかの国に大使として派遣されたことがあるのだが、その国では両足を上げるのは相手を見下すサインなんだとか。なんだかんだ言ってＤＤは父親の社会性を受け継いでいるのだ。素直に謝れないところも、やたらと反論したがるところも。

「呪術医じゃなくて？　それとも、魔法使い？　それか、ジェダイか？」

「はいはい、それでおしまい？」

「こっちはマーリの写真を取り戻そうとして裁判所通いをしてたんだぞ。なのに、おまえは占い師詣でかよ」

「どうして裁判所なんかに？　シリル大臣はあなたのお父さん《アッパ》のお友だちなんじゃないの？」

「警官が言うには、あの箱は証拠品なんだと。シリル・ウィジェラトネの弁護士は審査期間として六週間を要求している。六週間だぞ!」

　ジャキはぐちゃぐちゃのバッグの中からアドレス帳を引っぱり出す。DDを見つめ、彼が目を合わせるのを待つが、その瞬間は永遠に訪れそうにない。十代のディランはアイコンタクトをひどく嫌がった。それは自閉症の兆候らしいが、DDはレインマンではない。

「あの人、死んじゃったと思う?」

「縁起でもないことを言うなよ」と、DD。「死んでたら、わかるはずだ」

「どうやって?」

「とにかくわかるんだよ」

「じゃあ、拷問を受けてるかどうかもわかる?」

「そんなこと考えたくもない」

「どうしてよ?」

「考えても問題の解決にはならないからさ。占星術師を訪ねてもな」

「その人、マーリしか言わないようなことを言ったんだ」

「たとえば?」

　隠し事をしているとき、DDは決まって鼻をこする。ポーカーが下手なやつなら何人も知っているが、あいつはこれまでおまえが出会ったなかでも最悪のポーカープレイヤーだった。彼は鼻をこするのをやめ、その美しい指で汗まみれの髪を撫でつける。

　ジャキはDDの膝の上にアドレス帳をぽんとのせる。KVGの本屋で買ったあの手帳を。DDはそれを開き、見覚えのある二、三の名前に目を留める。「ハートのジャック」のマークが記されたページには、電話番号とニックネームがびっしり書き込まれている。ＤＤはそのリスト――バイロン、ハドソン、ジョージ、リンカーン、ブランド――を見て眉をひそめ、最悪の想像をめぐらせる。

「その手帳がマーリの衣装だんすの中に隠されてるって、クロウマンが教えてくれたの。テディベアの下にあるって。どうしてそんなことがわかったわけ？」

「どうせマーリが自分で言いふらしたんだろ。それか、うっかり口を滑らせたか」

「洞窟に住む盲目の占星術師に？」

「マーリはつるむ相手を選ばなかったからな。で、そのクロウマンってのは何者なんだ？」

「政治家やクリケット選手や広告代理店を助けてるんだって」

「どうやって？」

「魔除けとか星占い？　呪い？　邪眼？　とかそういうやつで。霊と話せるとも言ってた。馬鹿げた話だと思うよね。それはわたしにもわかってる」

「というか、みじめだ」

「わたしのおばさんはミニスカートなんて穿いちゃダメって言ってた。フーニヤムだかなんだかで呪われるからって。邪眼に呪われたら大変なんだって」

「で、呪われたことあるのかよ？」

「あなたが首にかけてるそれ。クロウマンはそういうのも売ってるんだよ」

おまえと違って、ＤＤが首にかけているのはひとつだけ。サンスクリット語が刻まれた小さな木製の円筒。それは二つセットで売られていて、かつてはＤＤの両親の首にひとつずつかけられていた。もっとも、それは五年前に彼のアンマが癌に命を奪われるまでの話。その後、スタンリーおじさんは両方をＤＤに譲り、将来結婚する女の子に片方を贈るように言って聞かせた。魔除けとしては、男女の血を混ぜ合わせて円筒に塗りたくるのが一番効果的なんだとか。そんなのは気色悪いと思ったＤＤは、ヤーラに旅行したときに、その片方をおまえに贈った。自分の部屋の壁紙を紫色に塗ったのはその後のことだ。以来、スタンリーおじさんはぱったり寄りつかなくなって、おまえに家賃を請求しだした。息子には請求しなかったが、それもＤＤが法律事務所を辞めるまでの話だった。

「そのクロウマンって見た目はどんな感じなんだ？」

「『燃えよ！カンフー』に出てくる『いいか、コオロギ』が口癖のお坊さんみたいな感じ」

おまえはぷっと吹き出すが、その声は誰にも聞こえない。ＤＤは普通のテレビをほとんど観ない。ましてや仏教徒が出てくる西部劇など、もってのほかだ。レンタルするのもドキュメンタリーやミュージカルのビデオだけ。おまえと初めていっしょに観た映画は〈リバティ〉でかかっていた『ブレードランナー』だったが、ＤＤはほとんどいびきをかきっぱなしだった。唯一いっしょに観たテレビ番組は、ヨークシャーテレビの法廷ドラマ、『クラウン・コート』だ。

「『燃えよ！カンフー』は観たことないな」

「くしゃみばっかりしてさ、鳥かごだらけのガレージに住んでんの。マーリは死んだって言ってた」

「それって、どこにあるんだ？」

「コタヘナ」

「誰と行ったのか？」

「彼の使用人の男の子」

ＤＤは黙り込み、ネクタイを締め直す。

「いい加減にしてくれよ。こっちはもう三日寝てないんだぞ。おまえを助けにコタヘナの洞窟なんかに行ってる暇はない。この国でどれだけ誘拐事件が起きているのか、わかってるのか？」

ジャキはＤＤからアドレス帳を取り返す。「このアドレス帳には、トランプのマークが添えられた番号がいくつも載ってる」

「本当に？」

「そのうちのひとつは、あなたの番号」

「なんだって？」

「あなたの、わたしたちの、このフラットの。書かれていたのはここの番号とハートのテンだけ」

「で、他の番号は？」

おまえなら絶対にやりそうにないことだが、ジャキは該当するページの端を折り曲げて、すぐわかるようにしていた。それぞれのページを順に開いて、おまえが赤と黒のペンで描いたマークを指さしてみせる。

「スペードのクイーンは〈ホテル・レオ〉内のＣＮＴＲのオフィス。あのエルザ・マータンギって女の仕事場」

「電話したのか？」

「マークのついた番号には全部かけてみた。彼女はわたしたちがネガを持ってるか知りたがってた」

「持ってたっけ？」

「否《ネガティヴ》」

ＤＤはソファの上の散乱ぶりにようやく気づく。何人《なんびと》も足をのせることを許されないコーヒーテーブルの上に、彼がうっかり腰を下ろしてしまった原因。それはベッドの下の箱の残骸。ぼろぼろのボール紙とかけられることのないレコードたちだ。カセットがＬＰ盤に、ａ-ｈａやブロンスキ・ビートやペット・ショップ・ボーイズがロックンロールに取って代わったあとに、ＤＤによっておまえたちのフラットから追放されたエルヴィス、シェイキン・スティーヴンス、フレディ・マーキュリー。

「なんでこんなもの持ってきたんだ？」

「全部彼のだから」と、ジャキ。「それに、シェイキン・スティーヴンス好きだし」

ＤＤは自分の爪をまじまじと見てから、噛みはじめる。「マーリはＡＰ通信から依頼を受けたと言っていた。イギリス人で、名前はジョーイだかジェリーだか」

「ジョニー。ジョニー・ギルフーリー。エースはそいつで決まりだね」

でかしたぞ、ジャキ。やっぱりおまえだけは話を聞いてくれていたんだな。

ジャキは電話に向かって歩いていくと、ＡＰ通信の番号をダイヤルする。最初の呼び出し音で受話器が取られる。

「もしもし」

「ジョニー・ギルフーリーさんをお願いできます？」

「わたしですが」

ジャキがＤＤに眉をつり上げてみせる。

「マーリ・アルメイダのことでお電話しています」

「彼が何か？」

「行方不明になっているんです」

おまえはジャキの後ろに忍び寄って、聞き飽きた声に耳を澄ます。

「彼にいくら貸しがある？」

ジャキがＤＤをじろりと見る。彼は今、ソファの上の山から二枚のレコードを手に取ったところだ。アンマの愛聴盤、ジム・リーヴスの『クリスマス・ソング12選』と、おまえの秘蔵盤、シェイキン・スティーヴンスの『ギヴ・ミー・ユア・ハート・トゥナイト』。

「たんまりと」

ジャキが答え、ＤＤが眉をひそめる。

「二万までなら立て替えてもいいが」

「わたしは彼のガールフレンドなの」と、ジャキ。「直接会ってもらえませんか？」

受話器の向こうから笑い声が響く。

「マーリにガールフレンドだって？　そいつは傑作だ」

「ミスター・ジョニー、彼の写真が入った箱があるんです」

しばしの沈黙。

「その箱をきみが持っているのか？」

「そういうこと」

ジャキの嘘はプロ級だ。なんてったって最高の嘘つきから教わったんだから。

「イギリス領事館に来てもらえるかな？」

ダイヤのエース

そこへ向かう途中、ＤＤとジャキは口喧嘩を始める。それは堂々巡りの言い争い、嫉妬深いいとこ同士の間でことあるごとに繰り返されてきた舌戦だ。国とは誰のものか、恐れるに値するのはどの神か、貧乏人は助けるべきか蔑《さげす》むべきかをめぐる不毛な議論にも似たその口論のテーマはおまえだ。


「ＡＰ通信のこと、彼、なんて言ってたの？」ジャキが尋ねる。

「支払いはきっちりしてる。だが、写真が使われたためしはないって」と、ＤＤ。「マーリからＪＶＰに入ったって話は聞いてるか？」

「それはないと思うな。マーリはスノッブだもん。アカとかシンパとかありえないって。あの人は田舎者を見下してた。あなたやスタンリーおじさんといっしょだよ」

生意気な小娘め、とおまえは思う。

「で、そういうおまえは庶民の味方だとでも？」と、ＤＤ。

いいぞ、その調子だ。おまえはＤＤをハグしたくなる。

「どうしてＡＰ通信の人がイギリス高等弁務官事務所なんかにいるのかな？」

ジャキは一本の指をハンドルに添え、べつの指をＤＤに突きつけながら、バックで駐車場に入っていく。ハッチバックを駐車場の一角に停めると、おまえには見せたことのない剣幕でＤＤを責めはじめる。

「ちゃんと話すべきだったのに。マーリはあなたの話なら聞いたんだから」

「誰の話も聞きやしないよ」

「あなたの話は聞いてたよ」

「おまえこそ、彼のガールフレンドだってさっき言ってたじゃないか」

「違うよ、ＤＤ」ジャキは言う。「それはあなたでしょ」

ＤＤが片手を挙げるが、ジャキは怯まない。おまえは彼の張り手を何度も食らったことがある。やつの平手打ちはおまえの顔にしばらく消えない跡を残した。まあ、そのうちの何回かは、おまえの自業自得だったよな。けど、スタンリーの息子は絶対に女の子を引っぱたいたりしないはず。

「だいじょうぶ。誰も知らない。知ってるのはわたしだけ」

ＤＤは手を下ろし、バックミラーをにらみつける。

・・

最初の月、会話はほとんどなくて、おまえは眺めるの専門だった。彼はサロンにＴシャツという格好で、おまえの視線を避けながら、ブラックコーヒー片手にこそこそとキッチンを横切った。彼は朝早く起き、夜遅くまで働いた。おまえは午後に目を覚まし、日が落ちてから動きだした。夕食後の黄昏どきが二人のスケジュールが唯一重なる時間だった。

ふた月目、おまえは彼にその日あった出来事を尋ね、自分の一日を話して聞かせるようになった。

弁護士がめったに仕事の話をしないのは、それが複雑で守秘義務があるせいだと思っていた。でも、実はそうじゃなく、その仕事が概《おおむ》ね退屈で、ＩＴＮで週三回放映されていた『クラウン・コート』みたいなことはめったに起こらないからなのだ、とおまえは知ることになる。とは言え、ディラン・ダルメンドランの口から工場用地確保に向けた森林伐採の差止め命令について聞かされたときには、なんて興味深い話なんだと感じ入るふりをした。

　三カ月目に入る頃には、おまえはディナーテーブルでブラックティーを飲みながら、戦況は悪化するいっぽうで、〈虎〉は手強く、インドは侵攻してくるかもしれず、戦闘地域では米国のリン鉱石採掘業者と英国の武器商人が目撃されている、といった話を彼に聞かせるようになり、彼はと言えば、ボクサーパンツ一枚で、食後のコーヒーのおかわりをたっぷり時間をかけて飲むようになった。

　四カ月目に入る頃には、ジャキがＳＬＢＣの深夜番組の担当からはずれたため、三人揃ってテーブルを囲み、ときには紅茶やコーヒー以外のものも飲むようになった。彼女はＤＤに、彼のことをずっと退屈だと思っていたが、それは間違いだったと告げた。ＤＤはジャキに、彼女のことをずっと変わり者だと思っていたが、それは正しかったと言った。ＤＤがおまえとジャキは付き合っているのかと尋ねると、ジャキは黙っておまえを見つめ、おまえは顔を赤くして、自分たちは親友なんだと答えた。

　五カ月目には、三人で旅をするようになった。最初はゴール、次はキャンディ、それからヤーラに。連れ立って〈ナスターズ〉にビデオを借りに行くようになったのもこの頃だ。ジャキが選ぶのは『プラトーン』、『ラストエンペラー』、『レインマン』といったオスカー受賞作で、おまえとＤＤ

は『ファルコン・クレスト』や『クラウン・コート』のＶＨＳを一気見した。この月、ジャキは夜中におまえの部屋にやってきて、ここで寝てもいいかと尋ね、おまえはダメだと答えた。

　そして六カ月目、おまえは彼の部屋に行き、彼のベッドの上に座って、彼の髪に手を触れ、その間ずっと彼は寝ているふりをしていた。次の晩、おまえは彼の部屋を再び訪ね、今度は彼の肌を撫でた。そして、その次の晩、おまえが彼の体をマッサージしていると、彼は目を開けて、こういうことはできないと言った。なぜならこれは間違ったことで、家族をひどく怒らせることになるから、と。話はそこで終わった。とりあえず、そのときは。

・・

　指示されたとおり、二人は高等弁務官事務所をぐるりと取り囲む長蛇の列を避けて通る。雨樋《あまどい》が英国行きのビザを求める人々の頭上に影を投げかけている。希望に満ちた移住志願者たちは日陰に立って、半分だけ真実の口上を練習中だ。ジャキとＤＤは「映写室」と書かれた標識をたどり、ガラス戸をくぐってエアコンのきいた室内へ入っていく。

　部屋には巨大なテレビが据えられ、名だたる英国人の写真が飾られているが、どれもおまえが撮ったものではない。この部屋に足を踏み入れたことはないし、この部屋のカウチにも心地よい冷気にも覚えはない。ただし、書き物机の奥に座る大柄な男となると、話はべつだ。

「で、きみが奥さんというわけか」男は野太い声で言うと、含み笑いを洩らす。

「そういうわけじゃ……」と、ジャキが答えるが、男が顔を向けているのはＤＤのほうだ。

「いいだろう」と言って、ジョニーは目の前の美青年をとくと眺める。「なるほど、きみがマーリのよく話していた色男か」それから、むすっとした娘のほうにちらりと目をやる。「うん。きみのことも聞いてはいる」

ジョニーは二人にショウガとローヤルゼリー入りの紅茶を勧める。それはおまえに教えたとおりのやり方で淹《い》れたものだ。

「彼はあなたの話を一度もしたことがなかった」と、ＤＤ。ちなみに彼はコーヒー党で、セイロンの主要な輸出品にはなんら価値を見出していない。「彼とは知り合ってどれくらいですか？」

「かなりになるねえ」と言って、ジョニーはラガービールみたいに紅茶をどぼどぼと注ぐ。

「彼はあなたのために仕事を？」

「厳密に言うなら、答えはノーだ。ともあれ、わたしは心配していないよ。彼が行方をくらますのは初めてのことじゃない。そのうちひょっこり出てくるさ。いつものようにね」

「どこに行くときも、必ず知らせてくれていたんです」ＤＤの目に光るものが見える。「なのに今回はなんの連絡も、謝罪の言葉もない」

「マーリ・アルメイダから謝罪の言葉を期待するなら、長い列に長い時間並ぶ覚悟が必要だ。ところで、箱を持っていないようだが？」

「車の中にあります」ジャキが答える。

「聞いていたのと話が違うな」

「話って？」

「あの男が、司法大臣が家に持ち帰った。そう聞いている」

「誰からそんなことを？」

「もう二度とその箱を見ることはないだろうね。きみたちはネガのありかを知っているのか？」

ＤＤはジョニーの肘の上、袖口の辺りに目を凝らす。彼が紅茶を注ぐとき、ずり上がった袖の下からピンク色の肌に赤く刻まれたダイヤのエースが姿を現す。

「箱には封筒が五通入っていた。そのうちのひとつにはダイヤのエースが描かれていました」

「このタトゥーはウガンダで入れたものだ。何が言いたいのかね？」

「封筒のひとつには、彼があなたのために撮った写真が入っていた」

「彼はわれわれのために写真など撮っていない。仲介役を務めただけだ」

「どうしてダイヤのエースのタトゥーを？」ジャキが尋ねる。

「袖をまくるたびにエースが見えると気分が揚がるだろう？　わたしにも若く愚かな時代はあった。今のきみたちのようにね」

「なら、どうしてマーリは封筒にあんなマークを？」

「どうして彼はあのおかしなバンダナをつけていたのかね？　マーリの行動の理由など誰にもわかりはしないよ」

「マーリは仲介役なんて英語が話せる苦力《クーリー》みたいなもんだと言っていた」ＤＤはそう言うと、弁護士モードにスイッチを切り替える。それはアクセントを微調整し、父親の間《ま》を真似ることを意味した。

「マーリはなんでも大げさに言うのが好きだったからな。それはきみたちも知っているはずだ。ともかく彼は仕事を引き受け、小切手を現金化した。他の番号にもかけてみたのか？」

沈黙が流れる。ジャキが額をさすり、ＤＤが首のチャームを指でなぞる。

「箱の中のカードがおれだけってことはないだろう？」

「マーリとはどこで知り合ったんですか？」DDが尋ねる。

「パーティーで。きみは？」

「どんなパーティー？」

「きみも知っていると思うがね」

「知りませんよ」と、DD。知ってるくせに、とおまえは思う。

「なら、あなたには『ダイヤのエース』の封筒の中身にまったく心当たりはないってこと？」ジャキは尋ね、ティーカップに口をつける。甘みを加えたお茶が入ったその中国磁器は、おそらくはジョニーのご先祖がアヘン戦争のさいに盗んだものだろう。

「ああ、そうさ。彼はどこへ行くにもカメラを持っていったからな。もしかしたらパーティーの写真かもしれない。高等弁務官事務所でも、たまに開かれる。きみのお父上のスタンリーも来たことがあるぞ」

「でも、どうしてベッドの下なんかに隠したんだろう？」

「誰にだってひとつや二つ、ベッドの下に隠しておきたいものはあるさ、お若いの。マーリのような男であれば、なおさらだ。とにかく、心配することはない。わたしのほうでも調べてみるがね。マーリはきっと無事だ。ところで、きみのお父さんが支持するのは連邦主義か、それとも二国家方案かね？」

「あなたとマーリの関係がわからない。あなたは彼の友人だったんですか？」

「同盟関係とでも言おうか。わかるだろう？」

「ぼくはその手のパーティーには行きませんから」

「行ってみるべきだよ」

ジャキが立ち上がり、壁のほうに向かう。マウントバッテン卿、オリヴァー・グーナティラカ卿、エリザベス女王、リチャード・アッテンボロー卿、そして、イギリス高等弁務官の肖像写真の前をゆっくりと歩いていく。巨大なテレビの横には、品揃え豊富なバーがあり、ジャキはその上に指を滑らせる。その隣にあるのは、書類や請求書が山と積まれたテーブルだ。

「もっと強い飲み物がお望みかな？」

ジャキは首を横に振ると、請求書の山に目を向け、一番上の紙をじっと見る。

ジョニーが慌ててすっ飛んできて、書類をかき集めると、抽斗《ひきだし》に突っ込み、微笑んでみせる。隠すものなど何もないとでも言うように。

「散らかっていてお恥ずかしい」

ジャキは席に戻ると、髪を噛みはじめる。DDは紅茶をひと口すすって顔をしかめる。おまえの恋人は紅茶に負けないくらいハチミツを忌み嫌っているんだ。

「あなたの勤務先は高等弁務官事務所？　それともAP通信？」

「前者だよ。AP通信に勤めているのはロバート・サドワースだ。彼が仲介役を探していてね。それでマーリを紹介したわけだ。ここのパーティーには、AP、ロイター、BBC、それにプラウダの記者までやってくる。政府軍や〈虎〉へのインタビューをセッティングできる者はいないかと訊かれたときには、マーリを推薦するんだよ」

「そうした斡旋はいつ頃から？」

「二年ほどになるかな。わたしは顔つなぎをするだけだがね」

「彼とはギャンブルを？」

「わたしはカジノには行かない。エンテベ（ウガンダ中南部の都市）時代からこのかたご無沙汰だよ。わたしに言わせれば、ギャンブルなどろくでなしのすることだ」

「なら、トランプのタトゥーを入れるのはどういう人がすること？」ジャキが尋ねる。

ジョニーが答えを思いつく前に、ＤＤが口をはさむ。「最後に目撃されたとき、彼は〈ペガサス〉で中年のヨーロッパ人と話をしていた」

「この街にいる白人男《スッダ》はわたしひとりだとでも？　馬鹿を言うな。『ニューズウィーク』のアンディ・マクゴーワンも彼をよく使っていた。どちらの側にも一目置かれる仲介役は彼だけだと言ってね」

「三つの言語すべてを話せたから？」

「それもあるだろうし、あの赤いバンダナが効いているのかも」

　ＤＤが眉をひそめ、ジャキが目を見開く。知る人ぞ知る赤いバンダナ、それはかつて赤十字が記者や医療従事者など、戦地で活動する非戦闘員に配ったものだ。ところが、ＬＴＴＥによるダラー農園包囲のさい、このバンダナをつけた人質が縛られた姿で見つかるやいなや、赤いバンダナも医療従事者も記者も戦闘地域から一斉に姿を消してしまった。今や彼らは国連の平和維持部隊と同じくらいレアな存在となっている。だが、おまえはそのバンダナをつけ続け、銃弾と死はおまえを避け続けたのだった。

「何かわかったら、連絡しよう。だいじょうぶ、きっとひょっこり出てくるさ」

おまえの親父《ダダ》がミズーリから送ってくれたニコン3STの最大の長所、それはシャッターを切るときに音がしないところ。おまえはこうした半端な仲介仕事のついでに、本業で派遣されたときよりよほど多くの写真を撮影したものだ。

「最後に彼に会ったのはいつですか？」

「数週間前。マスコミ関係の集まりで。もう戦地には行かないつもりだ、と言っていた。それがいい、とわたしも内心思ったよ」

ジョニーはポーカーをやるべきだ。やつは目で、鼻で、歯で、嘘をつける。

「CNTRについては何か知っていますか？」

「名前は聞いたことがある。何かの支援団体だろう？　支援と言ってもいろいろあるがな」

「つまり、彼らを知っていると？」

「よくは知らんよ。CNTRは政治団体の資金集めをしているのかもしれない。あるいは、過激派組織のために武器を調達しているのか。あるいは、純粋に罪のない人たちを助けようとしているのか。昨今は誰が何をしているのかを知るのは容易ではない。ときに、きみの御父上のスタンリー殿は息子が刑事コロンボ気取りであちこち嗅ぎ回っているのをご存じなのかね」

「マーリの借金の肩代わりを申し出たのはなぜですか？」

「初めてのことではないさ。APはわたしを通して彼に支払いをしている。未払いの報酬が手元にいくらか残っているのでね」

「なぜあなたを通す必要が？」

「われわれは事務作業を海外メディアに委託している。こうすることで記者たちは情報源を守りつつ記録文書を保持できる」

「五通の封筒の中身は何かご存じですか？」

「そんなもの知る必要はない。察しはつくがね。目下二つの内戦が進行中だ。それはおぞましい出来事が多数撮られることを意味する。おそらくマーリはしばらくおとなしくしているつもりなんだろう。きみたちも同じようにすることを勧めるよ」

　年配の紳士が二人、ノックもせずにずかずかと入ってくる。ひとりは酔っているようで、ひとりは正気を逸しているよう。ジョニー・ギルフーリーはすぐさま立ち上がる。「来いよ《アデー》、ジョニー。もうじき試合が始まる」酔っぱらったほうが言う。「邪魔してすまんな」正気じゃないほうがそう言って、もうひとりを戸口のほうへ引っ張っていく（ジョニー・ギルフーリーは著者の前作*Chinaman*にも登場する。この二人の紳士はその主人公と親友だと思われる）。

「そろそろここを出なければならないんだ」ジョニーが言う。「だいじょうぶ、やつは今頃どこかで任務に当たっているさ。何かわかったら、知らせよう」

　家へと帰る車の中で、ジャキは窓の外、飛び交うカラスや検問所をにらみながら言う。

「テーブルの上に飲み物の無料券があったんだ。あの人が慌てて片付けた書類の中に」

「無料券？」

「チップといっしょに渡される紙切れ。一時間は飲み物が無料で飲み放題、ってやつ。当然そこには日付と時間が書いてある」

「あの男、どうも気に入らないな。イギリス人は慇懃《いんぎん》であればあるほど嘘つきなんだ」

「腕にトランプのタトゥーを入れてるやつはどう？」

「で、その券がどうしたって？」

「〈ペガサス・カジノ〉で配られたものだった。日時は月曜の午後十一時二十二分。あの人、ギャンブルなんてろくでなしのすることだって言ってたのにね」

［下巻へ続く］

シェハン・カルナティラカ

Shehan Karunatilaka

1975年生まれ。作家。スリランカのコロンボに育ち、ニュージーランドの高校、大学を卒業後、フリーランスのコピーライターとして活動。2010年刊行の初長編作品『*Chinaman: The Legend of Pradeep Mathew*』が旧英国領の優れた小説に与えられるコモンウェルス賞を受賞。2022年、長編第2作である本書を刊行。ブッカー賞を受賞し、内戦下のスリランカの闇を皮肉とユーモアをもって描いた傑作として世界的に高く評価された。

山北めぐみ（やまきた・めぐみ）

翻訳者。東京都生まれ。大学では詩の創作を学ぶ。おもな訳書にフェリシア・ヤップ『ついには誰もがすべてを忘れる』、ダイアン・レイク、デボラ・ハーマン『マンソン・ファミリー　悪魔に捧げたわたしの22カ月』、マーゴット・リー・シェタリー『ドリーム　NASAを支えた名もなき計算手たち』（以上ハーパーコリンズ・ジャパン）などがある。

マーリ・アルメイダの七つの月　上

2023年12月20日　初版印刷
2023年12月30日　初版発行

著　者　シェハン・カルナティラカ

訳　者　山北めぐみ

装　画　山口洋佑

装　丁　川名潤

発行者　小野寺優

発行所　株式会社河出書房新社
〒151-0051　東京都渋谷区千駄ヶ谷 2-32-2
電話　03-3404-1201（営業）03-3404-8611（編集）
https://www.kawade.co.jp/

組　版　株式会社創都

印　刷　株式会社亨有堂印刷所

製　本　小泉製本株式会社

Printed in Japan
ISBN978-4-309-20895-4
落丁本・乱丁本はお取り替えいたします。